高等职业教育精品工程规划教材·通信专业

U0141031

3G 基站的运行与维护

（TD-SCDMA）

刘 威 陈海燕 主 编

李 莉 副主编

电子工业出版社

Publishing House of Electronics Industry

北京·BEIJING

内 容 简 介

  本书以当前 3G 技术的 TD-SCDMA 移动网络系统建设与运行维护的实际工作环境为依据，按照移动网络的建设与运行维护的实施步骤进行编写。全书共分五章，内容涵盖了：TD-SCDMA 网络系统导论、TD-SCDMA 移动网络规划、移动网络设备的配置与安装、网络设备调测与割接、移动网络设备运行维护等。本教材系统的讲述了 TD-SCDMA 网络建设和维护中的各环节的主要内容，并结合华为公司的 TD-SCDMA 设备进行实际工程组网规划、系统配置、工程安装、设备调测、运维与故障处理等方面知识和技能的全面性讲授。

  本书可作为高等院校通信类、电子信息类专科、本科层次的教材用书，也可供有关通信领域技术培训及工程技术人员自学参考之用。

图书在版编目（CIP）数据

3G 基站的运行与维护：TD-SCDMA/刘威，陈海燕主编. — 北京：电子工业出版社，2010.8

（高等职业教育精品工程规划教材. 通信专业）

ISBN 978-7-121-11420-5

Ⅰ. ①3… Ⅱ. ①刘… ②陈… Ⅲ. ①码分多址—移动通信—通信设备—高等学校：技术学校—教材 Ⅳ. ①TN929.533

中国版本图书馆 CIP 数据核字（2010）第 139027 号

策划编辑：郭乃明
责任编辑：郭乃明
印　　刷：北京市顺义兴华印刷厂
装　　订：三河市双峰印刷装订有限公司
出版发行：电子工业出版社
　　　　　北京市海淀区万寿路 173 信箱　邮编　100036
开　　本：787×1 092　1/16　印张：15.25　字数：380 千字
印　　次：2010 年 8 月第 1 次印刷
印　　数：4000 册　定价：26.00 元

前　言

TD-SCDMA 技术是由我国提出的具有自主知识产权的第三代移动通信技术，目前国内外多个通信厂商均参与了技术研究与产品生产。中国移动运营商中实力最强的中国移动公司正在建设自有知识产权的 TD-SCDMA 网络来承载中国第三代移动通信，目前已在全国二百多个城市建设了 TD-SCDMA 移动网络。基于 TD-SCDMA 移动技术的快速发展、对 TD-SCDMA 技术人才的需求，并结合国内高等职业教育的定位和特点，我们进行了本教材的编写。

本教材以 TD-SCDMA 移动网络系统建设与运行维护的实际工作环境为依据，按照网络建设与运行维护的实施步骤编写了本教材。内容包括 TD-SCDMA 移动网络规划、移动网络设备的配置与安装、网络设备调测与割接、移动网络设备运行维护四大部分。本教材系统地讲述了 TD-SCDMA 网络建设维护中的各环节内容，并结合华为公司的 TD-SCDMA 设备对实际系统配置、工程安装、设备调测、运维与故障处理等进行了具体的学生技能训练。通过本教材的学习可以使高等职业院校的学生掌握 TD-SCDMA 网络规划建设、安装调测和运行维护的基本技能，为移动系统网络规划建设和移动系统运营维护等方面培养相关的中级技术人才。

本教材针对实际移动网络设备和设备操作流程进行编写，实践操作性强，便于教学和实训练习。为了配合对 TD-SCDMA 技能的掌握与理解，每个教学任务单元除了有详细的文字叙述外，还配有大量的展示图片和分析步骤流程，同时为了便于知识的贯通和拓展，还为每个教学单元编排了考核评估，强化了教学效果。

本书可作为全日制高等职业技术学院通信专业的教材，也可作为通信企业中运维人员技能鉴定、新员工上岗等培训的参考书。

本书由北京电子科技职业技术学院编写。刘威，陈海燕担任主编，李莉担任副主编，参加编写的还有吕奕，付海明，李奕，李薇等。在本书编写过程中得到了华为公司技术人员的帮助和支持，在此表示最诚挚的谢意。

由于编者水平有限，难免存在不足之处，真诚希望广大读者能够提出宝贵意见，以便进一步修改完善。

目　　录

第1章 TD-SCDMA 系统导论

1.1 移动通信系统的发展演进

1.1.1 移动通信的发展阶段和系统特点

移动通信系统的演进经历了三代，从第一代模拟移动通信系统（1st Generation，简称为1G，后同），到第二代数字移动通信系统（2G），再到现在的第三代移动通信系统（3G）。目前正在向后三代或第四代宽带移动通信系统（B3G/4G）发展和演进。

第一代移动通信技术（俗称"大哥大"所采用的技术）是指最初模拟的、仅支持语音业务的蜂窝电话技术标准。该标准制定于 20 世纪 80 年代，由于该通信系统频率利用率低、电话不能漫游、各个系统间难以互联互通等问题，很快被市场和随之而来的通信新技术所淘汰。

第二代移动通信技术标准主要采用数字的时分多址（TDMA，Time Division Multiple Access）技术和码分多址（CDMA，Code Division Multiple Access）技术。第二代移动通信系统主要提供数字化的语音业务和低速数据业务。它克服了第一代模拟通信系统的诸多缺点，在语音质量、保密性、业务能力等方面均有很大提高，而且支持漫游功能。但是第二代移动通信系统也有其自身难以解决的问题，例如其有限的带宽限制了数据业务的应用和发展，无法实现诸如移动多媒体等高速率的数据业务。另外，全球各个区域和厂商使用的第二代移动通信系统采用不同的制式，移动通信标准不统一，导致用户只能在同一制式覆盖的区域内漫游，无法实现全球漫游。

鉴于第二代移动通信系统无法满足用户在系统容量和业务能力方面日益增长的需求，第三代移动通信技术于 1985 年由国际电信联盟提出。其主要目标是制定一个通用的网络架构，能够支持现有和未来的服务。到目前为止，3G 技术标准主要包括欧洲提出的 WCDMA（Wideband Code Division Multiple Access）、中国提出的 TD-SCDMA（Time Division-Synchronous Code Division Multiple Access）、美国提出的 CDMA 2000 和 WiMAX（World Interoperability for Microwave Access）的 802.16e 这 4 大标准。其中 WCDMA 和 TD-SCDMA标准属于 3GPP（3rd Generation Partnership Project）系统，有时也称为通用移动通信系统（UMTS，Universal Mobile Telecommunication System）。3GPP 系统架构是通用无线分组业务（GPRS，General Packet Radio Service）技术上的延伸，与第二代移动通信技术相比，3G 具有5MHz 以上的带宽，传输速率最低为 384kbit/s，最高可达 2Mbit/s。3G 网络不仅能够传输高质量的语音，还能提供高速数据传输，从而实现快捷、方便的无线应用（例如宽带多媒体等业务）。3G 网络能够将高速移动接入和基于 IP 的服务结合起来，提高无线频率利用率，提供包括卫星在内的全球覆盖，并实现有线和无线以及不同无线网络之间业务的无缝连接，满足多媒体业务的要求。

1.1.2　TD-SCDMA 发展历程

TD-SCDMA 是一个由中国提出的第三代移动通信技术标准。目前，这一技术标准已经被 ITU 正式接纳为第三代移动通信国际标准。

为促进对第三代移动通信系统的研究工作，建立一个真正的全球第三代移动通信标准，1998 年 12 月 3GPP 组织成立。该组织由各个国家和地区的电信标准化组织组成，包括欧洲的 ETSI、美国的 T1、日本的 ARIB、韩国的 TTA 和中国的 CWTS 等。1999 年年底 3GPP 规范的第 1 版标准完成，2001 年年初完成 2000 年版本的标准制定工作。在 3GPP 的标准规范中将 TD-SCDMA 吸收作为 UTRA（UMTS Terrestrial Radio Access）的第 4 版（R4）标准的一部分。

经过近十年的积累和准备，TD-SCDMA 成功走出一条技术到标准、标准到产品、产品到产业的科技创新之路，经历了从标准的确立、产业联盟的创立到产业链不断完善的发展历程。

1995 年，电信科学技术研究院承担了国家九五重大科技攻关项目——基于 SCDMA 的无线本地环路（WLL，Wireless Local Loop）系统研制，项目于 1997 年年底通过国家验收。原邮电部批准在此基础上按照国际电信联盟（ITU，International Telecommunication Union）对第三代移动通信系统的要求形成我国 TD-SCDMA 第三代移动通信系统 RTT（Radio Transmission Technology）标准的初稿，该标准提案在我国原无线通信标准组（CWTS，Chinese Wireless Telecommunication Standard group）最终修改完成后，于 1998 年 6 月底由电信科学技术研究院代表我国向 ITU 正式提交。

ITU 于 1998 年 11 月召开会议通过 TD-SCDMA 成为其十个公众陆地第三代移动通信系统候选标准之一。其后在信息产业部领导下，通过电信科学技术研究院、中国移动、中国联通、中国电信等单位在国际标准会议上的艰苦努力，1999 年 11 月在芬兰赫尔辛基的 ITU 会议上，TD-SCDMA 写入 ITU-R M.1457 中，成为 ITU 认可的第三代移动通信无线传输主流技术之一。并于 1999 年 12 月开始与 UTRN TDD（也称为宽带 TDD 或者 HCR，High Chip Rate）在 3GPP 融合，最终在 2000 年 5 月伊斯坦布尔召开的世界无线电管理大会（WARC，World Administrative Radio Conference）上，TD-SCDMA 正式被接纳为国际第三代移动通信标准。

在我国的标准化组织——中国通信标准协会（CCSA）的第五技术委员会（TC5）中，已制定了 TD-SCDMA 的一整套行业标准，包括系统体系架构、空中接口和网元接口的详细技术规范。2006 年 1 月 20 日，信息产业部正式颁布 TD-SCDMA 为我国的行业标准。

TD-SCDMA 作为中国首次提出的具有自主知识产权的国际 3G 标准，已经得到了中国政府、运营商以及制造商等各界同仁的极大关注和支持。2002 年 10 月 30 日，TD-SCDMA 产业联盟正式成立，大唐、南方高科、华立、华为、联想、中兴、中电、中国普天 8 家知名通信企业作为首批成员，签署了致力于 TD-SCDMA 产业发展的《发起人协议》。UT 斯达康、意法半导体、安捷伦、美国泰克公司、德州仪器、RTX 公司等国际知名的电信企业先后加入 TD-SCDMA 阵营，如图 1-1-1 所示。

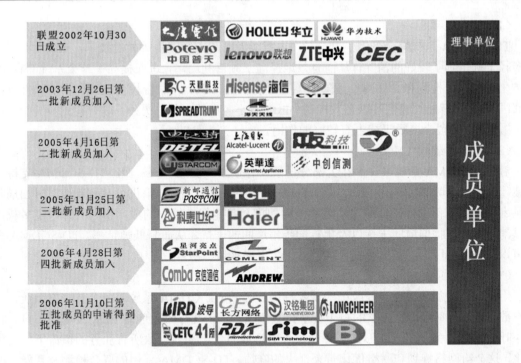

图 1-1-1　TD-SCDMA 成员单位

　　TD-SCDMA 联盟的成立标志着 TD-SCDMA 获得了产业界的整体响应，阵营覆盖了从系统设备到终端的完整产业链，推动了产业化进程的突破。在众多国内外企业的共同努力下，TD-SCDMA 产业链的竞争环境已逐步形成并完善。形成了一个聚集近 50 家国内外电信企业的 3G 产业。

1.2　TD-SCDMA 移动通信标准特点

　　TD-SCDMA 的无线传输方案综合了 FDMA，TDMA 和 CDMA 等多种多址方式。通过综合使用智能天线、联合检测技术，提高了传输容量方面的性能，同时降低了小区间频率复用所产生的干扰，并通过更高的频率复用率来提供更高的话务量。

　　TD-SCDMA 的双工方式采用了 TDD 模式，它在相同频带内的时域上划分不同的时段（时隙）供上、下行进行双工通信，可以方便地实现上、下行链路间地灵活切换，例如根据不同的业务对上、下行资源需求的不同来确定上、下行链路间的时隙分配转换点，进而实现高效率地承载所有 3G 对称和非对称业务。与 FDD 模式相比，它可以运行在不成对的射频频谱上，因此在当前复杂的频谱分配情况下具有非常大的优势。因此，TD-SCDMA 通过最佳自适应资源的分配和最佳频谱效率，可支持速率从 8kbps 到 2Mbps 的语音、视频电话、互联网等各种 3G 业务。

　　TD-SCDMA 标准的协调工作在 3GPP 里进行。由于 TD-SCDMA 的提出比其他标准较晚，这给其产品成熟性带来一定的挑战，但在另一方面，TD-SCDMA 吸纳了 90 年代以来移动通信领域最先进的技术，在一定程度上代表了技术的发展方向，具有前瞻性和强大的后发优势。与其他 3G 标准相比，TD-SCDMA 系统及其技术有着如下特点：

（1）频谱效率高

TD-SCDMA 系统综合采用了联合检测、智能天线和上行同步等先进技术，系统内的多址和多径干扰得到了较好的消除，从而有效地提高了频谱利用率，进而提高了整个系统的容量。具体来讲，联合检测和上行同步可降低小区内的干扰（多小区联合检测能进一步消除部分同频邻区干扰），智能天线则可以有效抑制小区间及小区内的干扰。另外，联合检测和智能天线对于缓解 2G 频段上多径干扰也有较好的作用。

（2）支持多载频（N 频点）

对 TD-SCDMA 系统来说，在大部分场景其容量主要受限于码资源。TD-SCDMA 支持多载波，载频之间切换很容易实现。因为 TD-SCDMA 是时分系统，手机可在控制信道时扫描其他频率，无需任何额外硬件即可实现载波间切换，并能保证很高的成功率。另外通过多载波可以消除同频广播信道间干扰以及上行同步信道间的干扰，从而降低掉话率。TD-SCDMA 系统可以将相邻小区的导频安排在不同的载波上，从而降低导频间干扰。

（3）呼吸效应相对较弱

用户数的增加使覆盖半径收缩的现象称为呼吸效应。CDMA 系统是一个自干扰系统，当用户数显著增加时，用户产生的自干扰呈指数级增加，因此呼吸效应是 CDMA 系统的自有特点。呼吸效应的另一个表现形式是每种业务用户数的变化都会导致所有业务的覆盖半径发生变化，这会给网络规划和网络优化带来很大的麻烦。TD-SCDMA 采用的联合检测及智能天线技术减弱了呼吸效应。

（4）频谱利用灵活、频率资源丰富

TD-SCDMA 系统采用时分双工模式，它的一个载波只需占用 1.6MHz 的带宽就可以提供速率达 384kbps 的 3G 业务（R4 版本），对于频率分配的要求简单和灵活了许多。中国政府为 TDD 分配了 155MHz 的工作频段（FDD 上、下行共 90MHz 的对称频段），TDD 系统在频率资源方面的优势为其网络扩容和后续发展提供了可能。除中国外，世界各国 3G 频谱规划都包括 TDD 频段，这为 TD-SCDMA 技术的国际化应用和国际漫游提供了必要的条件。

（5）灵活高效承载非对称数据业务

TDD 技术的采用是 TD-SCDMA 系统与其他 3G 主流标准 FDD 系统的根本区别。TD-SCDMA 系统子帧中上、下行链路的转换点是可以灵活设置的，根据不同承载业务分别在上、下行链路上数据量的分布，上、下行资源可以在 3：3 的对称分配到 1：5 的非对称分配范围内调整。

在未来 3G 多样化的业务应用中，非对称的数据业务会占有越来越大的比例，大部分业务的典型特征是上行链路和下行链路中的业务量不对称。FDD 系统由于其固定的上、下行频率的对称占用，在承载非对称业务时会造成对频谱资源的浪费。而 TD-SCDMA 系统可以通过配置切换点位置，灵活地调度系统上、下行资源，使得系统资源利用率最大化。因此 TD-SCDMA 系统更加适合未来的 3G 非对称数据业务和互联网业务方面。

（6）有利于智能天线技术的使用

近年来，智能天线技术已经成为移动通信中最具有吸引力的技术之一。智能天线采用空分多址（SDMA）技术，利用信号在传输方向上的差别，将同频率或同时隙、同码道的信号区分开来，最大限度地利用有限的信道资源。与无方向性天线相比较，其上、下行链路的天线增益大大提高，降低了发射功率电平，提高了信噪比，有效地克服了信道传输衰落的影响。

同时，由于天线波瓣直接指向用户，减小了与本小区内其他用户之间以及与相邻小区用户之间的干扰，而且也减少了移动通信信道的多径效应。CDMA 系统是个功率受限系统，智能天线的应用达到了提高天线增益和减少系统干扰两大目的，从而显著地扩大了系统容量，提高了频谱利用率。

智能天线在本质上是利用多个天线单元空间的正交性（即空分多址复用功能），来提高系统的容量和频谱利用率，以便于 TD-SCDMA 系统充分利用 CDMA、TDMA、FDMA 和 SDMA 这四种多址方式的技术优势，使系统性能最佳化。由于采用智能天线后，应用波束赋形技术显著提高了基站的接收灵敏度和等效发射功率，能够大大降低系统内部的干扰和相邻小区之间的干扰，从而使系统容量得到扩大；同时也可以使业务密度高的市区和郊区所要求的基站数目减少。在业务稀少的乡村，无线覆盖范围也可有效增加。

1.3　TD-SCDMA 系统结构和原理

1.3.1　TD-SCDMA 系统结构

TD-SCDMA 系统由 3GPP 组织制定、维护标准，与 WCDMA 具有一致的网络架构，如图 1-3-1 所示，UMTS 的结构比较简单，它包含三个部分、两个接口。三个部分是核心网（Core Network，CN）、接入网（UMTS Terrestrial Radio Access Network，UTRAN）和终端（User Equipment，UE）。两个接口是 CN 与 UTRAN 间的 Iu 接口和 UTRAN 与 UE 间的 Uu 接口。

Uu 接口从底向上分为接入层和非接入层，接入层为非接入层提供服务。接入层主要包括物理层、MAC/RLC 层和 RRC 层。

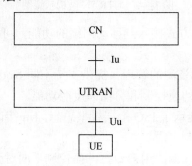

UTRAN	UMTS Terrestrial Radio Access Network
CN	Core Network
UE	User Equipment

图 1-3-1　TD-SCDMA 结构示意图

这里的终端是网络为用户提供服务的最终平台。终端既包含与网络间实现无线传输的移动设备和应用，也包含用来进行用户业务识别并鉴定用户身份的用户识别模块（UMTS Subscriber Identity Module，USIM）。

R4 版本的接入网部分主要包括基站（BS）和无线网络控制器两部分（RNC）。接入网负责为业务分配无线资源并与终端设备建立可靠的无线连接以承载高层的用户应用。

核心网包括支持网络特征和通信业务的物理实体，提供包括用户合法信息的存储、鉴权、位置信息的管理、网络特性和业务的控制、信令和用户信息的传输机制等功能。通常 R4 版本的核心网又分电路域（CS）和分组域（PS）两部分。话音、视频电话等业务由 CS 域提供服务，而 FTP、Web 浏览等业务由 PS 域提供服务。

1.3.2 UTRAN 结构及其接口的通用协议模型

UTRAN 是 3G 网络中的无线接入网部分，其结构如图 1-3-2 所示。UTRAN 由一组 RNS（Radio Network Subsystem）组成，通过 Iu 接口和核心网相连。每一个 RNS 包括一个 RNC 和若干个 Node B，Node B 和 RNC 之间通过 Iub 接口进行通信。由于 TD-SCDMA 系统使用硬切换，所以 RNC 之间的 Iur 接口通常不实现。

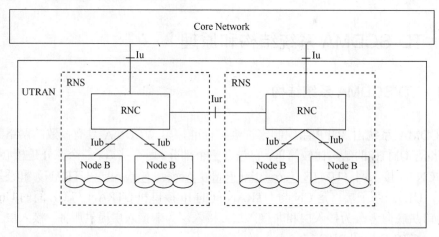

图 1-3-2　UTRAN 结构示意图

Node B 提供使 UE 以无线方式接入到移动网络的功能，可处理一个或多个小区，并通过 Iub 接口与 RNC 相连接。

RNC 主要负责接入网无线资源的管理，提供支持不同 Node B 间的控制功能，包括接入控制、功率控制、负载控制、切换控制和分组调度等功能。

3GPP 接口协议栈的划分继承了 ISO 七层模型思想。Uu 接口和 Iu 接口的协议栈结构通常被分为两部分：用户平面和控制平面。

用户平面用来传输通过接入网的用户数据。而控制平面对无线接入承载及 UE 和网络之间的连接进行控制（包括业务请求、不同传输资源的控制和切换等等）；另外，控制平面也提供了非接入层消息透明传输的机制。

1.3.3 无线接口协议

无线接口的协议结构如图 1-3-3 所示。每个块代表一个协议的实例。层（子层）之间通过业务接入点（SAP）提供逻辑通道，下层为上层提供服务。SAP 在图中用圈表示。

TD-SCDMA 系统的空中接口协议分为 3 个标准的协议层：L1——物理层；L2——数据链路层；L3——网络层。

L2 被分成几个子层，从控制面上看，包括媒体接入控制（Media Access Control，MAC）

层和无线链路控制（Radio Link Control，RLC）层。而在用户面上，除了这两个子层外，还包含处理分组业务的分组数据会聚子层协议（Packet Data Convergence Protocol，PDCP）和广播/多播控制子层（Broadcast/Multicast Control，BMC）。

在控制面上 L3 的最底层为无线资源控制（Radio Resource Control，RRC），它属于接入层（Access Stratum，AS），终止于 RAN。

RLC 和 MAC 之间的业务接入点提供逻辑信道，物理层和 MAC 之间的业务接入点提供传输信道。RRC 与下层的 PDCP、BMC、RLC 以及物理层之间都有连接，对这些实体进行内部控制和参数配置。

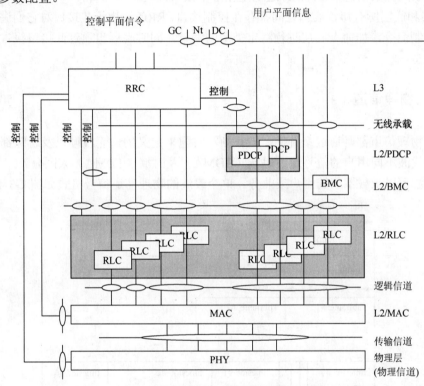

图 1-3-3　无线接口的协议结构

物理层通过传输信道为 MAC 层提供相应的服务。传输信道根据数据传输的格式，指示其以何种方式进行复用传输。MAC 层通过逻辑信道承载 RLC 的业务。

RLC 通过业务接入点 SAP 为上层提供业务，业务接入点指示了 RLC 层处理数据的方式，如是否使用自动重发请求（ARQ）功能及如何处理数据分组。在控制平面，RLC 承载的上层业务称为信令无线承载（Signaling Radio Bearer，SRB），为 RRC 层传递信令；在用户平面，无论是特定业务协议层 PDCP 和 BMC，还是其他高层用户平面功能都使用 RLC 业务。在不使用 PDCP 和 BMC 协议的情况下称为无线承载（Radio Bearer，RB）。

RLC 层有三种操作模式——透传模式、非确认模式和确认模式。

分组数据协议汇聚层（PDCP）和用于广播/多播业务的 BMC 协议子层位于数据链路层（L2）的用户平面，通过 RLC 承载业务。PDCP 只存在于分组域（PS），主要是对分组数据进行头压缩，以提高空中接口的传输效率。BMC 用于在空中接口上传递由小区广播中心产生的消息。

MAC 层处在物理层和无线连接控制层之间，向上以逻辑信道的形式为高层提供服务，向下利用传输信道使用物理层提供的服务。MAC 层除了完成逻辑信道和传输信道之间的映射外，还要根据业务情况和传输信道的使用情况进行传输信道的传输格式选择，以提高传输信道的利用率。

RLC 和 MAC 子层还提供了数据、信令传输的安全机制——加密和完整性保护。RRC 同样也是通过业务接入点为上层提供业务的。UE 侧，非接入层（NAS）通过接入点和 RRC 交互消息；在 UTRAN 侧，Iu RANAP 协议通过业务接入点和核心网进行交互。所有高层（NAS）指令都被封装成高层消息，UTRAN 透明地在空中接口发送。

RRC 层和底层所有协议实体之间都存在控制接口，RRC 通过这些接口对它们进行配置和传输一些控制命令，如命令底层进行特定类型的测量。同时底层也通过此接口报告相应的测量结果和状态。

1.3.4 物理信道

所有的物理信道都是通过系统帧、无线帧和时隙来定义的。无线帧以及时隙都可以灵活组合。同一载波不同用户的信号通过码域（CDMA）及时域（TDMA）来区分。

多个载波可以承载不同的用户或业务。单个载波的物理信道信号格式如图 1-3-4 所示。

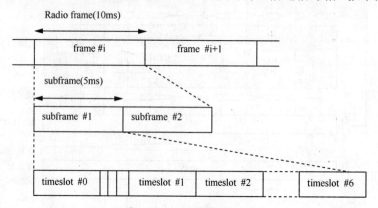

图 1-3-4 信道的信号格式

1. 专用物理信道

TD-SCDMA 中物理信道的基本形式就是突发（burst），通常一个突发会在指定的一系列无线帧中的某一个固定时隙发射。突发既可以在所有指定的帧集合里发射，也可以只在指定帧集合里的子集内发射。一个突发包括数据域、训练序列（midamble）和一段保护间隔（guard period）三部分，其时长等于一个时隙。一个发射机可以同时发送一个以上的突发，这些突发的数据域部分用不同的 OVSF 信道码扩频处理，但训练序列必须用相同的基本训练序列。OVSF 信道码的扩频因子可以取 1, 2, 4, 8 或 16。上行为了避免过大的峰均比值（PAR）采用变扩频因子。下行只采用扩频因子 16 或 1。

因此在 TD-SCDMA 系统中要明确一个物理信道需要说明其频率、时隙、信道码、突发类型以及分配的无线帧。扰码及基本训练序列由小区的广播信道下发。物理信道建立时既可设定时长也可不设定，承载业务完毕后取消该物理信道分配。物理信道突发结构如图 1-3-5 所示。

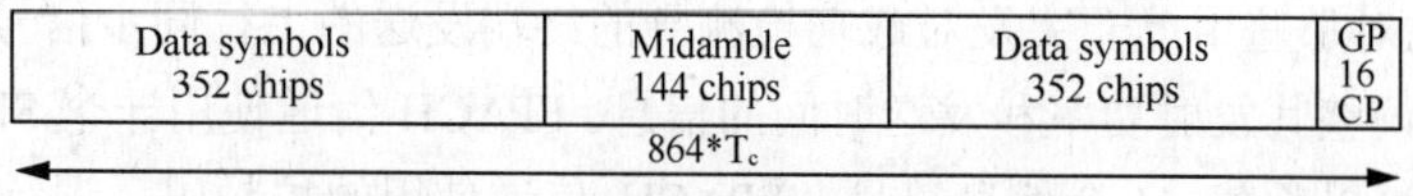

Data symbols 352 chips	Midamble 144 chips	Data symbols 352 chips	GP 16 CP

$$864*T_c$$

图 1-3-5　突发结构

TD-SCDMA 采用的突发格式每个部分具体内容如表 1-3-1 所示。

表 1-3-1　突发格式的结构

码片号（CN）	域长度（chip 数目）	域长度（符号数目）	区域长度（μs）	区域内容
0～351	352	参见表 1-3-2	275	数据
352～495	144	9	112.5	Midamble
496～847	352	参见表 1-3-2	275	数据
848～863	16	1	12.5	保护间隔

突发的数据部分由信道码和扰码共同扩频。即将每一个数据符号转换成一些码片，因而增加了信号带宽，一个符号包含的码片数称为扩频因子（SF）。扩频因子上行可取 1, 2, 4, 8, 16, 下行扩频因子只可取 1 或 16。突发由两个长度分别为 352chips 的数据块、一个长为 144chips 的 midamble 和一个长为 16chips 的保护间隔组成。数据块的总长度为 704chips，所包含的符号数与扩频因子有关，对应关系如表 1-3-2 所示。

表 1-3-2　扩频因子与符号数的关系

扩频因子（Q）	每个数据块符号数（N）
1	352
2	176
4	88
8	44
16	22

2．公共物理信道

（1）主公共控制物理信道（Primary-Common Control Physical CHannel，P-CCPCH）

下行公共传输信道中的广播信道（BCH）映射到主公共控制物理信道上（P-CCPCH1 及 P-CCPCH2）。在 TD-SCDMA 系统中 P-CCPCH 使用的时隙和扩频信道码是固定的。P-CCPCH 通常使用 TS0 时隙的前两个扩频因子为 16 的信道码 $c_{Q=16}^{(k=1)}$ 和 $c_{Q=16}^{(k=2)}$。发射 P-CCPCH 信道的天线方向图总是覆盖整个小区范围。

（2）副公共控制物理信道（Secondary-Common Control Physical CHannel，S-CCPCH）

下行公共控制信道 PCH 和 FACH 映射到一个或多个副公共控制信道（S-CCPCH）上。通过这种方式，系统可以灵活适应不同场景对 PCH 和 FACH 信道的容量需求。S-CCPCH 使用的时隙和码字资源通过 BCH 广播信道在整个小区内下发。S-CCPCH 信道使用固定的扩频因子（SF=16）。因为 S-CCPCH 信道上可以复用不同的公共传输信道，所以需要使用 TFCI。通常 S-CCPCH 和 P-CCPCH 信道一起使用 TS0 时隙。S-CCPCH 可以与 P-CCPCH 采用码分复用（CDM）的方式同时发送，也可以采用时分复用（TDM）的方式发送。

（3）快速物理接入信道（Fast Physical Access CHannel，FPACH）

FPACH 与前面介绍的公共物理信道不同，是 WCDMA 中所没有的公共控制物理信道。

FPACH 用于基站对那些用单一突发对成功检测到的终端发送的上行同步信号做确认。确认信息包括指令终端调整其发射功率和发送时间的信息。FPACH 信道使用一个 SF 为 16 的码字来承载信息，因此可以承载 44 个信息符号。FPACH 信道使用的扩频码、训练序列以及时隙信息都由网络确定并通过 BCH 广播信道通知小区内所有的终端用户。通常 FPACH 与 P-CCPCH、S-CCPCH 信道一起共用 TS0 时隙。FPACH 信道承载 32bit 信息。表 1-3-3 详细描述了 FPACH 信道承载的信息及其比特排序。

表 1-3-3   FPACH 信息描述

信息域	长度（bits）
随机接入码序列号	3（MSB）
相对子帧号	2
接收 UpPCH 开始时间（UpPCHPOS）	11
RACH 消息发射功率	7
保留比特（默认值：0）	9（LSB）

（4）物理随机接入信道（Physical Random Access CHannel，PRACH）

传输信道——随机接入信道 RACH 映射到一个或多个上行物理随机接入信道（PRACH）上。这种灵活设置可以满足不同运营商对 RACH 信道的容量需求。PRACH 可以采用变扩频因子（SF=4, 8, 16）。PRACH 信道可以使用的扩频码、扩频因子都在 BCH 信道（在广播信道的 RACH 设置参数集内）上广播。PRACH 信道使用的时隙格式与扩频因子一一对应。具体关系如表 1-3-4 所示。

表 1-3-4   PRACH 使用的时隙格式

Spreading Factor	Slot Format #
16	0
8	10
4	25

（5）同步信道（Synchronisation channels，DwPCH，UpPCH）

在 TD-SCDMA 无线帧里除 TS0～TS6 七个普通时隙之外，还包含另外三个特殊时隙：下行导频时隙、上行导频时隙以及保护时隙。每个子帧中的下行导频时隙（DwPTS）承载的是下行同步信道（DwPCH），下行导频信道用于下行导频和传输下行同步信号。DwPCH 发射的信号要覆盖整个目标小区，使用固定功率发射信号。其发射功率值由高层信令下发，并在小区内广播。该时隙由长为 64chips 的 SYNC_DL 序列和 32chips 的保护间隔组成，其结构如图 1-3-6 所示。

SYNC_DL 是一组 PN 码，用于区分小区，规范中定义了 32 个码组，每组对应一个 SYNC-DL 序列。上行导频时隙（UpPTS）承载的是用于实现上行同步的上行同步信道（UpPCH）。当终端需要与网络侧建立连接时，它将首先发射 UpPCH，当得到网络的应答（FPACH）后，终端在上行发送 RACH 信道。上行导频时隙由长为 128chips 的 SYNC_UL 序列和 32chips 的保护间隔组成，其结构如图 1-3-7 所示。

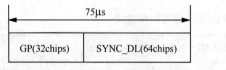

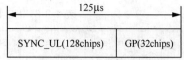

图 1-3-6　DwPTS 的结构　　　　图 1-3-7　UpPTS 的结构

SYNC_UL 是一组 PN 码,用于在接入过程中区分不同的 UE。每一个 SYNC-DL 序列对应 8 个 SYNC_UL 序列。SYNC_DL 序列与 SYNC_UL 序列的详细内容可参考相关文献。终端在接入过程中,根据接收到的 SYNC-DL 序列从其对应的 8 个 SYNC_UL 序列中随机选择一个。采用这种设计而不是一个 SYNC-DL 序列对应 1 个 SYNC_UL 序列的原因是为了减少终端在随机接入时发生碰撞的概率。

保护时隙(GP)在 Node B 侧,它是由发射向接收转换的保护间隔,时长为 75 μs(96chips)。

(6) 物理上行共享信道(Physical Uplink Shared CHannel,PUSCH)

PUSCH 使用的突发格式、训练序列都与 DPCH 一样。PUSCH 信道在需要的时候也使用 TFCI、SS 以及 TPC。PUSCH 信道可以使用变扩频因子,即 SF=1, 2, 4, 8, 16。PUSCH 信道资源的调度指配由高层信令来实现。PUSCH 信道在现有设备、终端中没有实现。

(7) 物理下行共享信道(Physical Downlink Shared CHannel,PDSCH)

PDSCH 使用的突发格式、训练序列都与 DPCH 一样。PUSCH 信道在需要的时候也使用 TFCI、SS 以及 TPC。PDSCH 信道只使用两种变扩频因子,即 SF=16 和 SF=1。

(8) 寻呼指示信道(Page Indicator CHannel,PICH)

PICH 也采用了前节所示的突发格式。NPIB 比特用来表示寻呼指示,其中 NPIB=352。

每个无线帧终端每一个寻呼指示 P_q(其中 q = 0, …, NPI-1, P_q 取 0 或 1)都映射到子帧#1 或子帧#2 的比特集合{s2LPI*q+1, …, s2LPI*(q+1)}上。寻呼指示及相应 PICH 比特的设定细节可参考相关文献。

寻呼指示的长度 LPI(符号个数)可以是 2, 4 或者 8。寻呼指示的个数 NPI 是由寻呼指示长度确定的,而寻呼指示长度是由高层信令指定的。二者的对应关系如表 1-3-5 所示。

表 1-3-5　寻呼指示个数与寻呼指示长度对应关系

寻呼指示长度	LPI=2	LPI=4	LPI=8
NPI per radio frame	88	44	22

(9) 高速下行物理共享信道(High Speed Physical Downlink Shared CHannel,HS-PDSCH)

传输信道 HS-DSCH 可以映射到一个或多个高速下行物理共享信道(HS-PDSCH)上。HS-PDSCH 可以使用 SF = 16 或者 SF=1 的扩频因子。HS-PDSCH 信道使用与 DPCH 相同的突发格式。HS-PDSCH 信道可以采用 QPSK 调制,也可以采用 16QAM 调整方式。与二者对应的时隙格式如表 1-3-6 所示。可以看到 HS-DSCH 信道没有功控,所以没有 TPC 比特。HS-DSCH 总是伴随有 HS-SCCH 及 DPCH 信道,因此也不需要 SS 比特。

HS-DSCH 信道承载数据信息的目的用户/终端是通过与 HS-DSCH 关联的 HS-SCCH 信道上 UE-ID 来标示的。

表 1-3-6　HS-PDSCH 信道时隙格式

Slot Format #	SF	Midamble length （chips）	NTFCI code word（bit）	NSS & NTPC （bit）	Bits/slot	NData/Slot （bit）	Ndata/data field（1）（bit）	Ndata/data field（2）（bit）
0（QPSK）	16	144	0	0 & 0	88	88	44	44
1（16QAM）	16	144	0	0 & 0	176	176	88	88
2（QPSK）	1	144	0	0 & 0	1408	1408	704	704
3（16QAM）	1	144	0	0 & 0	2816	2816	1408	1408

（10）HS-DSCH 下行共享控制信道（Shared Control CHannel for HS-DSCH，HS-SCCH）

HS-SCCH 是用来承载与 HS-DSCH 信道相关的高层控制信息的下行物理信道。基站物理层处理高层传来的信息，并在 HS-SCCH 信道发送出去。

HS-SCCH 信道承载的信息分配到两个物理信道（HS-SCCH1 及 HS-SCCH2）上传输。通常用 HS-SCCH 统指这两个物理信道。

HS-SCCH 信道固定使用扩频因子 SF = 16。HS-SCCH1 信道采用时隙格式 5（time slot format #5）而 HS-SCCH2 信道采用时隙格式 0（time slot format #0）。HS-SCCH 信道有 TPC 及 SS 比特，但没有 TFCI 比特。

（11）HS-DSCH 共享信息信道（Shared Information CHannel for HS-DSCH，HS-SICH）

HS-SICH 是用来承载高层控制信息以及信道质量指示（CQI）的上行物理信道。终端物理层处理上述信息并映射到 HS-SICH 信道上发送出去。

HS-SICH 信道使用固定扩频因子 SF = 16。HS-SICH 信道采用时隙格式 5（time slot format #5），有 TPC 及 SS 比特，但没有 TFCI 比特。

1.3.5　传输信道

物理层通过传输信道的形式为高层（MAC 层）提供服务。传输信道描述的是在空中接口怎样传、传什么样的数据。通常传输信道分成两类：专用信道和公共信道。公共信道上的信息是发送给小区内所有用户或一组用户的，但是在某一时刻，该信道上的信息也可以针对单一用户，这时需要用 UE-ID 识别特定用户的信息。专用信道上的信息在某一时刻只发送给单一的用户，在一段时间内只有特定的用户/业务使用该信道，因此命名为专用信道。终端/用户是通过专用信道本身来识别的。

1. 专用传输信道

专用传输信道（DCH）可用于上/下行链路承载网络和特定终端之间的用户信息或控制信息；增强专用信道（E-DCH）：上行增强信道用来承载上行用户信息。E-DCH 信道受 Node B 和 HARQ 进程控制。

2. 公共传输信道

TD-SCDMA 系统中有七种公共传输信道，包括 BCH, FACH, PCH, RACH, USCH, DSCH 和 HS-DSCH。其主要功能如下：

（1）广播信道（BCH）：用来广播系统和小区的特有信息的下行传输信道。

（2）前向接入信道（FACH）：当系统知道移动台所在的小区时，用下行传输信道——前向接入信道（FACH）给移动台发送控制信息。FACH 也可以承载一些短的用户信息数据包。

（3）寻呼信道（PCH）：在系统不知道移动台所在的小区时，用下行传输信道——寻呼信道给移动台发送控制信息。

（4）随机接入信道（RACH）：随机接入信道是上行传输信道，用来承载来自移动台的控制信息。和 FACH 信道一样，RACH 也可以承载一些短的用户信息数据包。

（5）上行共享信道（USCH）：USCH 是几个 UE 共享的上行传输信道，用来承载专用控制数据或业务数据。

（6）下行共享信道（DSCH）：DSCH 是几个 UE 共享的下行传输信道，用于承载专用控制数据或业务数据。

（7）高速下行共享信道（HS-DSCH）：HS-DSCH 与 DSCH 信道一样，是可以供多个终端共享的下行传输信道。HS-DSCH 信道是承载 HSDPA 业务下行数据的传输信道。HS-DSCH 信道必定伴随有一个下行 DPCH 信道以及一个或多个共享控制信道（HS-SCCH）。HS-DSCH 信道可以覆盖整个小区或者通过波束赋形技术只覆盖小区的一部分。

1.3.6　各层功能描述

1. MAC 层功能描述

MAC 层的主要功能是向高层提供三种业务：数据传输、无线资源和 MAC 参数的重新分配、测量汇报。

数据传输提供 MAC 实体之间 MAC SDU 无确认的传输。该功能不提供数据分段。因此，分段/重组功能应由上层完成。无线资源和 MAC 参数的重新分配是在 RRC 的请求下指向无线资源的重新分配和 MAC 参数的改变。如重新配置 MAC 功能、改变 UE 标识、改变传输格式（组合）集、改变传输信道类型、自主处理资源分配。测量汇报是向 RRC 汇报局部的业务量和质量。

MAC 的主要功能有：

（1）逻辑信道与传输信道之间的信道映射。MAC 负责将逻辑信道映射到适当的传输信道上。

（2）根据业务速率，MAC 为每个传输信道选择合适的传输格式。传输格式组合集由 RRC 传递给 MAC，MAC 在其中为每一个激活传输信道根据源速率选择适当的传输格式集。

（3）UE 数据流之间的优先级处理。当在给定的传输格式组合集中选择传输格式组合时，要考虑映射到对应传输信道数据流的优先级。优先级由无线承载服务的属性和 RLC 缓冲状态给定。通过传输格式组合的选择使得高优先级的数据映射到 L1 层的较高比特率的传输格式，同时低优先级数据映射到较低比特率的传输格式。传输格式选择要考虑来自 L1 层的可用功率。

（4）通过调度完成 UE 之间的优先级处理。为了在突发传输情况下有效地利用频谱资源，MAC 层可以使用动态调度功能。MAC 层在公共共享信道上实现优先级调度处理。但对于专用信道，等效的动态调度功能在 RRC 层功能的重新配置中。

（5）在公共信道上的 UE 标志。当特定 UE 在公共下行信道上寻址时或 UE 使用 RACH 时，需要标示 UE 的 ID；在公共信道上将高层 PDU 复用到传输块中，然后传递到物理层；并在公共信道上将接收自物理层的 PDU 解复用成高层 PDU。

（6）在专用信道上将高层 PDU 复用到传输块中，然后传递到物理层；并在专用信道上将接收自物理层的 PDU 解复用成高层 PDU。

（7）业务量测量。高层通过发送"测量控制消息"或者"系统消息"来要求 MAC 执行业务量测量。在这些消息中包含有与测量有关的相应信息（如测量对象、测量内容、测量量、测量准则、测量周期、测量反馈报告等）。MAC 根据这些信息的指示执行测量。MAC 搜集 RLC 和 Buffer 占用的情况，计算出当前的业务量情况，然后与 RRC 设定的门限比较。如果满足设定的测量报告条件，则 MAC 将业务量测量结果报告给高层。高层进而根据这些报告对无线承载/传输信道参数重新配置。

（8）动态传输信道类型切换。根据 RRC 的命令，执行公共传输信道和专用传输信道之间的切换。

（9）加密。主要为避免数据的非授权获取，只有在 RLC 透传模式下才由 MAC 对数据进行加密；在 UM/AM 模式下的加密在 RLC 层进行，具体请参考后续相关章节有关内容。

（10）为 RACH 传输进行接入服务级别选择。为了提供不同的 RACH 使用优先级，RACH 的物理资源被划分为不同的接入服务等级（ASC），以对 RACH 的使用提供不同的优先级。

（11）HS-DSCH 及 E-DCH 信道的 HARQ 功能。MAC-hs 及 MAC-e 实体根据高层设置建立 HARQ 实体并实现 HARQ 相关所有功能。本功能通过发送 ACK/NACK 确认信息确保信息在对端之间的可靠传输。

（12）向高层顺序传递、封装/解封装 HS-DSCH 信道 PDU。MAC-hs 发送实体将同一个 MAC-d 传送来的优先等级相同的 PDU 封装起来形成 MAC-hs PDU 发送给物理层。MAC-hs 接收实体根据接收数据的 TSN、优先级、及 MAC-d 标识对接收数据重新排序，解封装形成 MAC-d PDU 顺序传送给高层。

（13）向高层顺序传递、封装/解封装 E-DCH 信道 PDU。MAC-es/MAC-e 发送实体将 MAC-d 传送来的 PDU 封装起来形成 MAC-e PDU 发送给物理层。MAC-es 接收实体根据 TSN、Node-B 标签信息、重排序队列将接收数据解封装形成 MAC-d PDU 传送给高层。

2．RLC 功能描述

RLC 层的总体结构如图 1-3-8 所示。RLC 主要执行的功能有：

（1）分段/重组。将不同长度的高层 PDU 进行分段，形成较小的 RLC PDU。在对端由 RLC 实体进行重组恢复成原有的 PDU 交给高层。RLC PDU 的大小应根据实际的传输格式集进行调整。

（2）级联。当一个 RLC SDU 的内容不能填满一个完整的 RLC PDU 时，可以将下一个 RLC SDU 的第一段也放在这个 PDU 中，与前一个 RLC SDU 的最后一段级联在一起。

（3）填充。当 RLC SDU 的内容不能填满一个完整的 RLC PDU 且无法进行级联时，可以将剩余的空间用填充比特来填满。

（4）发送用户数据。在 RLC 业务用户之间传送数据。RLC 支持确认、非确认和透明数据传输。

（5）错误纠正。在确认模式下通过重传来纠正错误。

（6）高层 PDU 的顺序发送。RLC 按照高层 PDU 递交下来的顺序进行发送。主要用于 AM 模式。

（7）流量控制。由 RLC 接收端对另一侧 RLC 发送端的发送速率进行控制。

（8）重复检查。检查所接收到 RLC PDU，保证不重复向高层递交同一 PDU。

（9）流量控制。允许 RLC 接收端控制对等发送端 RLC 发送信息的速率。

（10）顺序号检查。在非确认模式下，该功能保证 PDU 的完整性。并且在 RLC PDU 被重组为 RLC SDU 时，通过检查 RLC PDU 的顺序号提供一个检测恶化 RLC SDU 的机制。恶化的 RLC SDU 将被丢弃。

（11）协议错误检测与恢复。检测 RLC 协议的错误并进行恢复。

（12）加密。在 UM/AM 模式下，对数据进行加密。

（13）SDU 丢弃。允许发送端 RLC 实体丢弃缓存中的 RLC SDU。

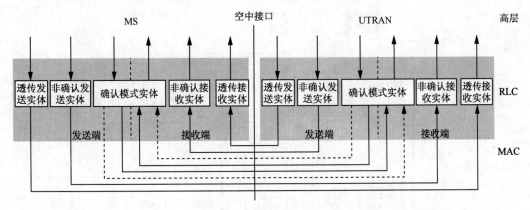

图 1-3-8　RLC 层总体模型

3. RRC 层功能

RRC 层处理终端和 UTRAN 间层 3 的控制面信令。RRC 层具有以下功能：

（1）广播由非接入层（核心网）提供的信息。RRC 执行从网络到所有终端的系统消息的广播。系统消息通常进行有规律的重复。RRC 层执行调度、分段和重复。该功能支持高层（RRC层以上）信息的广播。该信息可能针对某一特定小区，也可能不限定于一个小区。

（2）广播与接入层相关的信息。RRC 层执行从网络到所有终端的系统消息的广播。系统消息通常进行有规律的重复。RRC 层执行调度、分段和重复。该功能一般支持对特定某一小区信息的广播。

（3）建立、维持和释放终端与 UTRAN 之间的 RRC 连接。RRC 连接的建立由终端高层请求启动，为终端建立最初的信令连接。RRC 连接的建立包括一个可选的小区重选、接入控制和 L2 信令连接的建立。RRC 连接的释放由高层请求启动，为终端释放最后的信令连接或当RRC 连接失败时由 RRC 层启动。当失去连接时，终端要求进行 RRC 连接重建立。当 RRC连接失败时，RRC 释放有关连接的所有资源。

（4）建立、重配置和释放用于 RRC 连接的无线承载。RRC 层在高层的请求下能建立、重配置和释放用户面的无线承载。一个终端可同时建立多个无线承载。在建立和重配置时，RRC 层执行接入控制并基于高层信息选择在 L1 和 L2 进行处理的无线承载的参数。

（5）分配、重配置和释放用于 RRC 连接的无线资源。RRC 层处理用于 RRC 连接的无线资源（如码字）的分配，包括控制面和用户面。

（6）RRC 层可以重配置已建立 RRC 连接的无线资源。该功能包括调节与同一 RRC 连接相关的多个无线承载之间的无线资源分配。RRC 控制上行和下行链路的无线资源，使终端和UTRAN 能使用上、下行非对称的无线资源。在切换到 GSM 或其他无线系统时，RRC 向终端发送信令指示资源的分配。

1.3.7　接口描述

1．Iub 接口

Iub 接口是 RNC—Node B 之间的接口，用来传输 RNC 和 Node B 之间的信令及无线接口的数据。无线网络层由控制平面的 NBAP 和用户平面的 FP（帧协议）组成；传输网络层目前采用 ATM 传输，在 Release 5 以后版本中，引入了 IP 传输机制，目前常用的是 E1 和 STM-1。如图 1-3-9 所示为 Iub 接口的协议结构。

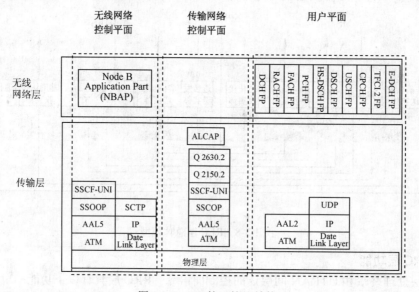

图 1-3-9　Iub 接口协议结构

Iub 接口主要完成以下功能：

- 管理 Iub 接口的传输资源
- Node B 逻辑 O&M 操作
- Iub 链路管理
- 小区配置管理
- 无线网络性能测量
- 资源事件管理
- 公共传输信道管理
- 无线资源管理
- 无线网络配置协调
- 传输 O&M 信令
- 系统信息管理
- 公共信道控制
- 接入控制
- 功率管理
- 数据传输
- 专用信道控制
- 无线链路管理
- 无线链路监管
- 信道分配、删除
- 功率管理
- 测量报告
- 专用传输信道管理
- 数据传输
- 共享信道业务管理
- 信道分配、删除
- 功率管理
- 传输信道管理
- 动态物理信道分配
- 无线链路管理
- 数据传输
- 定时和同步管理
- 传输信道同步（帧同步）
- Node B 与 RNC 节点同步
- Node B 节点间同步

Iub 接口的无线网络层的用户面和控制面对应协议分别是 NBAP 和 Iub FP。

（1）NBAP

NBAP 功能包括：小区配置管理，公用传输信道管理，系统信息管理，资源事件管理，配置调整，测量公用资源，无线链路管理，无线链路监测，压缩模式控制，专用资源测量，报告通用错误。

NBAP 的功能由 NBAP 过程来实现。NBAP 过程又分为公用过程和专用过程。包括寻呼、广播系统信息、请求/完成/释放专用资源和管理逻辑资源等过程。NBAP 向下使用 Iub 接口上的传输承载传递 NBAP 消息。

NBAP 公用过程是 Node B 对特定的终端的 UE Context 的初始化请求过程。NBAP 的公用过程也体现了逻辑 O&M 过程。NBAP 公用过程包括：

- 公用传输信道建立
- 公用传输信道重配置
- 公用传输信道删除
- 阻塞资源
- 解除资源阻塞
- 核查请求
- 公用测量初始化
- 公用测量报告

- 公用测量结束
- 公用测量失败
- 小区建立
- 小区重配置
- 小区删除
- 资源状态指示
- 系统信息更新

BAP 专用过程是和 Node B 的一个特定 UE Context 相关联的过程。UE Context 通过 UE Context ID 来标志。NBAP 专用过程包括：

- 无线链路增加
- 同步无线链路准备
- 同步无线链路重配置委托
- 同步无线链路重配置取消
- 非同步无线链路重配置
- 无线链路删除
- 下行链路功率控制

- 专用测量初始化
- 专用测量报告
- 专用测量结束
- 专用测量失败
- 无线链路失败
- 错误管理过程

（2）Iub FP

用户平面[Iub FP]是用来传输通过 Iub 接口上的公共传输信道和专用传输信道数据流的协议。主要功能是把无线接口的帧转化成 Iub 接口的数据帧。Iub FP 的各种帧结构种类很多，主要分为数据帧和控制帧两部分。以 RACH 数据帧为例说明数据帧协议，如图 1-3-10 所示，数据帧分为两部分：帧头与净荷。

帧头中包含以下几部分：

- Head CRC：帧头循环冗余校验。
- FT：帧类型，1bit。0 表示数据帧，1 表示控制帧。
- CFN：连接帧号。CFN 可与 SFN（空口系统帧号）一一对应。用来表示接收到的数据是在对应的 SFN 标识的帧内传输的。
- TFI：传输格式指示，提供净荷的传输格式信息。
- Propagation delay：传输时延。FDD 模式才有的选项。
- Rx Timing Deviation：接收时间偏差。3.84MHz TDD（HCR）模式的选项。

- Received SYNC ULTiming Deviation：上行导频接收时间偏差。1.28MHz TDD（LCR）模式的选项。

净负荷主要由三部分组成：

- TB：传输块，携带要传输的数据信息。
- Spare Extension：预留块，为将来增加新的 IE（信息元素）保留位置。
- Payload CRC：净负荷 CRC，对净负荷数据进行校验。

控制帧的基本格式如图 1-3-11 所示。

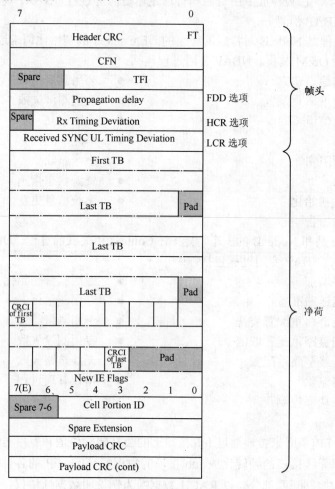

图 1-3-10　RACH 信道数据帧格式

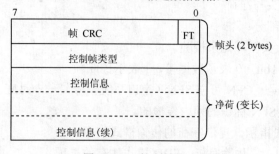

图 1-3-11　控制帧格式

用户平面控制帧的功能对于公共传输信道和专用传输信道有所不同，但主要作用都是完成数据传输中的节点同步、链路同步和定时校准等几方面。

控制帧与数据帧一样分为两部分：帧头与净荷。

帧头中包含以下几部分：

- Frame CRC：帧头 CRC，对整个帧信息进行校验。
- FT：帧类型，1bit。0 表示数据帧，1 表示控制帧。
- Control Frame Type：控制帧类型，指示净负荷信息里携带的内容。

净荷则用于承载控制信息。

2．Iu 接口

Iu 接口是连接 UTRAN 和 CN 之间的接口，同时也是 RNS 和 CN 之间的一个参考点。Iu 接口又可分为三个接口：Iu-CS，Iu-PS 和 Iu-BC。Iu 接口的基本结构如图 1-3-12 所示。

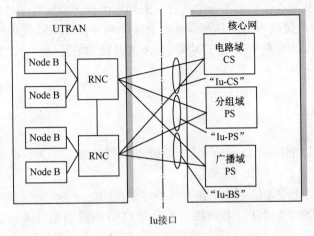

图 1-3-12　Iu 接口结构

在 Iu-flex 引入之前，一个 RNC 至多能连接核心网一个电路域接入点和一个分组域接入点。对于 BC 域，一个 RNC 可以和几个 CN 的接入点相连。

从功能上看，Iu 接口主要负责传递非接入层的控制消息、用户信息、广播信息及控制 Iu 接口上的数据传递等。其主要功能如下：

（1）RAB 管理功能。主要负责 RAB 的建立、修改和释放，并完成 RAB 特征参数、Uu 承载和 Iu 传输承载参数的映射。

（2）无线资源管理功能。在 RAB 建立时执行用户身份的鉴定和无线资源状况的分析，并据此接受或拒绝该请求。

（3）Iu 链路管理功能。负责 UTRAN 和 CN 之间的 Iu 信令连接的建立和释放，为 UTRAN 和 CN 之间的信令和数据传输提供可靠的保证。

（4）用户平面管理功能。基于 RAB 的特性提供用户平面相应的模式：透传模式或支持模式；并根据不同的模式决定其帧结构。

（5）移动性管理。跟踪终端当前位置信息和对终端进行寻呼。

（6）安全功能。在信令和用户数据传输的过程中对其进行加密并校验其完整性；对用户的身份和权限进行审核。

（7）业务网络接入功能。包括核心网信令数据、数据量报告、终端追踪、定位信息报告。

（8）支持 MBMS 承载业务。

RANAP 是 Iu 接口无线网络层控制平面协议，负责 Iu 接口核心网和 RNC 之间的信令交互。它由一个或多个基本过程组合构成上述各种功能。从应答方式分，基本过程可分为三类：有应答、无应答、多应答。对有应答类型来说，"成功"指基本过程成功完成并收到对端应答；"失败"指收到失败应答，或定时器超时而未收到应答。对无应答类型，则默认为成功。

从消息传送方式分，基本过程可分为两类：面向连接型和无连接型。面向连接型在特定终端的专用信令连接上传送，无连接型在公用的信令连接上传送。

1.4　TD-SCDMA 关键技术及其对系统性能的影响

TD-SCDMA 是中国通信史上第一个具有自主知识产权的国际移动通信标准，它采用了智能天线、联合检测等关键技术，而这些技术将直接影响网络覆盖效果和网络容量等衡量通信系统性能的关键要素。本章将在介绍 TD-SCDMA 关键技术的基础上，着重讨论这些关键技术对系统性能的影响。

1.4.1　时分双工

时分双工（Time Division Duplex）是一种通信系统的双工方式，在无线通信系统中用于分离接收和传送信道或者上行和下行链路。

采用 TDD 模式的无线通信系统中接收和传送是在同一频率信道（载频）的不同时隙进行的，用保护时间间隔来分离上、下行链路；而采用 FDD 模式的无线通信系统的接收和传送是在分离的两个对称频率信道上的，用保护频率间隔来分离上、下行链路。

采用不同双工模式的无线通信系统的特点和通信效率是不同的。TDD 模式中由于上、下行信道采用同样的频率，因此上、下行信道之间具有互惠性，这给 TDD 模式的无线通信系统带来许多优势。比如，智能天线技术在 TD-SCDMA 系统中的成功应用。

另外，由于 TDD 模式下，上、下行信道采用相同的频率，不需要为其分配成对频率，在无线频谱越来越宝贵的今天，相比于 FDD 系统具有更加明显的优势。

1.4.2　多址方式

TD-SCDMA 系统中采用了 TDD 的双工方式，使其可以利用时隙的不同来区分不同的用户。同时，由于每个时隙内同时最多可以有 16 个码字进行复用，因此同时隙的用户也可以通过码字来进行区分。另外，每个 TD-SCDMA 载频的带宽为 1.6MHz，使得多个频率可以同时使用。可见，TD-SCDMA 系统集合 CDMA、FDMA、TDMA 三种多址方式于一体，使得无线资源可以在时间、频率、码字这三个维度进行灵活分配，也使得用户能够被灵活分配在时间、频率、码字这三个维度，从而降低系统的干扰水平。TD-SCDMA 多址方式如图 1-4-1 所示。

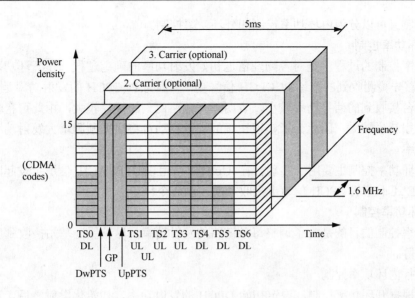

图 1-4-1　TD-SCDMA 多址方式

1.4.3　同步技术

TD-SCDMA 的同步技术包括网络同步、初始化同步、节点同步、传输信道同步、无线接口同步、Iu 接口时间较准、上行同步等。其中网络同步选择高稳定度、高精度的时钟作为网络时间基准，以确保整个网络的时间稳定，是其他各同步的基础。初始化同步使移动台成功接入网络。节点同步、传输信道同步、无线接口同步和 Iu 接口时间校准、上行同步等使移动台能正常进行符合 QoS 要求的业务传输。

TD-SCDMA 系统的 TDD 模式要求基站之间必须严格同步，目的是避免相邻基站之间的收发时隙存在交叉而导致严重干扰，一般通过 GPS 实现基站之间相同的帧同步定时，其精度要求为 3 微秒，紧急情况如 GPS 不可用时系统可自行维持 24 小时同步，在特殊情况下也可考虑使用空中接口的主从同步或者从传输接口提取，但精度不高，未来可以考虑同时使用我国自行建设的北斗系统进行授时。移动终端开机建立下行同步的过程被称为初始化小区同步过程（即初始小区搜索）。移动终端在发起一次呼叫前，必须获得一些与当前所在小区相关的系统信息，例如可使用的随机接入信道（PRACH）和寻呼信道（FPACH）资源等，这些信息周期性地在 BCH 信道上广播。BCH 是一个传输信道（Transport Channel），它映射到公共控制物理信道（P-CCPCH）上，通常占用了帧的第 0 时隙。初始小区搜索的最终目的就是读取小区的系统广播信息，获得进行业务传输的参数。这里的同步不仅是时间上的同步，还包括频率、码字和广播信道的同步，要分四步进行，分别是 DwPTS 同步、扰码和基本中置码的识别、控制复帧的同步和读取广播信道。

1.4.4　功率控制

功率控制是 CDMA 系统中有效控制系统内部的干扰电平，从而降低小区内和小区间干扰不可缺少的手段。在 TD-SCDMA 系统中功率控制可以分为开环功率控制和闭环功率控制，而闭环功率控制又可以分为内环功率控制和外环功率控制。

1．开环功率控制

开环功率控制的过程就是对各物理信道初始发射功率的确定过程。在开环功率控制过程中，移动台首先检测收到的基站 PCCPCH 信号功率，因为 PCCPCH 的发射功率是固定的，那么如果移动台接收到的信号功率较小，表明下行链路此刻的损耗较大，由此可粗略判断上行链路此刻的损耗也较大，因此为了实现正确解调，移动台将根据预测增大发射功率；反之则减小发射功率。

上行开环功率控制主要用于移动台在 UpPTS 信道以及 PRACH 信道上发起随机接入过程，此时 UE 还不能从 DPCH 信道上接收功率控制命令。

2．闭环功率控制

闭环功率控制的目的是为了调整每条链路的发射功率，尽量保证基站接收到所有移动台的功率都相等。

（1）上行内环功率控制

移动台根据开环功率控制，设定初始 DPCH 的发射功率，初始化发射之后，进入闭环功率控制。内环功率控制是基于 SIR 进行的。在功率控制过程中，基站周期性地将接收到的 SIR 测量值和 SIR 目标值进行比较，如果测量值小于目标值，则将发射功率控制 TPC 命令置为"UP"；否则将 TPC 命令置为"DOWN"。在移动台侧，对 TPC 比特位进行软判决，如果判决结果为"UP"，则将发射功率增加一个步长；否则减少一个步长。目标 SIR 取值由高层通过外环进行调整。

（2）下行内环功率控制

下行链路专用物理信道的初始发射功率由网络设置，直到第一个上行 DPCH 到达。以后的发射功率由移动台通过 TPC 命令进行控制。类似地，移动台周期性地测量所接收到的 SIR，当测量值大于目标值，将 TPC 命令设置为"DOWN"，否则设置为"UP"。在基站侧，对接收到的 TPC 比特位进行判决，判决结果为"UP"，则将发射功率增加一个步长；否则减少一个步长。

（3）外环功率控制

在 TD-SCDMA 系统，外环功率控制主要是高层通过测量 BLER 与 QoS 要求的门限相比较，给出能满足通信质量的最小的 SIR 目标值。SIR 与 BLER 的对应关系与无线链路的传播环境密切相关，所以为了适应无线链路的变化，需要实时地调整 SIR 的目标值。

1.4.5　智能天线

在复杂的移动通信环境和频带资源受限的条件下，如果想达到更好的通信质量和更高的频谱利用率，主要取决于 3 个因素：多径衰落、时延扩展、多址干扰。为克服这些因素的限制，近几年人们开始研究智能移动通信技术，包括智能天线、智能传输、智能接收和智能化通信协议等。其中智能天线技术作为 TD-SCDMA 系统的关键技术在抗干扰，提高系统容量方面发挥了重要的作用。相对于 WCDMA 系统来说，TD-SCDMA 系统带宽较窄，扩频增益较小，单载频容量较小，而智能天线则是保证系统能够获得满码道容量的重要条件。

智能天线（Smart Antenna）技术是在微波技术、自动控制、自适应天线技术、数字信号处理（DSP）技术和软件无线电技术等多学科基础上综合发展而成的一门新技术。

智能天线即具有一定程度智能性的自适应天线阵列。首先，天线阵列由多个空间分隔的天线阵元组成，每个天线的输出通过接收端的多输入接收机合并在一起。与传统接收天线只能在天线全向角度以固定方式处理接收信号不同，自适应天线阵列是空间到达角度或者说是扩展角度的函数，接收机可以在这个角度的范围内对接收的信号进行检测处理，可以动态地调整一些接收机制来提高接收性能。根据到达天线阵列信号的相关性，可以将天线阵列分为完全相关和完全不相关两种情况。对于前者，每个阵元上的信号以相同的方式衰落，这时要求阵元之间的间隔很小，一般小于等于半个波长，这也是 TD-SCDMA 系统中应用的天线阵列；而对于后者，每个阵元上的信号可以认为经过相互独立的信道，当一个信号处于深衰落时，其他信号不可能同时处于深衰落，通常阵元之间的间隔要大于半个波长，此时主要是获得分集接收增益。根据天线阵列的几何形状，可以分为等距离线阵、均匀圆阵、天面格状阵列以及立体格状阵列，其中等距离线阵和均匀圆阵都是 TD-SCDMA 系统中广泛应用的两种阵列。

自适应天线阵列能够在干扰方向未知的情况下，自动调节阵列中各个阵元的信号加权值的大小，使阵列天线方向图的零点对准干扰方向而抑制干扰，即使在干扰和信号同频率的情况下，也能成功地抑制干扰。如果天线的阵元数增加，还可以增加零点数来同时抑制不同方向上的几个干扰源。实际干扰抑制的效果一般可达 25～30dB 以上。智能天线以多个高增益的动态窄波束分别跟踪多个移动用户，同时抑制来自窄波束以外的干扰信号和噪声，使系统处于最佳的工作状态。但智能天线的波束跟踪并不意味着一定要将高增益的窄波束指向移动用户的物理方向，实际在随机多径信道上，移动用户的物理方向是难以确定的，特别是在发射台至接收机的直射路径上存在阻挡物时，用户的物理方向并不一定是理想的波束方向。智能天线波束跟踪的真正含义是在最佳路径方向形成高增益窄波束并跟踪最佳路径的变化。

使用智能天线的小区与普通小区的比较如图 1-4-2 所示。

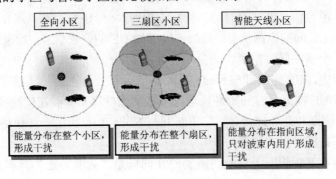

图 1-4-2　使用不同类型天线的小区对比示意图

1.4.6　联合检测

在实际的 CDMA 移动通信系统中，由于扩频码字相关特性的非理想性，各个用户信号之间经过复杂多变的无线信道后将存在一定的相关性，这就是多址干扰（MAI）存在的根源。由个别用户产生的 MAI 固然很小，可是随着用户数的增加或信号功率的增大，MAI 就成为 CDMA 通信系统的一个主要干扰。

传统的 CDMA 系统信号分离方法是把 MAI 看成热噪声一样的干扰加以处理，不过这会导致信噪比严重恶化，系统容量也随之下降。这种将单个用户的信号分离看成是各自独立过程的信号分离技术称为单用户检测（Single-User Detection）。WCDMA 系统使用了较长的扩频码，系统可以获得较高的扩频增益，限于目前硬件处理能力的限制，目前的 WCDMA 设备均采用 RAKE 接收这种单用户检测的方法，因此 WCDMA 实际系统可获得的容量小于码道设计容量；当然 WCDMA 单载频容量本身较大，目前的容量能力也可以满足运营需要。

实际上，由于 MAI 中包含许多先验的信息，如确知的用户信道码，各用户的信道估计等等，因此 MAI 不应该被当成噪声处理，它可以被利用起来提高信号分离方法的准确性。这样充分利用 MAI 中的先验信息而将所有用户信号的分离看成一个统一的过程的信号分离方法称为多用户检测技术（MUD）。根据对 MAI 处理方法的不同，多用户检测技术可以分为干扰抵消（Interference Cancellation）和联合检测（Joint Detection）两种。其中，干扰抵消技术的基本思想是判决反馈，首先从总的接收信号中判决出其中部分的数据，根据数据和用户扩频码重构出数据对应的信号，再从总接收信号中减去重构信号，如此循环迭代。联合检测技术则指的是充分利用 MAI，一步之内将所有用户的信号都分离开来的一种信号分离技术。通常，联合检测的性能优于干扰抵消，但联合检测的复杂度相对较高，因此一般基站更容易实现联合检测。

1.4.7 接力切换

TD-SCDMA 系统的接力切换概念不同于硬切换与软切换，在切换之前，目标基站已经获得移动台比较精确的位置信息，因此在切换过程中 UE 断开与原基站的连接之后，能迅速切换到目标基站。移动台比较精确的位置信息主要通过对移动台的精确定位技术来获得。在 TD-SCDMA 系统中，移动台的精确定位应用了智能天线技术，首先 Node B 利用天线阵估计 UE 的 DOA，然后通过信号的往返时延，确定 UE 到 Node B 的距离。这样，通过 UE 的方向 DOA 和 Node B 与 UE 间的距离信息，基站可以确知 UE 的位置信息，如果来自一个基站的信息不够，可以让几个基站同时监测移动台并进行定位。

在硬切换过程中，UE 先断开与 Node B_A 的信令和业务连接，再建立与 Node B_B 的信令和业务连接，即 UE 在某一时刻始终只与一个基站保持联系。而在软切换过程中，UE 先建立与 Node B_B 的信令和业务连接之后，再断开与 Node B_A 的信令和业务连接，即 UE 在某一时刻可与两个基站同时保持联系。

接力切换虽然在某种程度上与硬切换类似（同样是"先断后连"），但是由于其实现以精确定位为前提，因而与硬切换相比，UE 可以很迅速地切换到目标小区，降低了切换时延，减小了切换引起的掉话率。

图 1-4-3 以及过程描述都只是针对切换成功的情况，而对于切换失败的情况几乎与上述过程相似，只是当 UE 尝试建立与 Node B_B 的业务连接失败以后，UE 就恢复与 NodeB_A 之间的业务连接，之后 UE 删除与 Node B_B 的信令连接，这时 UE 与 Node B_B 之间的业务和信令连接全部断开，而仍只与 Node B_A 保持信令和业务的连接，此时切换完成。

需要注意的是，在 TD-SCDMA 系统中切换的测量量是 P-CCPCH 的 RSCP，而在 WCDMA 系统中测量的是 P-CPICH 的 Ec/Io。

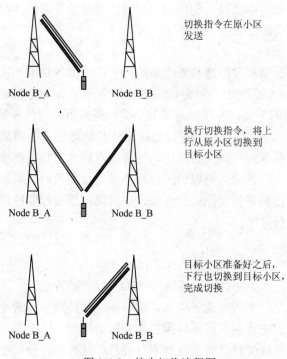

切换指令在原小区
发送

执行切换指令,将上
行从原小区切换到
目标小区

目标小区准备好之后,
下行也切换到目标小区,
完成切换

图 1-4-3 接力切换流程图

1.4.8 动态信道分配

动态信道分配的引入是由于 TD-SCDMA 采用了多种多址方式:CDMA、TDMA、FDMA 以及空分多址 SDMA(智能天线的效果),WCDMA 中没有采用多种多址方式,而且其扩频增益比较大,因此不需要 DCA 来提高链路质量。动态信道分配原理是当同小区内或相邻小区间用户发生干扰时可以将其中一方移至干扰小的其他无线单元(不同的载波或不同的时隙)上,达到减少相互间干扰的目的。动态信道分配(DCA)包括两部分:慢速 DCA、快速 DCA。

慢速 DCA 对小区中的载频、时隙进行排序,排序结果供接纳控制算法参考。设备支持静态以及动态的排序方法。其中静态排序方法可以起到负荷集中的效果,动态排序方法可以起到负荷均衡的效果。具体排序方法的选择可以由运营商定制。

快速 DCA 对用户链路进行调整。在 N 频点小区中,当载波拥塞时,通过快速 DCA 可以实现载波间负荷均衡。当用户链路质量发生恶化时,也会触发用户进行时隙或者载波调整,从而改善用户的链路质量。

下面以动态时隙分配为例进行详细说明。在 TD-SCDMA 系统中,时隙的分配从操作对象和实现方式上可大致分为慢速时隙分配和快速时隙分配。

慢速时隙分配主要根据小区内业务不对称性的变化,动态地划分上、下行时隙,使上、下行时隙的传输能力和上、下行业务负载的比例关系最佳匹配,以获得最佳的频谱效率。TD-SCDMA 系统可以灵活地划分上、下行时隙,从而提升系统容量,但是当相邻小区的上、下行时限划分不一致时,交叉时隙间可能会造成较大的干扰,导致系统容量损失。这就需要综合考虑以上两点的影响,动态分配各个小区上、下行的资源,使系统的容量最大化,同时兼顾某些热点地区的容量极大化。

快速时隙分配指系统为申请接入的用户分配具体的时隙资源，并根据系统状态对已分配的资源进行调整。具体实现主要分为以下 4 个过程。

1．时隙排队

排队算法是为接纳控制和时隙选择做准备的。一般根据各时隙干扰水平的不同确定各时隙的优先级。TD-SCDMA 系统中的时隙优先级排队应用了负荷均衡策略，可以有效地减少 CDMA 系统中多用户间的干扰，并控制系统的负荷，提高系统的总容量。

在负荷均衡算法中，对于上行时隙可以通过比较基站能够承受的最大干扰和当前干扰得出的差值，从大到小对时隙进行优先级排序，还可以对此差值与长期统计的干扰平均值综合考虑来进行排序；对于下行时隙，可以通过比较基站的最大发射功率和当前时隙总发射功率得出的差值，从大到小排列下行时隙的优先级，也可以根据发起新呼叫的用户终端对各个下行时隙的干扰测量值进行排序。

2．时隙选择

通常，用户终端的时隙选择可以分为 3 类：

第一类：基于顺序搜索的先进先出排队（FIFO）处理的方法

该算法的主要思想是：不考虑业务类别，所有小区都按照事先规定的相同时隙优先级顺序选择可用时隙分配，首先找到的可用时隙将被分配给用户，这个算法规定一帧中具有较低数字序号的时隙拥有较高优先级且首先被搜索；并且一旦时隙被分配给某个用户后，在下一帧中对应的时隙仍然为那个用户所使用（假设在下一帧用户呼叫还没有结束）。这个算法的优点是具有较低优先级的时隙变为空闲的概率要大于高优先级的时隙。因此，优先级低的时隙（即时隙编号大的时隙）能支持高质量和高速率的用户。这就降低了高速率和高质量用户对其他用户的干扰。对于下行方向，其搜索过程类似。

第二类：基于时隙优先级排队算法的方法

该算法的主要思想是：用户终端找到优先级最高的时隙，此时隙的业务承载能力必须大于申请用户的业务能力。但是要充分反映上、下行时隙的业务承载能力就要考虑资源单元数量、干扰情况、业务的 QoS 要求，还要考虑上、下行时隙在子帧中的位置问题。如果一个交叉时隙服务的用户终端在小区边缘，该时隙内会有严重的小区间干扰，所以选择上、下行时隙还要根据用户所在位置以尽量减少这些干扰。

第三类：基于路径损耗的抗基站间干扰的方法

该算法的基本原理是通过路径损耗进行资源预留，同时通过尽量避免存在大的基站间相互干扰来最大化地提高系统容量，并且提高系统的 QoS。该算法中，时隙依据是否有基站干扰分为普通和紧急两大组。如果在该时隙存在基站间干扰，则归属于紧急组，否则归属于普通组。属于紧急组的时隙优先分配给那些处于基站附近或信道条件好的用户，这样可以降低基站间的干扰，从而增加系统容量。普通组的时隙优先分配给小区边缘或信道条件恶劣的用户，具体算法实现如下：如果新用户接入基站的路径损耗比路径损耗门限值大，则分配普通组的时隙给该用户。反之则分配紧急组里的时隙给新用户。

另外，该算法也可以基于路径损耗进行资源预留，计算路径损耗和路径损耗门限值的差值，并且映射到最佳可用时隙，计算其总干扰功率，然后依据总干扰功率选择具有最小干扰功率的时隙分配给新用户。

3．时隙调整

在 TD-SCDMA 系统中，当一次呼叫被接入后，RNC 还需要根据承载业务的要求、终端的移动和干扰的变化等因素，在链路质量恶化、功控失效的情况下，启动信道调整过程。基于"时间交换"的时隙调整算法的根本思想是：由于一帧各个时隙的干扰情况以及每个用户可以承受的干扰容量或干扰余量不一样。因此，一个满足不了某个用户 QoS 要求的时隙，是有可能满足其他用户 QoS 要求的。这样就可以在小区内切换失败情况下，通过采用时隙交换技术，将在一个时隙中无法满足 QoS 要求的用户与另一个时隙中用户进行交换，分配新的时隙给该用户，以继续维持正常的通信。

在进行时隙分配时，可以根据用户是上行时隙、下行时隙或上、下行时隙均不满足 QoS 要求的情况分别进行处理。如果用户仅是上（下）行时隙不满足要求，则只对用户上（下）行方向的时隙进行交换，用户原有的下（上）行时隙保持不变。若用户两个方向的时隙均不满足要求，那么必须同时进行交换，用户进行时隙交换的前提是：时隙交换后的两个用户在满足各自 QoS 要求的同时，应该保证原来时隙中其他用户 QoS 的要求；否则不能进行交换。

4．时隙整合

系统可以在实时高速率业务申请到来时或者链路质量恶化、启动信道调整过程不能解决时检查资源分布情况。由于终端能力限制或其他算法简化的需要，常把资源集中到一个时隙中，因此如果现有资源不能满足要求，则需要进行资源整合。时隙整合过程通过调整或压缩低优先级业务占用的信道等手段，把可用的资源单元（RU）尽量集中在一个时隙，目的是提高系统的资源利用率、业务（尤其是高速率业务）接入成功率和切换成功率。整合策略的主要思想是：首先尽量不断开已建立的连接，而将某些连接调整到其他时隙中，如果其他时隙不能接受，则考虑降低优先级较低的非实时业务（或用户）的传输速率或释放资源，甚至可以断开某些低优先级业务（或用户）的连接，直到此时隙内空余资源达到要求。

下面给出了一个基于空域进行时隙动态分配的例子（如图 1-4-4 所示）。小区内已经有三个用户，此时新的用户接入，在分配时隙时，动态信道分配技术可以根据用户 3 在空域上距离新用户最远而将用户 3 所使用的时隙分配给新用户，但不会引发系统内的干扰。

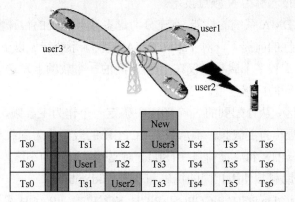

图 1-4-4　动态信道分配示意图

采用 DCA 技术能够较好地避免干扰，使信道重用距离最小化，从而高效率地利用有限的无线资源，提高系统容量；还能够灵活地分配时隙资源，从而可以灵活地支持对称及非对称的业务；同时，具有频谱利用率高、无需信道预规划、可以自动适应网络中负载和干扰的变化等优点。

从实现原理上动态信道分配能够有效地进行载波间、时隙间负荷均衡，从而有效抑制网络的噪声抬升，改善链路质量。就小区容量而言，动态信道分配本身不能直接带来增益，而对于用户链路质量的改善作用难以定量分析。

动态信道分配对网络性能的影响由于受其他因素制约，很难设计测试例进行实际测试，不过通过仿真分析表明，动态信道分配对于话音业务的掉话率有较为明显的改善，特别在上行链路，如图 1-4-5 所示。

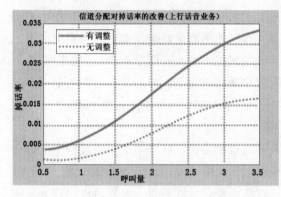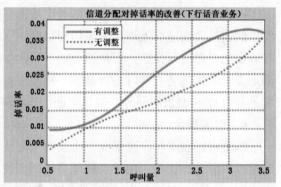

图 1-4-5　动态信道分配对上行和下行链路掉话率的改善

1.4.9　N 频点技术

考虑到单个 TD-SCDMA 载频所能提供的用户数量有限，要提高热点地区的系统容量覆盖，必须增加系统的载频数量。TD-SCDMA 系统中，多载频系统是指一个小区可以配置多于一个载波频段的系统，这样的小区称为多载频小区。通常多载频系统将相同地理覆盖区域的多个小区（假设每个载频为一个小区）合并到一起，共享同一套公共信道资源，从而构成一个多载频小区，这种技术称为 N 频点技术。

为了提高 TD-SCDMA 系统的性能，在充分考虑多载频系统的特殊性以及保持现有单载波系统的最大程度稳定性的前提下，对 TD-SCDMA 多载频系统特做以下约定：

（1）一个小区可配置多个载频，仅在小区/扇区的一个载频上发送 DwPTS 和广播信息，多个频点使用一个共同的广播信道。

（2）针对每一小区，从分配到的 N 个频点中确定一个作为主载频，其他载频为辅助载频。承载 P-CCPCH 的载频称为主载频，不承载 P-CCPCH 的载频称为副载频。在同一个小区内，仅在主载频上发送 DwPTS 和广播信息（TS0）。对支持多频点的小区，有且仅有一个主载频。

（3）主载频和辅助载频使用相同的扰码和基本 Midamble。

（4）公共控制信道 DwPCH, P-CCPCH, PICH, SCCPCH, PRACH 等规定配置在主载频上，信标信道总在主载频上发送。至于 UpPCH, FPACH 在辅载频上是否使用，以及如何使用将有待进一步确认。

（5）同一用户的多时隙配置应限定为在同一载频上。

（6）同一用户的上、下行配置在同一载频上。

（7）辅载频的 TS0 暂不使用。

（8）主载频和辅载频的时隙转换点建议配置为相同。如图 1-4-6 所示。

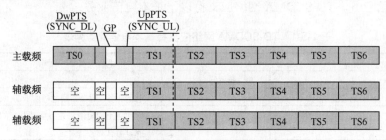

图 1-4-6　N 频点原理示意图

1.5　TD-SCDMA 系统的业务能力

1.5.1　业务能力概述

TD-SCDMA 系统的主要特征是可提供移动多媒体业务，并提供比第二代系统更大的系统容量、更好的通信质量，同时还考虑到了与已有第二代系统良好的兼容性。

除语音、可视电话、视频会议电话及多媒体业务外，还可提供 E-mail、WWW 浏览、电子商务、电子贺卡等业务。移动办公业务、教育类业务、股票信息、交通信息、气象信息、位置服务、网上教室、网上游戏等移动应用将极大地丰富人们的生活。

1. QoS 业务流等级

根据业务流对时延的敏感程度不同，3GPP 规范定义了 4 个 QoS 业务流等级：会话类、流类、交互类、背景类。

会话类：主要用于传输实时业务流。特点：传输时延短，同时必须保持数据之间的时序关系，故此方式对 QoS 的要求最严格。

流类：主要是用来传输视频或音频业务。特点：连续的单向数据流，对传输时延的要求不是很高，但是在一个完整的数据流内，必须保证数据间的时序关系，同时还必须限制端到端数据流的时延抖动。

交互类：主要用于传统的因特网应用，如 WWW, E-mail, Telnet 和 FTP 等。特点：对时延的要求不严格，因此可以通过信道编码和重传提供更低的差错率。

背景类：业务方式主要用于当终端用户（一般是计算机）在后台发送和接收数据文件时。特点：对传输时延不敏感但是要求必须对数据的内容以比较低的误码率进行透明传输。

2. 业务分类

TD-SCDMA 试验网承载的业务是对原有 2G/2.5G 网络业务的继承和发展。提供的业务分为以下三类：

（1）基本业务

基本业务是指利用基本的通信网络资源向用户提供的通信业务。

1）基本电信业务

基本电信业务是指在用户通信时，为用户提供的包括终端设备在内的、具备端到端完整通信能力的通信业务。TD-SCDMA 网络应支持以下基本电信业务：

表 1-5-1　TD-SCDMA 网络应支持基本电信业务列表

电信业务类别		电信业务	
类　别	名　　称	编　　号	名　　称
1	语音业务	TS11 TS12	电话业务（注1）紧急呼叫业务（注2）
2	短信业务	TS21 TS22 TS23	移动终止的短消息业务移动发起的短消息业务小区广播短消息业务（可选）

注 1：要求 AMR2 语音编码格式。

注 2：在 GSM 规范定义的紧急号码基础上，新增 7 个紧急呼叫号码：000, 08, 110,118, 119, 911, 999。在终端不插卡时，用户拨叫上述任何号码，应可接听录音通知提示。在终端插卡时，用户拨叫上述号码，应可接续到相应的呼叫中心，享受紧急服务，对某些我国政府没有提供紧急服务的紧急呼叫号码，应可接听录音通知提示。

2）基本承载业务

基本承载业务是指在用户通信时，仅在用户接入点（也称"用户/网络"接口）之间提供通信信息传输能力的通信业务。TD-SCDMA 网络应支持以下承载业务：

① BS20 3.1KHz 电路域异步非透明通用承载业务

表 1-5-2　BS20 基本承载业务列表

用 户 速 率	接 入 结 构	速 率 适 配	QoS 属性	备　注
0.3 kbit/s（可选）	异步	—	非透明	注 2
1.2 kbit/s（可选）	异步	—	非透明	注 2
2.4 kbit/s（可选）	异步	—	非透明	注 2
4.8 kbit/s（可选）	异步	—	非透明	注 2
9.6 kbit/s	异步		非透明	
14.4 kbit/s	异步		非透明	注 3
19.2 kbit/s	异步		非透明	注 3
28.8 kbit/s	异步		非透明	注 3
其他高速率	异步		非透明	注 1 注 3

注 1：用于支持高速调制解调 V.90（56kbit/s）的情况，此时用户速率没有意义，承载指配时选择"Modem type = 'Autobauding Type 1'"。

注 2：对于 UTRAN，固定网速率为 300, 1200, 2400 和 4800 比特/秒的移动始发呼叫，只有在"modem type = 'Autobauding Type 1'"的情况时才提供。

注 3：只用于 UTRAN。

② BS30 电路域同步透明通用承载业务

目前，该承载业务主要应用于可视电话业务（ITU-T H.324M）。可视电话业务是一种集图像、语音于一体的多媒体通信业务，可以实现人们"面对面"的实时沟通。可视电话可以通过分组方式或电路方式来实现，目前中国移动要求的可视电话业务是指基于电路域（CS）BS30承载来实现的可视电话业务。

表 1-5-3　TD-SCDMA 网络应支持 BS30 基本承载业务列表

用 户 速 率	接 入 结 构	信息传送能力	速 率 适 配	QoS 属性	备　注
320 kbit/s（可选）	同步	UDI	H.223 & H.245	透明	注 1
64 kbit/s	同步	UDI	H.223 & H.245	透明	注 1

注 1：只用于 UTRAN TD 网络应能和其他国际 3G 运营商互通可视电话。

③ BS70 分组数据承载业务

分组数据承载业务要求支持的速率如下：

上行：384kbps, 128kbps, 64kbps, 32kbps, 16kbps, 8kbps。其他速率可选。

下行：384kbps, 256kbps, 128kbps, 64kbps, 32kbps, 16kbps, 8kbps。HSDPA 功能引入后：上行速率要求不变；下行速率范围为 68.5kbps～6.72Mbps。

（2）补充业务

移动通信运营商利用基本的通信网络资源向用户提供电信补充业务。补充业务不能够独立向用户提供，必须与基本电信/承载业务一起向用户提供。

表 1-5-4　TD-SCDMA 网络应支持补充业务列表

类　　别	名　　称	备　注
号码识别类（Number Identification SS）	主叫号码识别显示（CLIP）	注 1
	主叫号码识别限制（CLIR）	注 1
	被连号码识别显示（COLP）	注 1
	被连号码识别限制（COLR）	注 1
呼叫提供类（Call Offering SS）	无条件呼叫前转（CFU）	注 1
	遇移动用户忙呼叫前转（CFB）	注 1
	遇无应答呼叫前转（CFNRy）	注 1
	遇移动用户不可及呼叫前转（CFNRc）	注 1
呼叫完成类（Call Completion SS）	呼叫等待（CW）呼叫保持（HOLD）	注 1
多方通信类（Multi Party SS）（可选）	多方通话（MPTY）	注 1
呼叫限制类（Call Restriction SS）	闭锁所有出呼叫（BAOC）	注 1
	闭锁所有国际出呼叫（BOIC）	注 1
	闭锁除归属 PLMN 国家外所有国际出呼叫（BOIC-exHC）	注 1
	闭锁所有入呼叫（BAIC）	注 1
	当漫游出归属 PLMN 国家后，闭锁入呼叫（BAIC-Roam）	注 1
至忙用户的呼叫完成 CCBS（Completion of Calls to Busy Subscribers）		注 1

注 1：补充业务定义同 2G 网络，具体参见《900/1800MHz GSM 数字移动通信网话路网技术体制》。

（3）增值业务

增值业务指移动通信运营商利用基本的通信网络资源、相关的业务平台资源以及 SP/CP 资源，向用户提供附加的电信业务。增值业务的实现一般需要额外的业务平台资源的支持，并且业务能够独立向用户提供。具体的增值业务如下表所列。

表 1-5-5   TD-SCDMA 网络增值业务业务列表

业 务 类 别	业 务	业 务 类 别	业 务
3G 独有业务	Sharing X		彩信
	视频会议		手机报
	多媒体彩铃		条码凭证
	视频留言		流媒体业务
3G 移植型业务	小区短信		PoC
	彩铃		无线游戏
	手机电视		音乐下载
	手机支付		无线音乐俱乐部
	条码识别		WAP 门户
	手机动画		业务
	移动证券		手机搜索
	航信通	3G 增强业务	手机地图
	12580 人工信息服务		手机导航
	12582		音乐搜索
	农信通		音乐随身听
	12586		飞信
	移动沙龙		手机邮箱
	12590		/PUSH MAIL
	语音杂志		随 e 行
	天气预报		快讯
	集团客户行业应用业务（校讯通、银信通等）		号码管家（PIM）业务
	VPMN		基于 SIM 卡的 OTA 业务

1.5.2   业务应用介绍

1. WAP 浏览和上网业务

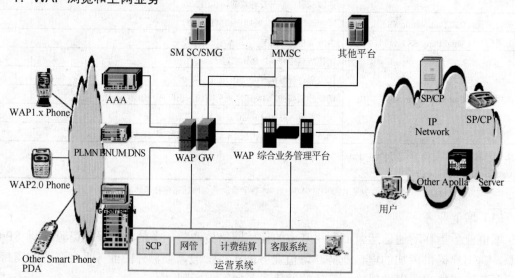

图 1-5-1   WAP 业务实现图

（1）业务描述

通过设置手机的 WAP 网关，使得移动终端用户可以像 Internet 用户一样上网浏览网页。

（2）业务流程

① 用户发起 Portal 浏览请求；

② WAP 网关向用户归属业务管理平台发起对该用户的开始流量计费请求；

③ 用户归属地业务管理平台将查询结果返回至 WAP 网关；

④ WAP 网关开始对该用户产生用于流量计费的 CDR 信息；

⑤ WAP 网关将用户的 Portal 浏览请求转发至用户归属地 Portal；

⑥ 用户 Portal 浏览页面经 WAP 网关转发至终端用户；

⑦ 用户点击 Portal 页面，发起浏览请求；

⑧ WAP 网关对用户的浏览请求进行用户主叫黑名单、PULL SP 黑名单等接入控制；

⑨ 通过接入控制后，WAP 网关向用户归属地业务管理平台发起对用户的订购关系鉴权及内容计费请求；

⑩ 用户归属地业务管理平台向 WAP 返回相应响应；

⑪ 收到用户归属地的响应后，WAP 网关将用户发起的浏览请求转发至 SP/CP；

⑫ SP/CP 的页面浏览响应发至 WAP 网关；

⑬ WAP 网关将 SP 响应转发至用户终端；

⑭ WAP 网关向用户归属地业务管理平台发出计费确认请求；

⑮ 用户归属地业务管理平台根据计费确认消息产生计费话单；

⑯ 用户归属地业务管理平台向 WAP 网关返回内容计费确认响应；

⑰ 用户断线，WAP 网关向平台发送停止流量计费请求，上报用户的流量，平台可以实时产生话单。

2. 多媒体业务（Multi-Media Service，MMS）

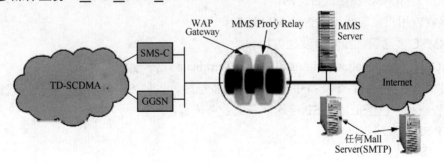

图 1-5-2 多媒体业务实现示意图

（1）业务描述

MMS 的内容全面、多样。包括照片、视频剪辑、城市地图、图片、平面图、规划图、卡通和动画等在内的多媒体内容都可以通过 MMS 传送。

（2）业务流程

1）MOMT（Mobile Originate Mobile Terminate）流程如下：

① 发送方用户提交 MM 给 MMSC；

② MMSC 向业务管理平台发送请求，对发送方对应的用户做用户鉴权；

③ 业务管理平台返回鉴权结果并计费；

④ MMSC 响应发送方用户接受本次提交；

⑤ MMSC 通知接收方用户；

⑥ 接收方用户代理向 MMSC 提取 MM；

⑦ MMSC 将 MM 发给接收方用户；

⑧ 接收方用户返回通知响应；

⑨ MMSC 发送计费确认给业务管理平台；

⑩ 业务管理平台返回计费确认应答响应；

⑪ MMSC 发送发送报告给发送方用户；

⑫ 接收方用户发送阅读报告给 MMSC；

⑬ MMSC 向发送方用户发送阅读报告。

2）MOAT（Mobile Originate Application Terminate）流程如下：

① 用户提交 MM 给 MMSC；

② MMSC 向业务管理平台发送"AUTHPRICEREQ"请求，发送方用户号码为"OA"，SP 接入号为"AccessNO"；

③ 业务管理平台返回鉴权结果并计费；

④ MMSC 响应发送方用户代理接受本次提交；

⑤ MMSC 上传消息给 SP；

⑥ SP 返回响应；

⑦ MMSC 发送计费确认给业务管理平台；

⑧ 业务管理平台返回响应；

⑨ 发送方 MMSC 发送报告给用户；

⑩ 接收方用户发送阅读报告给 MMSC；

⑪ MMSC 发送阅读报告给发送方用户。

3）AOMT（Application Originate Mobile Terminate）

AOMT 是应用发到各个支持手机终端的业务描述。比如 SP 可以通过彩信方式向用户发送业务广告信息，以下描述了 SP 推送广告的业务流程：

① CP/SP 下发广告；

② MMSC 转发广告；

③ MMSC 向业务管理平台发起鉴权/计费请求；

④ 业务管理平台返回鉴权/计费应答成功；

⑤ MMSC 下发广告给用户 B；

⑥ 用户向 MMSC 回复状态报告。

3. 流媒体业务（Video Streaming）

（1）业务描述

手机用户经过门户站的导航连接媒体服务器，选择相应业务。手机上的播放器负责解码，完成多媒体内容的播放。播放的同时，相关的业务管理平台将完成对播放内容的计费、批价和个性化内容的管理。

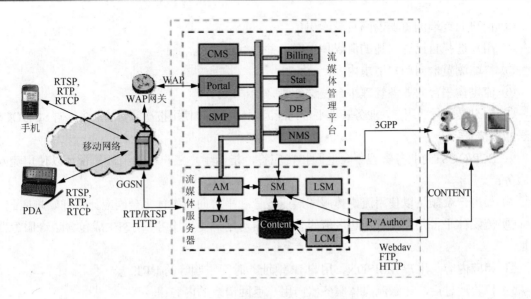

图 1-5-3 流媒体业务实现示意图

1）视频下载

高带宽的 3G 网络使视频下载不再需要漫长的等待，进入导航门户，选择最新热映大片的预告片下载到本地播放，体验无处不在的视频娱乐。

2）视频点播

3G 网络的巨大的无线带宽使视频点播成为可能。流式视频业务向最终用户提供视频和音频娱乐内容，手机用户经过门户站的导航连接流媒体服务器，点播相应内容。手机上的流媒体播放器负责解码，完成多媒体内容的播放。

3）电视直播

3G 网络与电视媒体的结合使移动多媒体的内容得以空前丰富，3G 网络的高带宽使其可以承载高质量的视频内容，一部随身携带的 3G 终端可以让用户随时随地收看其所关心的电视节目，同时，网络电视内容提供商还可以在第一时间推出重大突发事件的新闻视频或重大赛事现场实况。

4）实时监控

3G 网络让大信息量的视频传输成为可能，例如可通过家中的 **IP Camera** 捕捉实时视频信号，并将视频信号送到 Video Streaming Author 进行视频格式转换，通过流媒体服务器与用户手机客户端展现出来。实时监控的业务可以衍生到幼儿园监控，道路监控等方面，让用户"移动"得更加安心。

（2）业务流程

1）下载播放和视频点播

支持流媒体的终端可以使用流媒体类的业务，如在线观看各类视频内容等。流程描述：

① 用户启动终端浏览器，登录门户；

② 用户根据门户上展示的业务种类发送请求选择所需要的业务；

③ 门户向终端浏览器返回目录索引；

④ 用户选择自己感兴趣的流媒体内容，并进行消费；

⑤ 终端浏览器向门户请求内容；

⑥ 流媒体平台向业务管理平台发送计费开始请求；

⑦ 如果是预付费用户，业务管理平台判断为预付费用户使用按次计费的业务，向 SCP/OCS 发送扣费请求；

⑧ SCP/OCS 向业务管理平台返回扣费应答，指示用户账户中的余额是否足以使用流媒体服务；

⑨ 如用户余额足以使用流媒体服务，业务管理平台向流媒体平台回应计费开始响应；

⑩ 流媒体平台判断由哪个边缘流媒体服务器对用户提供服务，动态生成包含边缘服务器地址；

⑪ 相应内容、用户 MSISDN、用户 IP 地址、时间限制等的 URL；

⑫ 校验通过后，边缘流媒体服务器向用户返回请求的内容；

⑬ 服务结束后，终端播放器向边缘流媒体服务器发起服务终止请求；

⑭ 边缘流媒体服务器通知流媒体平台服务终止，报告流量、时长、服务状态等信息；

⑮ 流媒体平台生成正确的 CDR。

2）电视直播

支持流媒体的终端可以直接通过手机观看直播的流媒体节目。流程描述：

① 用户启动终端浏览器，登录门户；

② 用户选择相应的流媒体直播服务并订购；

③ 业务管理平台完成订购关系，并确认请求；

④ 用户选择自己感兴趣的流媒体内容，并进行消费；

⑤ 业务管理平台完成鉴权并开始计费；

⑥ 消费完后，流媒体平台向业务管理平台发送计费确认请求；

⑦ 如果是预付费用户，业务管理平台向 SCP/OCS 发送扣费请求；

⑧ SCP/OCS 向业务管理平台返回扣费应答；

⑨ 业务管理平台向流媒体平台返回计费应答消息；

⑩ 流媒体平台生成正确的 CDR。

4. 视频电话（3G 终端到多媒体 PC/PDA H323 终端的呼叫）

（1）业务描述

增加相应的视频网关系统，3G 手机用户可以方便地和宽带的 PC 机用户进行"面对面"的视频交流。

（2）业务流程

① H.323 终端登录 H.323 网守（用于实现对网络终端的管理）；

② 手机用户拨打 H.323 终端用户；

③ H.323 终端用户接听后，手机用户与 H.323 用户可以进行视频交流。

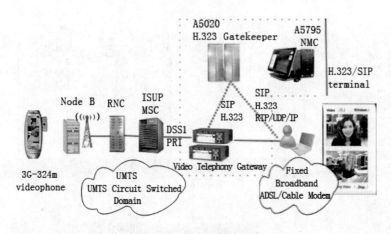

图 1-5-4　视频电话业务实现示意图

5．视频会议（视频三方通话）

（1）业务描述

多方电话会议系统由多媒体即时会议系统（MMIC）控制的电话会议桥设备来组建。可实现两个以上手机和固定宽带用户进行视频电话会议。

（2）业务流程

① 由控制端根据需求创建会议号码；

② 手机用户或 H.323 用户拨入这个号码进行视频的会议（可以允许多个手机终端或 H.323 终端同时进入会议）。

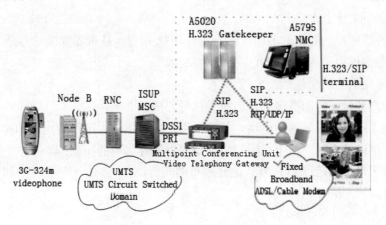

图 1-5-5　视频会议业务实现示意图

6．彩铃

（1）业务描述

彩铃业务基本功能为业务用户可以根据个人的喜好为不同的好友或者联系人设定不同的回铃音。当呼叫方拨打业务用户而未接通前，系统将为呼叫方播放由业务用户设定的彩铃。

（2）业务流程

用户可为自己设置默认铃音。当该用户被拨打时，将听到设置的默认铃音。用户可通过短信，WAP，Web 或 IVR 的方式对自己的彩铃音进行灵活修改和设置，设置成功后系统将为呼叫方播放由业务用户设定的彩铃。

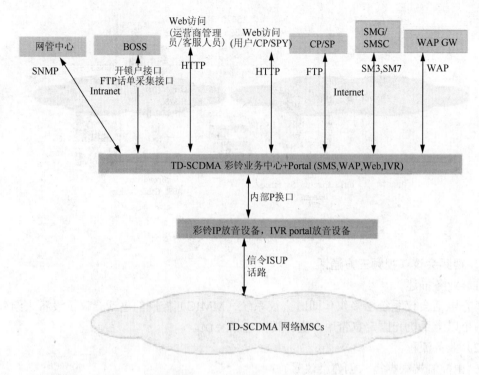

图 1-5-6　彩铃业务实现示意图

7．智能网业务

（1）移动预付费业务

预付费业务的用户一般按业务的使用量进行计费/扣费，是否需要缴纳月基本费运营商可以根据开展业务的种类灵活配置，并支持充值功能。

预付费业务提供的功能包括：

① 手机用户预付一定的费用到自己的手机号码中；

② 拨打当地或其他归属地的电话，从手机用户中的账号中进行费用的扣除；

③ 发送短信以及上网，从手机用户中的账号中进行费用的扣除；

④ 预付费用户可以通过 IVR 方式进行账户的充值；

⑤ 亲情号码用户的呼叫。

（2）VPN 虚拟专用网业务

用户可以通过短号的方式进行语音呼叫和短消息业务。VPN 虚拟专用网业务提供的演示功能包括：

① 短号网内呼叫；

② 网外号码组呼叫；

③ 网外呼叫；

④ 短信业务；

⑤ 上网业务。

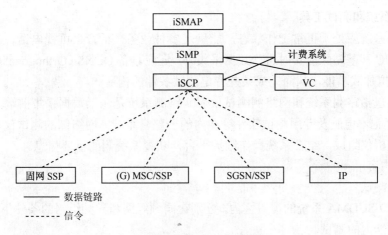

图 1-5-7　智能网业务实现图

1.6　TD-SCDMA 无线网络的测试

1.6.1　覆盖和容量测试概述

对于 TD-SCDMA 系统，需要在真实的无线环境下对网络的性能进行全面、深入的验证，同时由于 TD-SCDMA 采用了智能天线、联合检测、上行同步、接力切换、动态信道分配等关键技术，给传统的网络规划和分析方法带来一定的影响，因此也需要通过测试来验证各项技术的综合效果。

无线网络关键性能指标（KPI）测试是无线网络运行和服务质量的直接验证，需要通过对特定区域（如城区、高速公路等）无线网络信号的参数指标进行客观的考察和评估，并对测试中发现的掉话、弱覆盖、干扰等问题进行分析并得出相应的解决方法。覆盖、容量、切换性能都是衡量一个移动通信系统无线网络性能的关键指标（KPI）。覆盖和容量测试是其中的主要内容。

KPI 测试应遵循客观、科学的原则，由制定测试目标、确定测试内容、细化测试用例、构建测试环境、准备测试工具和仪表、执行测试方案、分析测试结果、问题重现定位、完成测试报告等多个环节共同组成。

1. 测试目标

覆盖测试的目标是确定被测小区各种不同业务的覆盖范围，确定其网络覆盖范围是受限于上行还是受限于下行。通过测试，获得 TD-SCDMA 系统在使用智能天线条件下，在不同的传播环境条件及同频、异频组网条件下，其网络覆盖性能及相关的实际数据。

容量测试的目标是得出 TD-SCDMA 小区在同频组网和异频组网条件下的最大用户数量，分析 TD-SCDMA 的系统容量在不同条件下的受限原因，分析基站的配置、终端的性能以及业务模型等各种因素对系统容量的影响。

2. 测试网络环境

用于测试的网络最小规模为一层蜂窝的网络结构，即有 7 个小区构成蜂窝覆盖，选择中心站点为主测小区。测试站型可分为全向站和定向站。测试环境可选择密集城区、一般城区、市郊和远郊等多种环境。

3．测试系统和测试工具

待测网络系统应处于正常工作状态，能满足多种业务（话音、可视电话、分组业务）的正常进行。RNC 和基站除能实时进行数据采集外，还应具备 OCNS（Orthogonal Channel Noise Source）的模拟加载功能，从而完成某些特定测试条件的构造。

测试工具包括路测系统和网络侧测试仪表。路测系统是包括数据采集前端、全球定位系统（GPS）、笔记本电脑及专用测试软件等在内的一整套系统。网络侧的测试仪表主要由各个接口的协议分析仪组成，结合系统操作维护平台，获得系统侧的重要信息。

4．测试内容

（1）覆盖测试

在每个 TD-SCDMA 系统的覆盖区内，分别在同频组网和异频组网的条件下，选择一个单小区进行覆盖能力的测试。

覆盖测试对象包括 P-CCPCH 信道和各种业务信道。根据实际的网络设置，对 P-CCPCH 信道的测试采用无线信号全向发射；对业务信道的测试采用智能天线赋形发射。业务一般包括 AMR 12.2kbit/s、可视电话、PS 业务（384kbit/s 下行、128kbit/s 下行、64kbit/s 下行和上行覆盖）等。

（2）容量测试

容量测试针对上面提到的各种业务进行。需要注意的是，应考察混合业务，如 PS 分组业务和 AMR 语音业务的混合容量测试。

1.6.2　覆盖和容量测试的方法

1．覆盖测试方法

覆盖测试场景分为室外和室内两种。其中室外覆盖测试分为径向拉远和环行覆盖两部分，径向拉远测试主要完成单小区径向上的最大覆盖距离的测试；环行覆盖主要完成在小区覆盖范围之内，在各方向和地理环境下的业务质量和信号效果的考察。室内环境则分为室外型基站的室内覆盖情况和有室内分布系统的覆盖情况两种场景。

在测试之前，首先要对小区的部分参数的取值（如站型、广播信道码域发射功率、专用信道的码域发射功率最大值、上行和下行 BLER 目标值等）进行约定，以得到某种典型设置下的覆盖情况，从而使结果更具有参考性。室外测试中，测试车携带路测设备，在预先选定的测试路线上，以低于 30 公里/小时的速度行驶，路测设备和网络侧同时记录终端和系统的相关参数。为最大程度消除测试结果的偶然性，测试次数不限于一次，应根据测试情况灵活确定。

室内测试中，有动态覆盖测试和定点静态覆盖测试两种方式。动态测试用于测试无线信号在建筑物内的某条路线上的连续覆盖效果，其测试方法和室外测试基本相似；定点静态测试用于测试在不同穿透损耗、不同的多径环境下特定地点的覆盖情况，通常是分别在建筑物内的不同楼层、不同方向，有代表性地选择穿透损耗不同的几个测试地点进行各种业务的测试，查看各点的业务质量，结合该点的无线环境分析影响覆盖的主要因素。

径向测试中，每次测试应以各种业务的服务质量是否满足目标（各业务的 BLER 目标值）

作为小区边界的判定原则，即将 Node B 测量到的上行业务信道的 BLER、UE 与测量到的下行业务信道的 BLER 值进行比较，以先超出目标值而且再也不降下来的地点作为小区的边缘。

当上行信道的 BLER 超过目标值而且再也不降下来，并且 UE 的发射功率先达到最大时，通常判定为上行受限；反之，为下行受限。如果上行信道和下行信道的 BLER 几乎同时超过目标值，此时判定为上、下行同时受限。判定中应关注功率控制的影响，避免因功率控制带来的发射功率和 BLER 的暂时波动，造成对测试结果的干扰。

2．容量测试方法

容量测试需要验证实际环境下接入的最大用户数是否能达到或接近理论值。具体说来，容量测试分为静态测试和动态测试两部分。

静态测试中，将终端均匀放置于预先选定好的各个测试地点，按要求依次发起预定业务，路测终端和网络侧分别记录随终端数量增加带来的无线信号的变化情况，直到接入到最大数量；静态测试的地点选择，可以分为集中于一个近点、分布于多个信号强度相同位置不同的地点和强度不同位置也不同的地点等多种分布情况。

动态测试中，由几辆测试车分别携带终端，发起业务后分别在小区内选定的不同测试路线上，以低于 30 公里/小时的速度行驶，路测设备和网络侧同时记录终端和系统的相关参数。

同样，为保证在某种典型设置下的测试结果更具有参考性，在测试之前也要首先对小区的部分参数的取值进行约定。

测试中，每次测试应以满足业务的服务质量（各业务的 BLER 目标值）的最大用户数作为小区容量的判定原则，即测试中，在每个测试地点持续接入新的 UE，直到不能稳定接入，此时把能够稳定接入并保持一定通话时间的呼叫总个数作为小区容量。

应根据达到最大数量时的终端发射功率和基站的总发射功率作为判断上、下行受限的依据。当基站的总发射功率先达到最大时，通常判定为下行受限；反之为上行受限。如果基站和终端的发射功率几乎同时达到最大，则判定为上、下行同时受限。如果接入用户数量达到了理论上的最大值，即占满了全部的码域资源，但此时上、下行功率尚未达到最大，可以判定此时为码字受限，即受限于系统提供的码域资源。

3．加载方式定义

无论是覆盖测试还是容量测试，都不仅要考虑异频组网和同频组网对测试结果的影响，还需要考虑邻小区和本小区（覆盖测试）有无用户条件下的结果变化，因此需要对加载方式做出约定。

加载方式分为真实用户加载和模拟加载两种方式，真实用户加载方式是采用其他终端发起实际业务的方式，对测试终端形成加载；而模拟加载一般采用正交信道噪声源 OCNS（Orthogonal Channel Noise Source）的模拟加载方式，即在基站侧拿出某时隙的部分物理信道资源（简称码道），采用全向、随机或定向的波束赋形方式进行无线信号的发射，从而模拟小区中的移动用户对本小区或邻小区产生干扰的情况。

测试中选择哪种加载方式，需要根据加载的信号要求、加载的实际效果综合选择。邻小区加载一般采用模拟加载的方式，本小区加载一般二者皆可。

1.6.3　覆盖和容量测试结果分析方法

测试完毕后，需要对测试记录进行分析，得到所需的测试结果。测试结果的分析包括两个方面：单测试用例的结论分析和测试用例间的分析比较。

1．覆盖测试的结果分析

为对覆盖测试的结果进行充分而准确的分析，需要在测试过程中保证上行和下行的某些关键参数能够被准确无误地记录下来，针对 TD-SCDMA 系统的覆盖测试来说，需要实时记录的主要数据包括：路测终端记录数据和系统侧记录数据。

路测终端：需要记录测试路线上各采样点的接收信号码域功率（P-CCPCHRSCP）、载波干扰比（P-CCPCHC/I）、Transmitted Power（UE 发射功率）、下行业务信道的误块率（BLER）值、下行业务信道的 RSCP 和路测仪计算出的路径损耗。

系统侧：需要记录测试过程中下行业务信道的码域发射功率、上行业务信道的 RSCP 及 BLER。

通常，若想了解 P-CCPCH 广播信道的覆盖情况，只需要考察测试路线下行的接收信号码域功率（P-CCPCHRSCP）、载波干扰比（P-CCPCHC/I）即可。而在考察业务信道的覆盖时，需要对上、下行这两部分数据按照对应的时间或系统帧号（SFN）进行合并，得到同一个地点的上、下行信道的综合信息。根据这些信息，可以形成以距基站的距离为横坐标，各无线参数为纵坐标的曲线图，以及更为直观的以电子地图为背景的 MapInfo 格式的测试结果图。

在得到上述测试结果图后，可以根据小区边界及受限情况的判定准则，得到每种业务和每种条件下的小区覆盖边界，同时根据图形给出的信息，得出覆盖受限的原因。根据路径损耗的变化，可以得到在测试路线上，各采样点的无线信号的实时变化情况，一方面可以对测试结果进行辅助分析；另一方面也可以结合小区中道路和地面环境对网络现有覆盖质量进行一定程度的评估。

在得到每个单独测试例的测试结果之后，可以将这些测试结果放在一起进行对比、分析，从而为 TD-SCDMA 网络在多业务运营、异频和同频组网条件下的无线网络规划提供有价值的结论。例如，对比不同业务在相同的网络条件下的覆盖结果，应着重关注不同业务间的覆盖半径的差异；对比相同业务在不同网络条件下的覆盖结果，应着重关注在多种组网或加载方式的影响下，同一种业务的覆盖距离会有怎样的变化。通常，需要将上述两种方式综合起来，在一个具体的网络实施方案中，既要根据实际的网络组网模式确定不同业务的覆盖半径，同时也要针对其中影响覆盖结果的部分参数进行优化，结合网络的容量设计、切换区设计以及天线俯仰角调整达到最佳的网络质量。

2．容量测试的结果分析

和覆盖测试不同，对于容量测试来说，需要随着终端数量的增加，阶段性地实时记录测试终端和系统测试的关键数据。

路测终端：记录 UE 的发射功率、下行业务信道的 BLER（误块率）值、下行业务信道的 RSCP、下行时隙的 ISCP（干扰信号码域功率）等。

系统侧：在记录测试终端参数的同时，需要记录测试过程中的基站发射功率、RTWP（宽带接收总功率）、下行业务信道的 TCP（码域发射功率：Transmitted Code Power）、上行业务信道的 RSCP 及 BLER 等。

以话音的容量测试为例，通常会选择每个时隙的用户数达到 2, 4, 6, 8 时分别记录上述参数，并把上面的两部分数据进行合并，得到相同用户数量下的上、下行信道的综合信息。根据这些信息，可以形成以用户的数量为横坐标，各无线参数为纵坐标的曲线图。

在得到上述曲线图后，可以根据小区容量及受限情况的判定准则，得到每种业务和每种条件下的小区最大用户数，根据基站和终端的发射功率变化，分析容量受限的原因。同时根据随用户数量增加，各无线信号指标所发生的变化，分析终端和基站的发射功率的变化，研究基站接收机的底噪抬升，从而发现对小区容量产生影响的主要因素。

　　在得到每个单独测试例的测试结果之后，可以将这些测试结果放在一起进行对比、分析，得到相同业务在不同网络条件下的容量结果对比。其中需要着重关注的是在受到多种组网或加载方式的影响下，同一种业务的容量会有怎样的变化。通常以邻小区关闭条件下的容量作为参照，比较其他加载条件下的容量，分析容量变化的原因，从而能够根据具体组网的方案，确定合适的小区容量规划。

1.7　TD-SCDMA 网络规划的特点

　　TD-SCDMA 网络具有灵活的多载频组网的特点。

1. 组网方式

　　TD-SCDMA 网络中，单频点小区的组网方式可以是同频组网或者异频组网；同样多载频（即 N 频点）小区的组网方式也可以有同频组网和异频组网。而且在多载频小区中由于每个小区分为主载频和辅载频，因此还有一种特殊的组网方式称之为混频组网。如图 1-7-1、图 1-7-2、图 1-7-3 所示。

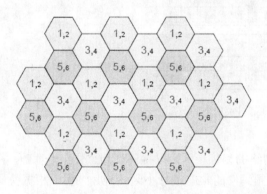
图 1-7-1　多载频异频组网

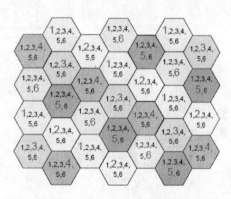
图 1-7-2　多载频同频组网

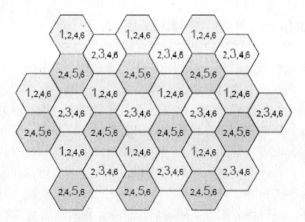
图 1-7-3　多载频混频组网

由于 TD-SCDMA 系统中承载公共控制信道的 TS0 时隙没有使用智能天线，因此在 TS0 时隙上 TD-SCDMA 系统仍然等同于自干扰的 CDMA 系统；另外由于用户随机分布特性，在某些情况下可能出现相邻小区的天线波束指向相同从而形成干扰。显而易见，多载频异频组网将具有最强的抗干扰能力、最好的网络性能；多载频同频组网具有最弱的抗干扰能力。与单载频同频、异频组网类似，多载频异频组网的覆盖性能将优于多载频同频组网。而多载频混频组网结合了同频和异频组网的优点，具有较好的频率利用率和较强的抗干扰能力。因此结合考虑网络性能和频率利用率，多载频混频组网将成为最佳选择。

2．时隙规划

由于 TD-SCDMA 采用 TDD 技术和独特的帧结构，通过改变业务上、下行时隙转换点的位置，使得其能够更加有效地支持上、下行非对称业务，从而在数据业务方面带来了较高的频率利用效率。对于对称的语音业务，可以采用上、下行时隙比例为 3∶3 的分配方式获得最合理的应用，而对于上、下行流量非对称的业务，如 HTTP、FTP 等下行数据流量大，而上行数据流量不大的业务，则可以采用将时隙设置为 2∶4，甚至是 1∶5 的方式。如图 1-7-4 所示。

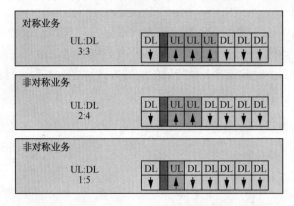

图 1-7-4　针对不同业务种类的时隙分配

3．码资源规划

TD-SCDMA 系统中使用扰码来区分同频网络的相邻小区。以扰码规划、分配为基础，在进行码规划时，按照"扰码—扰码组—下行导频码"的顺序进行小区码规划，然后根据扰码在扰码组中的分布关系确定扰码组，最后再根据扰码组与下行导频码的关系进行下行导频码的分配。

通过对 TD-SCDMA 不同复合码字间的相关性差异进行分析，以相关系数来描述扰码间的影响程度，利用扰码分配方案总的相关系数来衡量码分配方案对整个系统的干扰程度，并在总相关系数最小的目标下，按照"扰码—扰码组—下行导频码"的规划顺序，实现 TD-SCDMA 网络的码规划方案。该方法主要包括以下步骤：

（1）基于扰码相关性的扰码规划：这是码资源规划的第一步，因为它会直接影响到扰码组的确定以及下行导频码的分配。在进行扰码规划之前，需要先计算并保存所有扰码间的相关系数，然后再以码分配方案总相关系数（总干扰）最小为目标进行扰码规划。在计算码分配方案总相关系数时，从保存的所有扰码间的相关系数中调出码分配方案所涉及的扰码间的相关系数，并计算总相关系数。计算并保存所有扰码间的相关系数只需执行一次。

（2）确定扰码组：当扰码分配方案确定后，根据扰码所在组号就能确定扰码组。

（3）规划下行导频码：依据扰码所在码组与下行导频码间的关系，相应的下行导频码分配方案也就确定了（即实际上并不需要专门进行扰码组及下行导频码的规划，只需根据查表结果就可以获得）。

由于扰码分配是以扰码间的相关性分析为基础的，即使扰码组的分组方法甚至码组中的扰码本身发生了改变也不会影响码规划方法的应用，因此具有很强的适应性。

同时，由于扰码、下行导频码与扰码码组之间存在上述确定性的对应关系，所以当扰码分配方案确定后，根据扰码所在码组与下行导频码间的关系，相应的下行导频码分配方案也就确定了，而不需要专门进行扰码组及下行导频码的分配，在保证性能的同时还大大降低了码规划工作的复杂度。

（4）确定待分配扰码的小区及其需要考察的邻区。

（5）从上述待分配扰码的小区中确定一个需要分配扰码的小区。

（6）为该待分配小区搜索可用扰码，即进行扰码规划的搜索。

（7）检查该扰码是否可用：可用则继续执行，否则返回上一步重新搜索扰码。检查扰码是否可用是判断分配给该小区的扰码与其所有邻小区的扰码是否处于同一扰码组。只有满足需要分配扰码的小区的扰码与其所有邻小区的扰码不处于同一扰码组，才能保证需要分配的小区与其邻小区的扰码不相同且下行导频码不相同，此时该扰码才能被分配使用，否则需要重新分配。

（8）依据上述确定的待分配小区列表，判断当前分配扰码的小区是否是最后一个待分配扰码小区，是则继续执行下一步，否则返回上一步骤。

（9）计算搜索终止条件：计算码分配方案总相关系数，等价于计算码分配方案的总干扰量，可针对不同的小区空间隔离（距离远近关系）情况进行相应的设计，可以有以下两种不同的计算方案：只对相邻小区所分配的扰码间相关系数进行求和计算；结合小区的空间隔离情况，对这些小区所分配的扰码间相关系数进行求和计算。

（10）判断是否满足为待分配小区搜索可用扰码的搜索终止条件，是则输出结果，否则返回，重新进行扰码分配。

第2章 移动网络规划

移动网络规划是指根据网络建设的整体要求，设计无线网络目标，以及为实现该目标确定基站的位置和配置。无线网络规划的总目标是以合理的投资构建符合近期和远期业务发展需求并达到一定服务等级的移动通信网络。无线网络规划目标具体体现在覆盖、容量、质量和成本4个方面。

1. 覆盖

首先应根据各类业务需求预测及总体发展策略，提出各类业务的无线覆盖范围和要求。3G 无线覆盖要求可以用业务类型、覆盖区域和覆盖概率等指标来表征。业务类型包括 12.2kbit/s 话音业务、64kbit/s 电路数据业务、64kbit/s 分组业务、128kbit/s 分组业务和 384kbit/s 分组业务等；覆盖区域可划分为市区（可进一步细分为密集城区、一般市区、郊区等）、县城、乡镇及交通干线、旅游景点等。

对于特定的业务覆盖类型，用于描述覆盖效果的主要指标是通信概率。通信概率是指用户在时间和空间上通话成功的概率，通常用面积覆盖率和边缘覆盖率来衡量。面积覆盖率描述了区域内满足覆盖要求的面积占区域总面积的百分比。边缘覆盖率是指用户位于小区边界区域时的通信概率。在给定传播环境下，面积覆盖率与边缘覆盖率可以相互转化。面积覆盖率的典型值为 90%～98%，边缘覆盖率的典型值为 75%～80%。

在规划过程中，工程设计人员运用网络规划软件，预测规划区内的每个点接收和发送无线信号的质量，根据预先设定好的覆盖门限，判断该点是否被覆盖，然后对整个规划区进行统计，确定覆盖概率是否达标。对于 TD-SCDMA 系统，下行链路覆盖指标有终端接收导频信号 P-CCPCH Ec/Io（每个导频功率与接收到的前向链路的总功率之比）和电平值 RSCP（Received Signal Code Power），上行链路以终端发射功率为判断准则。表 2-1-1 是 TD-SCDMA 系统的覆盖判断参考指标。

表 2-1-1 判断覆盖的 3 个方面参考标准

业 务 类 型	终端最大发射功率（dBm）	P-CCPCH RSCP（dBm）	P-CCPCH Ec/Io（dB）
话音 12.2kbit/s	≤24	≥−95	≥−6
CS64kbit/s	≤24	≥−95	≥−5
PS64kbit/s	≤24	≥−95	≥−5
PS128kbit/s	≤24	≥−95	≥−5
PS384kbit/s	≤24	≥−95	≥−5

注：3GPP 规定普通商用终端话音 12.2kbit/s 业务的终端最大发射功率为 21dBm，目前厂家所提供的话音 12.2kbit/s 业务的终端最大发射功率均达到 24dBm。

2. 容量

容量目标描述系统建成后所能满足的话音用户数和数据用户数的总和。根据用户预测和业务预测对网络容量提出建设要求。容量目标主要反映网络拥塞概率，该指标在不同的区域有不同的要求，表 2-1-2 是 TD-SCDMA 网络服务等级参考指标。

表 2-1-2 话音业务和数据业务的服务等级

业 务 类 型	区 域 类 型	服 务 等 级
话音业务	市区	拥塞率：2%
	农村	拥塞率：5%
CS 数据业务	市区	拥塞率：5%
PS 数据业务	市区	交互业务：90%的概率条件下，数据传输时延<5s； 后台业务：不作要求

3．业务质量

话音业务的质量可从接续、传输和保持三个方面来衡量。接续质量表征用户通话被接续的速度和难易程度，可用接续时延和阻塞率来衡量。传输质量反映用户接收到的话音信号的逼真程度，可用业务信道的误帧率来衡量。对于数据业务，目前通常采用吞吐量和时延来衡量业务质量。业务保持能力表征了保证用户长时间通话的能力，可用掉话率和切换成功率来衡量。

在业务质量中，与无线网络业务质量密切相关的指标有：接入成功率、忙时拥塞率、接入时延、误块率（BLER，BLock Error Rate）、切换成功率、掉话率等。

4．成本目标

在保证满足覆盖、容量和质量目标的基础上，降低建设成本，节约开支是网络建设的重要目标之一。设定合理的成本目标，并在实施过程中实现该目标，需要建设单位、网络设计人员和工程实施人员共同努力。

无线网络规划应遵循统一规划、分步实施的原则，加强无线网络规划的指导性和前瞻性，网络结构和目标站址的规划应统筹考虑中、远期网络发展需要，并进行滚动规划。网络建设根据资金和业务发展情况，依据规划，分期实施，尽量避免对原有站址进行重大调整。

2.1 TD-SCDMA 规划流程

能力目标：了解 TD-SCDMA 规划流程
知识目标：1．TD-SCDMA 规划目标定义及需求分析
2．传播模型概念
能力实训任务：针对某地区的 TD-SCDMA 网络进行规划，并提交相应的报告
参考学时：1～2 课时

一个完整的无线网络规划通常分为规划目标定义及需求分析（确定网络覆盖、容量与业务质量的各项指标），传播模型校正，无线网络的预规划（不使用网络规划工具，仅根据链路预算和容量估算对基站数目做粗略计算），站址初选和勘察，无线网络的详细规划（通过站址勘察，取得站址详细资料，输入到网络规划工具进行仿真）等几个阶段。TD-SCDMA 的规划流程也符合上述的定义，输入、输出信息和流程如图 2-1-1 所示。

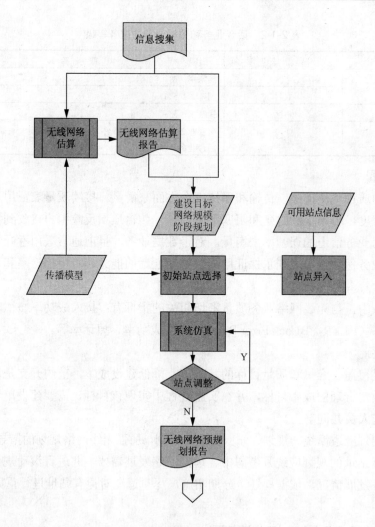

图 2-1-1　规划流程示意图

2.1.1　规划目标定义及需求分析阶段

本阶段设计人员要结合该区域的 TD-SCDMA 业务预测分析，根据运营商的要求，讨论并确定网络设计应达到的覆盖、容量和质量等各个方面的目标要求，并进行相关数据的收集工作，获得无线网络规划设计所需要的各种基础数据，具体包括：

1．业务预测数据

（1）预测用户数

根据该地区已有 2G 网络用户数目，结合用户使用行为和业务量，预估不同时期的用户总数，通常要给出某城市三年的预测用户数，并以第三年的用户数目作为规划的满足容量。

（2）用户比例

根据对该城市的通信市场的分析，确定各种类型的中、低端用户分布比例。

（3）业务模型

根据中、低端用户比例，确定中、低端用户的业务使用行为和业务特点，本数据主要根据预测的各种话音和数据业务的典型特征，估计各种业务的忙时话务量或者数据吞吐量以及各种业务在不同用户群的渗透比例，为容量估算做好数据准备。

2．规划设计目标

按照覆盖、容量和质量的要求，确定连续覆盖业务、接入成功率、呼损率、覆盖指标（包括下行广播信道接收电平、终端上行发射功率）和质量指标。

2.1.2　传播模型校正阶段

传播模型校正指通过 CW（连续波）测试方法获得一个能够准确反映当地无线传播特性和环境的传播模型，以提供给预规划和详细规划使用，进行准确的场强预测，合理估算网络规模。为了方便在详细规划阶段利用规划工具进行仿真，最好使用规划工具中已经包含的传播模型进行传播模型校正，一般规划工具包含奥村－哈塔模型、COST231 模型以及标准传播模型（也称 K 值模型），可根据地理环境的特点选择适当的传播模型校正，将校正结果用于预规划阶段的链路预算和详细规划阶段的网络仿真。

$$Path\_Loss = K_1 + K_2 \times \log_{10}(d) + K_3 \times (H_{meff}) + K_4 \times \log_{10}(H_{meff}) + K_5 \times \log_{10}(H_{eff}) + K_6 \times \log_{10}(H_{eff}) \times \log_{10}(d) + K_7 \times (Diffraction\_Loss) + Clutter\_Loss$$

其中：

Path_Loss——传播路径损耗(dB)

K_1——衰减常数

K_2——距离衰减系数

K_3、K_4——移动台天线高度修正系数

K_5、K_6——基站天线高度修正系数

K_7——绕射修正系数

Diffraction_Loss——绕射损耗

Clutter_Loss——地物衰减修正值

d——基站与移动台之间的距离(km)

H_{meff}——移动台天线有效高度(m)

H_{eff}——基站天线有效高度(m)

2.1.3　预规划阶段

预规划的内容设计人员将根据在规划目标定义及需求分析阶段和传播模型校正阶段所获取的各种数据，从覆盖角度进行链路预算和覆盖范围、需要的基站数目的计算，从容量角度进行规模预算，计算需要的基站数目和信道板数量，然后综合覆盖和容量的分析结果，得到满足覆盖和容量需求的基站数量、业务覆盖范围和基站间距。

2.1.4　站址初选和勘察阶段

根据预规划阶段所确定的网络规模和站间距在目标区域内进行选址，站址筛选应当从覆

盖和容量要求、站点周围环境、无线环境、现有站址资源状况、智能天线风阻、多系统共站干扰情况等角度进行，之后需要利用规划工具对初选站址进行验证，保证这些站址能够满足规划容量和覆盖目标要求，最后网络规划工程师要与建设单位以及相关工程设计单位一起，根据站点布局图进行站址勘察，并再次利用规划工具对上述站点进行选择和确认，最终完成站址选择。

2.1.5 详细规划阶段

详细规划是结合预规划确定的站址和站址勘察结果，将详细的话务分布信息、传播模型信息、无线链路参数、设备参数和网络工程参数输入到专用的 TD-SCDMA 网络规划工具中，利用"蒙特卡罗"静态仿真方法，进行网络仿真以及无线网络的详细规划。根据网络仿真结果判断是否满足在定义的网络规划目标，如不满足，还需要通过调整站址、网络无线资源参数、网络工程参数等手段重新仿真，直到达到网络的设计目标。其规划结果将作为无线网络的建设依据。然后结合传输网、核心网等其他部分的规划，最终给出施工图设计方案。

2.1.6 任务与训练

学习领域	TD-SCDMA 网络规划及优化	学习情境	网络规划流程
工作小组	8 人/组	日　期	
小组成员		班　级	
任务 1. 按照网规流程图，简述网络规划流程。			

2.1.7 评价与反馈

学习领域：<u>TD-SCDMA 网络规划及优化</u>　　学习情境：TD-SCDMA 网络规划

学习任务：<u>网络规划基本流程</u>　　　　　　班级：_____

小组成员：_____

	项目完成情况			
姓　名	流程顺序正确（20）	流程环节完整（20）	各环节内容正确（40）	语言表述清晰有条理（20）

教师总体评价：

教师签名：_____　　　　　　日期：____年____月____日

2.2　业务模型及链路预算

> **能力目标**：能够进行业务模型及链路预算
> **知识目标**：1.　业务模型概念及分类
> 　　　　　　2.　链路预算
> **能力实训任务**：描述某热点地区的业务类型并提交链路预算报告
> **参考学时**：8 课时

业务模型是对用户使用业务行为的统计性表征，所表征的是用户使用业务的强度的统计量，是宏观特性的体现。

在无线网络规划中，TD-SCDMA 业务模型在移动通信网络建设中具有极其重要的地位，对于网络的建设成本与网络建立后的运行质量有重要的影响。

2.2.1　用户及业务预测

移动通信系统规划初始，可用时间序列外推法、人均 GDP 法、人口普及率法等预测方法预测移动通信的发展趋势，获得网络在未来几年内所需满足的业务规模，即网络所应满足的移动用户数、话音业务爱尔兰总量和数据业务吞吐总量。

1．用户预测

影响 3G 用户规模的直接因素有网络的质量、业务的种类、终端的价格、业务的资费等。3G 用户数还受到各类增值数据业务使用普及程度的制约。运营商对业务的市场定位和推广策略也会影响到用户的发展趋势。

目前常用的用户预测方法有：

- 移动平均数模型（一次移动平均、二次移动平均等）；
- 加权移动平均；
- 指数平滑模型；
- 回归分析模型；
- 组合预测。

2．业务预测

完成用户预测之后，就要对业务模型进行估计。准确地预测各类业务在规划区域内的分布情况，对于建设一个完善的网络十分重要。尤其对于 3G 无线系统而言，容量、覆盖和质量三者之间是有关联的，精确的业务分布预测结果将有助于我们在规划优化过程中优化功率配置、降低系统自干扰、获得最大的系统容量，从而既满足高密度区的业务需求，又避免造成设备的浪费。

（1）3G 业务分类

实时（RT，Real Time）业务：对于 RT 业务，承载业务在整个持续期间内一直占用信道。分配的资源可以通过信道重配置过程而改变。

非实时（NRT，Non-Real Time）业务：对于 NRT 业务，承载业务仅在传送数据期间占用信道，资源可在所有接纳的 NRT 业务间共享。NRT 业务占有的信道资源是变化的，取决于当前可利用的网络资源、同时试图传送的数据包数量和 NRT 业务优先级。

根据对时延的敏感程度不同，将移动业务分成 4 个 QoS 传输等级：会话类、交互类、流类和后台类。其中会话类和流类业务属于 RT 业务，交互类和后台类属于 NRT 业务。四种移动业务类型特点参见表 2-2-1。

表 2-2-1　各种移动业务的特点

业务类型	会话类	流媒体类	交互类	后台类
基本特征	会话模式，上行和下行对称或者基本对称	业务基本上是单向的，流的实体之间保持着时间关系	请求一响应模式，在确定时间内必须传送数据	透明传输机制
BLER 要求	高	最高	较低	较低
延迟要求	很敏感	很敏感	较敏感	不太敏感
应用举例	话音、视频电话、互动游戏等	视频流、音频流、监控信息等	WAP 浏览网页、即时消息等	后台 E-mail、下载、短信等

（2）CS 域业务建模

电路域业务一般是话音业务或实时数据业务，如可视电话等。电路域业务话务量主要与预期用户总数、业务的渗透率、忙时呼叫次数（BHCA，BusyHour Call Attempts）及其持续时间等因素有关，在规划时需要综合考虑。

$$某 CS\ 话务量（Erl/User）= \frac{BHCA \times Call\ Duration}{3600}$$

$$某 CS\ 业务总话务量（Erl）= 业务渗透率 \times 单用户业务量 \times 用户数$$

一般把话音业务考虑成一种对称型的业务，话音用户上行和下行方向上的平均忙时数据流量各为总吞吐量的一半。对于话音业务，每用户忙时话务量一般在 0.01～0.03Erl 之间，具体数值需针对不同区域、不同用户群分别预测。

可视电话虽然承载在 CS 域，但在用户使用上有着类似 PS 业务的行为特征。对电路交换的数据业务，业务模型是恒定的比特速率模型，100%地占有信道资源。对于可视电话业务，由于没有成熟的商用网络经验参数，每用户忙时话务量从 0.001～0.01Erl 不等。CS 域业务建模参考指标参见表 2-2-2。

表 2-2-2　CS 域参考指标

CS 域业务类型	平均速率（kbit/s）	呼叫平均时间（s）	激活因子	忙时爱尔兰
普通电话	12.2	90	0.67	0.02
可视电话	64	60	1	0.002

（3）PS 业务模型

分组数据业务特点：

① 分组可以在无线链路控制层重传。

② 分组业务以突发方式传输分组数据包。

③ 分组数据是可控业务。

交互业务中，用户必须在一个合理的时间内发出一个请求；而在后台业务中，数据可以在无线接口容量有空闲时发送。

分组域业务话务量主要与预期用户总数、业务忙时使用次数、每个会话呼叫次数、每次呼叫的数据量、传输效率因子、忙时单用户流量及上、下行平衡因子等因素有关，在规划时需要综合考虑。

$$某 PS 业务忙时单用户流量_{DL}（kbps/User）= \frac{BHSA_d \times 单次业务平均量}{3600} / 传输效率因子$$

$$某 PS 业务忙时单用户流量_{UL}（kbps/User）= \frac{忙时单用户流量_{DL}(kbps/User)}{上、下行平衡因子}$$

$$某 PS 业务总业务量（Erl）= \frac{业务渗透率 \times 单用户吞吐量}{业务承载速率 \times 业务激活因子} \times 用户数$$

其中：$BHSA_d$ 表示数据业务忙时会话次数。

表 2-2-3　PS 域参考指标

PS 域业务建模	信息服务	WWW	E-mail	FTP	视频点播	电子商务	其 他
平均每月使用次数 C1	15	15	6	3	3	2	2
忙日集中系数 C2	0.05	0.05	0.05	0.05	0.05	0.05	0.05
忙时集中系数 C3	0.1	0.1	0.1	0.1	0.1	0.1	0.1
平均每次使用时间 C4（s）	120	300	15	30	300	120	60
占空比 C5	0.1	0.1	0.75	0.8	0.8	0.1	0.1
忙时每数据用户平均吞吐量 C6（bit/s）	26.21	65.53	24.57	52.42	43.68	8.74	3.28
忙时会话数 C7	0.075	0.075	0.03	0.015	0.015	0.01	0.01
平均每个会话包含的分组呼叫数 C8	1	2	2	1	1	1	1

2.2.2　链路预算

链路预算是网络规划和设计中对一条通信链路中的上、下行各种损耗和增益的核算，它是一种为不同业务提供小区上、下行覆盖范围评估的有效方法。链路预算的各项取值是根据大量的经验数据确定的，对不同的地区来说，每个地区的无线环境情况都会存在差别，包括建筑物的密集程度、建筑物的材质、甚至是环境的背景噪声等都不相同，所以链路预算的结果只能提供粗略的路径损耗值，在实际的工程设计中，只能作为参考值，用来进行基站规模估算。

1. TD-SCDMA 链路预算的特点

（1）TD-SCDMA 系统由于引入了 TDD 模式、智能天线、联合检测及接力切换等关键技术，其覆盖有其特殊性，表现出与 WCDMA 等系统特有的覆盖与容量相互制约的呼吸效应所不同的特点，在 TD-SCDMA 系统中二者相关性较弱；

（2）干扰余量相对比较小，尤其是上行，这是因为 TD-SCDMA 系统使用了智能天线和联合检测等抗干扰技术，较大程度地减少了系统内的干扰；

（3）各种业务的解调门限 Eb/No 与 WCDMA 不同，各种业务扩频增益计算方法与 WCDMA 不同，导致接收机灵敏度与 WCDMA 有较大不同；且由于各厂商设备性能数据尚未公开，造成业界概念模糊，无法形成统一认识，本节所引 Eb/No 数值为规范所得，而实际设备性能亦未可知，对于智能天线增益也存在同样之特点；

（4）其他链路预算参数（穿透损耗、阴影衰落余量等）与 WCDMA 并无差异；

（5）链路预算分为上行和下行，下行链路预算非常复杂，从无线电波传输的角度来看，一般基站的发射功率远大于手机的发射功率，因而小区的有效覆盖半径一般都取决于上行链路的最大允许路径损耗，所以一般通过计算上行链路来确定小区覆盖半径。

下行链路预算不同于上行链路预算，小区内所有的用户同时分享基站功率，基站的功率分配须让小区内所有与之连接的用户服务都能满足相关业务的 QoS。下行往往受限于容量，但当小区负荷加大时，有可能出现下行链路受限的情况。对于 TD-SCDMA 来说，智能天线的使用会大大减少下行的干扰，因此下行链路容量受限的机会会比 WCDMA FDD 少很多。

各地区各类型区域的基站覆盖半径与其各自的无线电波传播模式及链路预算有关，CDMA 网络的容量、覆盖和质量是紧密关联的，实际的无线网络规划中必须通过专业的 CDMA 无线规划软件进行仿真。上、下行链路之间的平衡要借助规划软件进行迭代计算，先对上行做覆盖预测，再对下行做功率分配，如总功率没有超出基站最大发射功率，则链路平衡。如下行所要求的总功率超出基站最大发射功率，则须减少覆盖面积，重新做下行功率分配，直至总功率小于或等于基站最大发射功率。

2. 上行链路预算

上行链路预算公式如下：

最大允许空间路径损耗＝移动台发射功率（dBm）

+移动台天线增益（dB）—人体损耗（dB）

—馈缆损耗（dB）＋基站接收天线增益（dBi）

+软切换增益（dB）—建筑物或车体穿透损耗（dB）

—慢衰落余量（dB）—功控余量（dB）

—干扰余量（dB）—基站接收灵敏度（dBm）

以下的链路预算将取一些典型参数值，计算不同环境和覆盖要求情况下的上行链路预算。实际工程设计中，应根据具体无线网络传播环境、网络设计目标、厂家设备性能、具体工程参数设定等进行具体调整。

表 2-2-4 的假设条件是 12.2kbps 话音业务，上行不采用智能天线，市区步行 3km/h 的仿真环境。

表 2-2-4　仿真环境

序 号	仿 真 参 数	参考值	说　　明
1	速率 R（kb/s）	12.2	
2	频率（MHz）	2400	2300～2400MHz
3	扩频带宽（dB）	61	1.28MHz
4	手机发射功率（dBm）	24	
5	手机天线增益（dBi）	0	
6	人体损耗（dB）	3	
7	发射 EIRP（dBm）	21	
8	基站天线增益（dBi）	18	
9	基站馈线及接头损耗（dB）	4	
10	小区负载	50%	50%业务负荷，单基站
11	干扰余量（dB）	3	
12	Boltzmann 常数 K（W/Hz/K）	1.38E-23	

续表

序　号	仿 真 参 数	参考值	说　　明
13	室温 T（K）	290	基站工作温度
14	热噪声密度（dBm/Hz）	−174	（11）×（12）（即第 11 项乘以第 12 项，后同）
15	热噪声（dBm）	−113	（13）+（3）
16	接收机噪声系数（dB）	6	不同厂商的设备系数值有所不同
17	处理增益（dB）	20	（3）/（1）
18	能噪比 Eb/No（dB）	8.9	语音 BLER=2%，数据 BLER=10%
19	天线连接端接收机灵敏度（dBm）	−118.3	（14）+（15）−（16）+（17）
20	软切换增益（dB）	5	
21	阴影衰落余量（dB）	8.6	98%面覆盖率，10dB 标准差
22	快衰落余量（dB）	3	
23	最大允许反向链路损耗（室外）（dB）	143.7	（4）+（5）−（6）+（7）−（8）−（10）−（18）+（19）−（20）−（21）
24	室内穿透损耗（dB）	15	
25	最大允许反向链路损耗（室内）（dB）	128.7	（22）−（23）

- 终端最大发射功率：商用网络中，UE 的种类繁多，链路预算应根据市场上主流商用手机规格，合理设置此参数。一般 UE 最大发射功率的取值为：21dBm（数据业务速率）、24dBm（话音业务）。
- 人体损耗：人体损耗发生在 UE 侧，具体取值与使用者的习惯有关。一般取值为：语音业务人体损耗：3dB、数据业务：由于使用数据业务时，UE 距离人体较远，取 0dB。
- UE 天线增益：一般取 0dBi。
- 基站接收天线增益：根据使用的天线型号确定。此处假定基站定向接收天线增益为 18dBi，全向接收天线增益为 12dBi。实际工程中，可根据不同区域类型和覆盖要求选取不同的天线。
- 馈缆损耗：包括从机顶到天线接头之间所有馈线、连接器的损耗。7/8 英寸馈缆损耗参考值：6.1dB/100m；5/4 英寸馈缆损耗参考值：4.5dB/100m（2G 频段）。此处假定馈缆总损耗为 4dB（含接头等损耗）。
- 基站噪声系数：噪声系数定义为输入信噪比与输出信噪比的比值。根据目前西门子的基站设备性能，一般取值为 6dB。
- 基站解调门限：Eb/N_0 值与移动设备的收发分集、多径信道条件、业务类型等因素有关。
- 基站接收灵敏度：

$$灵敏度 = NF_{BS} + 10\log_{10}（KT）+ 10\log_{10}（Eb/N0）+ 10\log_{10}（Rb）$$

其中：NF_{BS} 为基站噪声系数；K 为 Boltzmann 数常；等于 1.38×10^{-23}J/K；T 为凯氏温度，取 290K；R_b 为业务速率，单位 bps

- 干扰余量：干扰余量=−10（1−η），η 为小区负载。

在网络初期阶段，业务量较低，因此干扰余量值较低。随着话务负载的增加，干扰余量增大，基站覆盖区域就会缩小。因此进行链路预算时，应根据预计的业务量增长趋势选择上行最大负载，确保良好覆盖。上行负载的建议取值：市区及其他业务热点地区取 50%，郊区、乡镇、农村等非业务热点地区取 25%～50%。

- 软切换增益：软切换增益是指克服慢衰落和快衰落的增益。由两部分组成：

多小区增益：克服慢衰落的增益。当移动设备在软切换区内，软切换多条无关分支的存在降低了阴影衰落余量的要求。一般取 2～3dB。

宏分集合并增益：克服快衰落的增益。当移动设备在软切换区内，其上行信号同时由两个或者多个扇区接收并进行合并，因此降低了快衰落对信号的影响。该增益只影响上行链路。一般取 1～2dB。

宏分集合并增益已经包含在功控余量中考虑，因此，在链路预算中，只计算多小区增益。

- 功控余量（快衰落余量）：慢速移动终端主要通过快速闭环功控保证解调性能，必须为快速闭环功控预留一定发射功率动态调整范围，综合考虑软切换宏分集合并增益，功控余量取 2～3dB。对于中高速移动的终端（终端移动速度≥50km/h），主要由交织对抗快衰落，快速闭环功控作用很小，一般不需考虑预留功控余量。
- 建筑物穿透损耗：穿透损耗与具体的建筑物类型、电波入射角度等因素有关。在链路预算中假设穿透损耗服从对数正态分布，用穿透损耗均值及标准差描述。表 2-2-5 为建议取值。

表 2-2-5　穿透损耗参考值

区　域	穿透损耗均值
密集市区	20
市区	15
郊区	12
乡村、开阔地	6

建筑物穿透损耗与各地区建筑的材料、建筑物分布特点关系很大，因此，各类区域的穿透损耗可根据本地区的实际情况进行调整。但是，由于通过室外基站来解决室内信号覆盖将会大大提高建设成本，一般较完善的室内覆盖应通过建设室内分布系统解决。

- 通信概率：通信概率包括位置通信概率及时间通信概率，是移动终端获得所需服务的概率。位置通信概率对室内（或车内）和室外环境分别定义。
- 阴影衰落余量：阴影衰落符合对数正态分布，其取值与扇区边缘通信概率、阴影衰落标准差相关。阴影衰落标准差与电磁波传播环境相关，建议取值如表 2-2-6 所示。

表 2-2-6　阴影衰落标准差参考值

区　域	阴影衰落标准差（dB）
密集市区	10
市区	8
郊区	6
乡村、开阔地	6

对比 TD-SCDMA 上、下行链路预算公式，通常情况下，对于同一种业务，上行链路结果要小于下行链路结果，说明 TD-SCDMA 系统也是上行覆盖受限系统，因此在 TD-SCDMA 网络预规划实际工程操作过程中一般也只进行上行链路预算，而不进行下行链路预算。

2.2.3　任务与训练

学习领域	TDSCDMA 网络规划及优化	学习情境	业务模型及链路预算
工作小组	8 人/组	日　　期	
小组成员		班　　级	
任务 1. 举例说明上行链路预算计算公式。			

2.2.4　评价与反馈

学习领域：<u>TDSCDMA 网络规划及优化</u>　　　学习情境：业务模型及链路预算
学习任务：<u>上行链路预算公式</u>　　　班级：_____
小组成员：_____

姓　名	项目完成情况			
	公式内容完整（30）	各参数含意正确（20）	计算方法和工具使用得当（30）	语言表述清晰有条理（20）

教师总体评价：

教师签名：_____　　　日期：_____年_____月_____日

2.3　系统容量估算

能力目标：了解 TD-SCDMA 容量估算概念，能够进行简单的 TD-SCDMA 容量估算
知识目标：1. 容量估算的概念
　　　　　　　2. TD-SCDMA 系统在容量估算时的常用工具
能力实训任务：实现某地区的容量估算并提交相应的文件
参考学时：2 课时

　　TD-SCDMA 网络承载着 CS 业务和 PS 业务，是一个话音和数据业务并存的系统，原有 GSM 的爱尔兰 B 方法不再适用。目前业界关于 3G 网络混合容量估算有等效爱尔兰法、Post Erlang-B 法、坎贝尔方法、SK 法等几种方法。

　　本节内容主要包括以下几部分：将对等效爱尔兰法、Post Erlang-B 法、坎贝尔方法等方法在 TD-SCDMA 网络的应用做一介绍，能对 TD-SCDMA 混合业务的容量估算有所了解。首先介绍容量估算经常提及的等效爱尔兰方法。

Erlang B 公式(也叫阻塞呼叫清除公式)：

$$B = \frac{\dfrac{A^k}{n!}}{\sum\limits_{k=0}^{n}\dfrac{A^k}{k!}}$$

式中：A 为流入业务的流量强度（话务量），n 为系统容量（电路数量）。

Erlang C 的公式：

$$E_c(m,u) = \frac{\dfrac{u^m}{m!}}{\dfrac{u^m}{m!} + (1-\rho)\sum\limits_{k=0}^{m-1}\dfrac{u^k}{m!}}$$

式中：m 为坐席数；u 为话务强度；ρ 为占用率。

2.3.1 等效爱尔兰方法

等效爱尔兰方法的基本原理是根据业务所消耗的资源大小，将一种业务等效成另外一种业务，并计算等效后的业务的总话务量，然后计算满足此话务量所需的信道数。

在 TD-SCDMA 网络中，一个信道就是载波、时隙、扩频码的组合，称为一个资源单位 RU（Resource Unit），其中一个时隙内以一个 16 位扩频码划分的信道为最基本的资源单位，即 BRU。各种业务占用的 BRU 个数是不一样的，表 2-3-1 显示了各种业务使用 BRU 的情况。

表 2-3-1　BRU 使用情况

业 务 类 型	承载速率（kbps）	BRU 占用资源
AMR12.2k	12.2	2
CS64	64	8
PS64	64	8
PS128	128	16

由此可见，在一个时隙中，最多可有 8 个语音 AMR12.2k 业务，或者 2 个 CS64k 业务，或者 2 个 ps64k 业务，或者 1 个 PS128k 业务，根据上表可以估算不同业务占用资源比例，例如设业务 A 为 AMR12.2k，业务 B 为 CS64k，预测 A 的话务量为 12Erl，预测 B 的话务量为 6Erl，根据上表：

业务 A：每个连接占用 2 个 BRU 信道资源；

业务 B：每个连接占用 8 个 BRU 信道资源。

因此根据每种业务占用信道资源的比例，可以将 1Erl 的业务 B 等效为 4Erl 的业务 A，则网络中总话务量为 6×4+12=36Erl（业务 A），如果要求阻塞率为 2%，则通过查询爱尔兰 B 表，共需要 46 个业务 A 的信道资源，共需要 92 个 BRU 资源。也可以将 4Erl 的业务 A 等效为 1Erl 的业务 B，则网络中总话务量为 12/4+6=9Erl（业务 B），如果要求阻塞率为 2%，通过查询爱尔兰 B 表，共需要 15 个业务 B 的信道资源，共需要 120 个 BRU 资源。

从以上结果可见，等效爱尔兰算法的局限性表现在当选择不同的等效业务时，计算所需信道数目不同，采用业务 A 作为等效业务，结果偏小，估算结果过于乐观，网络运行时业务呼叫阻塞率将高于设计值；采用业务 B 作为等效业务，结果偏大，估算结果过于悲观，网络基站投资规模过大。

2.3.2　Post Erlang-B 方法

Post Erlang-B 方法的原理是先分别计算出每种业务满足容量要求所需要的信道数，再将信道进行等效相加，得出满足混合业务容量所需要的信道数。

在 TD-SCDMA 网络中，使用扩频因子不同的业务所占用的基本信道 BRU 个数是不一样的，例如：一个扩频因子 SF=1 的业务占用 16 个 BRU，SF=8 的业务占用 2 个 BRU，在一个载波下，如果上、下行时隙比例确定，则所能提供的上、下行 BRU 数目是固定的，因此只要确定了总的 BRU 数目，根据单小区在一定时隙配比条件下的上、下行 BRU 数目，就可以确定满足容量需求的小区数目。计算过程如下：

1. 根据预测，确定规划区域内 CS 业务话务量和 PS 数据业务流量；
2. 对 PS 数据业务，根据吞吐量，将其转化为等效爱尔兰；
3. 确定站型和时隙配比；
4. 计算单小区单业务的信道数目；
5. 根据爱尔兰 B 或者爱尔兰 C 公式确定单小区所能支持的爱尔兰数；
6. 计算 Node B 需求个数。

从以上过程可以看出，Post Erlang-B 方法的计算结果过于悲观，原因在于基站的信道资源实际是在各种业务间共享的，但此方法人为地割离了业务的信道资源，降低了基站信道资源的利用率。

2.3.3　坎贝尔方法

坎贝尔方法是综合考虑所有的业务并构造成一个等效的业务，并据此来计算系统可以提供该等效业务总的话务量，然后得到混合业务的容量。该方法最后是利用 Erlang B 来计算相应的信道数的，这样网络的规模也就可以计算出来了。其得出的网络规模和系统仿真得出的网络规模出入较小，目前国内外比较倾向于用这种方法来进行 CS 域混合业务的容量估算。

坎贝尔方法中等效的业务被定义为坎贝尔信道，一个坎贝尔信道可以同时为混合业务提供服务。也就是说特定组合的混合业务可被看成一个统一业务，并由一个坎贝尔信道提供服务。

坎贝尔信道的公式如下：

$$c = \frac{v}{a} = \frac{\sum_i \gamma_i a_i^2 b_i}{\sum_i \gamma_i a_i b_i} = \frac{\sum_i Erl_i a_i^2}{\sum_i Erl_i a_i}$$

式中：c 为坎贝尔信道；v 为混合业务方差；a 为混合业务均值；$\gamma_i b_i$ 可以等效为业务 i 的话务量；a_i 为业务 i 相对基本业务信道的业务资源强度，它反映业务对资源的占用情况，在 WCDMA 中，业务资源强度反映的是业务的吞吐量和业务的 Eb/No，在 TD-SCDMA 中主要反映的是各种业务对 BRU 的占用情况。

根据坎贝尔信道的定义，基站提供的坎贝尔信道数可以表示成：

坎贝尔信道数=（基本业务信道数-基本业务信道的业务资源强度）/坎贝尔信道

坎贝尔业务总量的计算公式为：

$$c = \sum_i \gamma_i b_i a_i \Big/ c = \frac{a}{c}$$

利用坎贝尔法估算容量的过程如下：

1. 确定目标规划区域各种业务的话务量；
2. 根据各种业务占用的 BRU 资源，确定各种业务相对基本业务信道的业务资源强度 a_i；
3. 计算混合业务均值 a；
4. 计算混合业务方差 v；
5. 计算坎贝尔信道 c；
6. 计算规划区域内总的坎贝尔信道业务总量 C；

7. 通过载波数、时隙分配方式，确定单小区（或者单基站）可提供的基本业务信道数（一般采用话音业务作为基本业务），进而利用上述公式得到单小区可提供的坎贝尔信道数，通过查询爱尔兰 B 表，可以得到单小区的坎贝尔业务量；

8. 用规划区域内总的坎贝尔信道业务总量除以单小区可提供的坎贝尔业务量就可以得到所需小区数。

从以上坎贝尔容量估算过程可见，坎贝尔方法将所有业务统一为 CS 域业务进行等效，并运用爱尔兰 B 公式进行分析和计算，而实际上，网络中不仅存在 CS 域业务，而且存在 PS 域业务，PS 域业务和 CS 域业务的业务特点有很大不同，而且对 PS 域业务通常采用爱尔兰 C 公式进行分析，因此利用坎贝尔方法对所有混合业务进行容量估算存在着固有的局限性，表现在没有考虑各种业务阻塞率的差别，而简单认为所有业务的阻塞率都相同，同时虚拟业务与各种业务的等效关系也不够准确。通常认为，坎贝尔方法对 CS 域的混合业务的估算是合适的，而对存在 PS 域业务的数据业务，如果不对坎贝尔方法进行修正，则不完全适用。因此，当进行 TD-SCDMA 网络容量规划时，如果 CS 域业务占较大的比重，则可以按照坎贝尔方法进行预测，而对于 PS 域业务占较大比例的情况，则需要对坎贝尔方法进行修正，以避免估算结果和实际网络需求出现较大的误差。

2.3.4 随机背包（SK，Stochastic Knapsack）算法

随机背包算法源于 ATM 算法，更能从原理上体现业务统计复用的排队原理，目前有很多运营商和设备商都在使用该方法。

1. 随机背包算法假设

网络中共有 k 种不同大小的包，SK 的容量为 C，即为系统支持的最大信道数。对于第 k 类的包，它的大小为 b_k（单业务占用信道数量），话务量为 $\lambda_k / \mu_k = \rho_k$。在占用时间结束后，容量为 b_k 的空间就会被释放。占用持续时间是互相独立的，与到达过程无关。

2. 随机背包算法原理

如果用 n_k 表示背包（knapsack）中第 k 类包的个数，那么背包中被占用的空间为 bn，这

里 $b=b_1, b_2, b_3, \cdots, b_k$，$n=n_1, n_2, n_3, \cdots, n_k$。当有足够的空间时，背包总是允许新到达的包进入。更具体地讲，对于第 k 类包，只要满足 $b_k \leq C-bn$，就会允许其进入，否则就阻塞掉这个包。

$$b_k \leq C-bn$$

3. SK 方程

$$P_{B,k} = 1 - \frac{\underset{Set}{\sum} S_k (\prod_{j=1}^{K} \frac{\rho_j^{n_j}}{n_j!})}{\underset{Set}{\sum} S (\prod_{j=1}^{K} \frac{\rho_j^{n_j}}{n_j!})}$$

其中：$P_{B,k}$——背包阻塞第 k 类包的概率；

S_k——背包可以容纳下一个新的第 k 类包的所有状态的集合；

S——背包可能出现的所有不同的状态的集合；

ρ_j——来自第 j 类包的网络负载（话务量强度）；

n_j——背包中第 j 类包的数量。

对于第 k 类包，其阻塞概率等于 1 减去背包接纳成功率。对于 SK 性能的关键度量指标是阻塞率。因为大包比小包需要更多的空间，因此它们有更大的阻塞率。其计算原理示意图如图 2-3-1 所示。

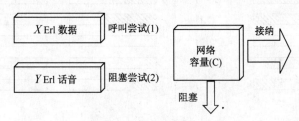

图 2-3-1　随机背包算法原理

随机背包算法的举例如下：

业务 A：1 个信道资源/每个连接，共 12Erl；

业务 B：3 个信道资源/每个连接，共 6Erl。

假设共有信道数 C = 8，那么可以得到业务组合情况如图 2-3-2 所示。从图中的信道占用情况可以看出：S 可为（0, 0）、（1, 0）、（2, 0）、（3, 0）、（4, 0）、（5, 0）、（6, 0）、（7, 0）、（8, 0）、（0, 1）、（1, 1）、（2, 1）、（3, 1）、（4, 1）、（5, 1）、（0, 2）、（1, 2）和（2, 2），总共 18 种状态。两种业务强度分别为 $\rho_1 = 12$、$\rho_2 = 6$，按 SK 方程式，可得到本网络的阻塞概率。在得到阻塞概率后，确认业务阻塞率是否满足业务需求：在不满足的情况下，增大总信道数 C；在满足的情况下，减少总信道数 C。经过多次迭代，得到满足业务需求的最小信道数。

随机背包算法可以分析不同业务的服务等级（GOS，Grade Of Service），业务的复用以科学的排队过程为依据，能提高信道效率，可是该算法计算量巨大，对 PS 业务的非实时性特点体现不够，主要体现在业务时延和误码率方面。

$C=8$

Class1(b_1)=1

Class1(b_2)=3

S	(n1,n2)	S_1	S_2
	(0,0)		
	(1,0)		
	(2,0)		
	(3,0)		
	(4,0)		
	(5,0)		
	(6,0)		
	(7,0)		
	(8,0)		
	(0,1)		
	(1,1)		
	(2,1)		
	(3,1)		
	(4,1)		
	(5,1)		
	(0,2)		
	(1,2)		
	(2,2)		

图 2-3-2　业务组合情况

2.3.5　各种算法比较

1．算法比较

各种算法的特点和优缺点的比较如表 2-3-2 所示。

表 2-3-2

算法名称	特　点	优　点	缺　点
等效爱尔兰算法	以某种业务为基准进行等效	简单直接，易于实际应用	只用于 CS 域；以低速业务为基准等效时，计算结果偏小
后爱尔兰算法	对不同业务分别进行计算然后求和	简单直接，易于实际应用	只用于 CS 域；分开核算不能充分利用信道，中继效率低
坎贝尔算法	应用坎贝尔信道模型对业务混合，在 CS、PS 域中分别利用爱尔兰 B 和 C 公式	比较简单，易于实际应用；可以应用于 CS 和 PS 域；预算结果适度	不能直接区分不同业务对 QoS 要求的不同，仅对业务做了 CS 和 PS 的区分；对业务混合后，无法对不同业务资源占用进行进一步的区别计算
SK 算法	通过 Eb/No 和负载因子计算业务资源占用间接表现不同业务对 QoS 的要求	可以应用于 CS 和 PS 域；沿用 ATM 网络流量计算的基本思路和管道共享概念分析不同 QoS 要求的分组数据的传输	小分组数据无线资源占用的概率大一些，算法不能完全满足不同业务的 QoS 要求；ATM 与 TD-SCDMA 系统存在区别，需要改良 SK 算法；未进行业务的混合，未体现业务不同时延特点；具有一定局限性，计算量大，比较复杂

2. 容量估算典型任务

如何利用 Post Erlang-B 方法进行容量估算。设某 TD-SCDMA 网络支持如表 2-3-3 所示业务。

表 2-3-3　某 TD-SCDMA 网络支持

业 务 类 型	承载速率（kbps）	BRU 占用资源
AMR12.2k	12.2	2
CS64	64	8
PS64/64	64	8
PS64/128	64/128	8/16

根据目标区域的业务模型得到该区域的 AMR12.2k 话务量为 400Erl，可视电话 CS64k 的话务量为 3.63Erl，PS64/64 的吞吐量为 86.67kbps，PS64/128 的吞吐量为 412.18kbps，用预测业务吞吐量/业务承载速率可以得到 PS 数据业务的爱尔兰数。设该区域所有小区上、下时隙比例配置为 3：3，采用单载波，则根据一个小区能够提供 24 个语音信道、6 个 CS64k 信道、6 个 PS64/64 信道和 3 个 PS64/128 信道。对于 CS 域业务，设定阻率为 2%，通过查询爱尔兰 B 表，可以确定单小区能够提供 AMR12.2k 和 CS64k 的等效话务量，对于 PS 域业务，设定阻率为 10%，通过查询爱尔兰 C 表，可以确定单小区能够提供的 PS64/64 和 PS64/128 的等效话务量。结果如表 2-3-4 所示。

表 2-3-4　容量估算结果

业 务 类 型	预测话务量或者流量	等效爱尔兰	每小区提供的等效爱尔兰
AMR12.2k	400Erlang	400	16.6
CS64	3.63Erlang	3.63	2.28
PS64/64	986.67kbps	15.42	3.01
PS64/128	412.18kbps	6.44/3.22	3.01/1.04

根据上表，可以得到分别需要的上、下行小区数目：

上行：400/16.6+3.63/2.28+15.42/3.01+6.44/3.22=33;

下行：400/16.6+3.63/2.28+15.42/3.01+3.22/1.04=34。

综合上、下行的估算结果，为满足网络容量需求，取上、下行较大的数目，即单载波 3：3 时隙配置，需要 34 个小区。

2.3.6　任务与训练

学习领域	TD-SCDMA 网络规划及优化	学习情境	容量估算
工作小组	8 人/组	日　期	
小组成员		班　级	
任务 1. 利用 Post Erlang-B 方法进行容量估算			

2.3.7　评价与反馈

学习领域：<u>TD-SCDMA 网络规划及优化</u>　　　学习情境：<u>TD-SCDMA 网络规划</u>

学习任务：<u>容量估算</u>　　　　　班级：<u>　　　　　　　　　　　　</u>

小组成员：<u>　　　　　　　　　　　　　　　　　　　　　　　　</u>

项目 姓名	学习工作态度（10分）	项目各部分完成情况			
		正确输入各项参数（20）	计算方法得当（20）	数据取值合理（30）	叙述清晰准确（20）

教师总体评价：

教师签名：<u>　　　　　　　</u>　　　　　　　日期：<u>　　</u>年<u>　　</u>月<u>　　</u>日

2.4　站点规划和站址选择

> **能力目标：** 能够进行基站选址和详细站点勘测
> **知识目标：** 1. 站址选择的原则
> 　　　　　　 2. TD-SCDMA 系统在站点勘测时的常用工具
> **能力实训任务：** 实现某教学楼的站点勘测并提交完整的勘测报告和阶段性总结
> **参考学时：** 2 课时

站点勘察是在无线网络预规划的基础上进行的数据采集、记录和确认工作，以便为网络规划、仿真工程师提供现场的具体信息。无线网络勘察的目的是选择合适的站点，以满足话务分布以及无线传播环境的要求。

在无线网络规划中，站点的勘察和选择在移动通信网络建设中具有极其重要的地位，对于网络的建设成本与网络建立后的运行质量有重要的影响。

2.4.1　TD-SCDMA 站点勘测内容与勘测流程

站点勘测主要包括基站选址和详细勘测两大部分：

基站选址：设定候选站址的 search ring（以预规划站点为中心，取 1/4 cell range 为 search ring 半径），结合地图在 search ring 内选定候选站址。

详细勘测：根据候选站址列表制定勘测计划，勘测机房、天面、站点周围环境。勘测工作结束后，提交完整的勘测报告（逐个站点）和阶段性总结。

勘测流程如图 2-4-1 所示。

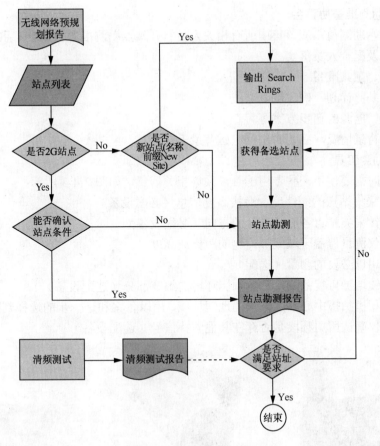

图 2-4-1 站点勘查流程图

1. 站点勘测准备工作

熟悉工程概况，搜集跟项目相关的各种资料：无线网络预规划报告、工程文件（建筑、天馈）、背景资料、现有网络情况、当地地图（如图 2-4-2 所示）、站点配置清单、候选站址勘测表。

图 2-4-2 地形图

2．站点勘测准备协调会

在正式开始勘测前，应该集中所有相关人员召开站点勘测准备协调会，主要内容：

- 勘测及配合人员落实
- 车辆、工具准备
- 制定勘测计划，确定勘测路线
- 传输、电源的初步方案等
- 电磁背景情况，必要时进行电磁背景干扰测试

3．站点勘测工具

站址勘测时需要使用一些专用工具，采集相关信息，如图 2-4-3 所示：

- GPS 采集站点的经纬度、海拔高度信息（必配设备）
- 指南针采集站点各服务扇区的方向（必配设备）
- 测距仪测量覆盖区域或障碍物的距离或高度
- 皮尺用以必要的测量（选配）
- 望远镜增加可视范围，观测周围环境的细节部分（选配设备）
- 数码相机拍摄中心基站四周的地理环境，用以备案和进一步的选择判断（必配设备）
- 扫频仪确认所用频段是否存在其他干扰信号（选配设备）

手持式 GPS　　　　　　　数码相机　　　　　　　指南针

图 2-4-3　勘测工具

2.4.2　站点选取原则

（1）业务量和业务分布要求。基站分布与业务分布应基本一致，优先考虑热点地区。

（2）覆盖要求。如图 2-4-4 所示，按密集市区→一般市区→郊区→农村的优先级，完成基站选址，此外对重要旅游区也应优先考虑。

密集市区　　　　　　一般市区　　　　　　郊区　　　　　　　农村

图 2-4-4　选址优先顺序

（3）网络结构要求。基站站间距根据规划结果确定，一般要求基站站址分布与标准蜂窝结构的偏差应小于站间距的 1/4。

（4）无线传播环境要求。候选站址高度符合覆盖要求，天线主瓣方向 100m 范围内无明显阻挡。具体如表 2-4-1 所示。

表 2-4-1　无线环境要求

区 域 类 型	天 线 挂 高	建筑物高度要求
密集市区	25～40m	不要选在比周围建筑物平均高度高 6 层以上的建筑物上，最佳高度为比周围建筑物平均高度高 2～3 层
一般市区		
郊区（乡镇）	30～50m	不建议选在比市郊平均地面海拔高度高 100m 及以上的山峰上
农村（开阔地、高速公路）	根据周围环境而定	可以选在乡镇附近或公路附近的高山上

（5）有效利用已有物业。在满足网络结构和其他建站条件的情况下，应尽量利用运营商自己的现有物业，包括通信机房、微波站等，但不应选用明显不符合建站条件的已有物业。

（6）站址安全性要求。站址应尽量选在交通方便、市电可用、环境安全的地点，避免设在雷击区以及大功率无线电发射台、雷达站或其他强干扰源附近；不宜选址在易燃、易爆建筑物以及生产过程中散发有毒气体、多烟雾、粉尘、有害物质的工业企业附近。

2.4.3　站点勘察过程中需要注意的问题

- 站点周围不应有高大障碍物的阻挡，即使有阻挡，阻挡夹角（站点与阻挡障碍物两侧连线的夹角）也应不大于 20 度。
- 宏蜂窝（R=1～3km）基站宜选高于建筑物平均高度但低于最高建筑物的楼宇，具体高度需要根据覆盖距离和环境确定。
- 微蜂窝基站则宜选低于建筑物平均高度且四周建筑物屏蔽较好的楼宇。在市区楼群中选址时，应避免天线指向附近的高大建筑物或即将建设的高大建筑物。
- 在勘测郊区或乡镇站点时，需要对站址周围是否有受到遮挡的大话务量地区进行调查核实。
- 避免在大功率无线电发射台、雷达站或其他干扰源附近设站。不要在高山上、树林中设站（广覆盖除外）。如在树林中设站，应保证天线高于树顶。不要在孤立的高楼上设站（限密集城区和一般城区，高出周围建筑物 20m 以上者）。
- 避免天线主瓣正对着街道走向。避免天线主瓣与楼群走向一致，应保证至少有 30°左右的夹角。扇区方向不要对着水面（湖泊，河流）。
- 同一个基站的几个扇区的天线高度差别不能太大。
- 避免选择国家安全部门办公大楼作为站点。
- 某些楼顶虽然高度不满足要求，但如果有足够的位置架设天馈线，进行增高处理，也可选择。
- 在选择站址时要考虑是否有可用的传输资源，尽量避免跨公路、河流引传输。

2.4.4　详细勘测内容

1. 经纬度信息和楼高信息的采集

（1）采用 GPS 接收机采集经纬度信息和海拔高度信息；

（2）测量建筑物或者塔体的高度（经常要用到激光测距仪）。

2．天线安装平台位置信息和共站址的天线系统数据采集

（1）绘制天线安装平台的平面示意图，标识出平台上所有设备的安装位置（可以采用数码相片作为辅助手段）；

（2）采集共站址异系统天馈系统参数；

（3）在能够确定天线安装位置的情况下，要在示意图上标注天线安装位置以及安装方式、抱杆长度等相关信息。

3．站址周围传播环境的勘测

（1）记录各个方向上障碍物的高度和距本站的距离；从 0°（正北方向）开始，以 45°为步长，记录 8 个方向上的数据；

（2）观察站址周围是否存在其他通信设备的天馈系统，并做记录；记录下天线位置（采用方向、距离表示）、系统所用频段、发射功率、天线挂高、方向角、下倾角；

（3）拍摄站址周围的无线传播环境，每张照片要注明拍摄点的位置以及拍摄方向，上一张照片跟下一张照片应该有少许交叠。

详细勘测结束后，根据勘站报告模板，详细填写勘站报告，主要包括以下内容：勘站信息、站点信息、扫描的地图、评价环境的影响、照片。

2.4.5　TD-SCDMA 智能天线性能参数及选择方法

1．天线增益

（1）圆阵天线的增益一般在 8～11dBi；

（2）线阵天线的增益一般在 13～15dBi；

（3）下倾角：圆阵/线阵智能天线可以进行电子下倾，但电子下倾角度不是任意可调的，目前一般是厂家预置，下倾角度在 0°～9°之间；线阵智能天线可以进行机械下倾。线阵天线公共信道波束水平半功率角一般有 65°和 90°两种；圆阵天线公共信道水平波束全向发射。

2．智能天线选择

城市环境通常采用定向天线，广播波束水平主波瓣宽度 65°。城郊和农村环境可采用全向天线或定向天线，定向天线的广播波束水平主波瓣宽度为 90°。如图 2-4-5 所示。

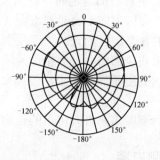

图 2-4-5　智能无线外观及参数设置

2.4.6　与其他系统隔离情况

1. 系统隔离度

根据共站系统类型（如 GSM900/1800、PCS、CDMA、微波等）以及共站系统天线情况（如型号、安装位置、方位角等）来确定 TD-SCDMA 与其他系统的隔离度。具体如表 2-4-2 所示。

表 2-4-2　系统隔离度

干 扰 系 统	被干扰系统	隔离度要求（dB）
TD-SCDMA	GSM900	28
TD-SCDMA	DCS1800	28
TD-SCDMA	WCDMA	33
PHS	TD-SCDMA	58/73
GSM900	TD-SCDMA	33
DCS1800	TD-SCDMA	33
WCDMA	TD-SCDMA	33
SCDMA	TD-SCDMA	69
TD-SCDMA	TD-SCDMA	42

（2）根据设计要求对现场进行站址勘测

采集站点勘察基本数据：基站的客观信息、基站编号、基站名称、经纬度信息、天面高度、海拔高度。站点勘查数据报表如表 2-4-3 所示。

表 2-4-3　站点勘察报表数据

客 观 信 息	基站名称、经纬度、天面高度、海拔高度
基 站 编 号	由两个部分组成："业务区缩写" + "序号"
基 站 名 称	"地名" + "楼宇名"，市区中，地名采用街道名称；在村、乡镇，以村、乡镇名称命名
经纬度信息	用 GPS 测得
天 面 高 度	指从架设天线的天面到地面的相对高度，使用测距仪或高度计测得
海 拔 高 度	使用 GPS 记录基站站址的海拔高度，即绝对高度

记录的表格如表 2-4-4 所示。

表 2-4-4　勘察记录示例

基站编号	基站名称	北纬（度）	东经（度）	地　　址	天面高度	海拔高度
Node B$_1$	漕河泾机房	31.18056	121.40219	虹漕路钦州北路交界	25（m）	41（m）
Node B$_2$	明旺大厦	31.20933	121.41919	定西路 738 号	15（m）	31（m）
Node B$_3$	美港宾馆	31.20020	121.42220	淮海西路 241 号甲	27（m）	42（m）
Node B$_4$	三湘大厦	31.19575	121.41381	中山西路 518 号	64（m）	75（m）
Node B$_5$	银河宾馆	31.20528	121.40719	中山西路 888 号	21（m）	32（m）
Node B$_6$	古北湾大酒店	31.20194	121.39742	虹桥路 1446 号	60（m）	71（m）
Node B$_7$	锦江洗涤	31.18869	121.40928	桂林路与吴中路交口	22（m）	38（m）
Node B$_8$	华联家电	31.18233	121.38925	吴中路 748 号	12（m）	30（m）
Node B$_9$	市委党校	31.16153	121.40872	虹漕南路 200 号	51（m）	70（m）
Node B$_{10}$	新业大厦	31.16944	121.39433	田林路 388 号	52（m）	67（m）

根据测得的数据，可以对该网络提出规划建议，包括如下几点：

- 建议站型：勘察人员根据勘察结果，确定蜂窝类型（宏蜂窝、微蜂窝等）和站型（全向、定向）；
- 建议天线参数：选择天线的增益、水平波瓣和垂直波瓣；天线的方位角、下倾角；
- 建议天线挂高：是指天线位置到地面的距离；是否需要增高，以及增高采用的方式，如：抱杆长度、拉线塔长度、增高架高度、落地塔高度等信息；
- 建议隔离方式和隔离距离：隔离的方式：水平隔离，垂直隔离；隔离距离的单位是米。

记录结果如表 2-4-5 所示。

表 2-4-5　网络规划建议表

建议站型	建议方位角	建议下倾角	建议天线挂高	实现方式	GSM 隔离距离
S111	30°、190°、275°	4°	35	增高架	垂直隔离
S111	0°、160°、250°	4°	26	增高架	垂直隔离
S111	20°、160°、280°	4°	32	抱杆	垂直隔离
S111	80°、200°、310°	4°	67	抱杆	垂直隔离
S111	0°、140°、260°	4°	28	增高架	垂直隔离
S111	0°、120°、250°	4°	63	抱杆	垂直隔离
S111	20°、130°、250°	4°	37	增高架	垂直隔离
S111	30°、110°、270°	4°	39	增高架	垂直隔离
S111	45°、170°、280°	4°	57	抱杆	垂直隔离
S111	30°、160°、290°	4°	58	抱杆	垂直隔离

勘察之后，在全面了解情况的基础上提出自己的勘察建议。

距离最近的基站：记录距离、方位角；密集城区记录 2km 范围内的基站；一般城区记录范围 3～5km；农村或郊区记录范围 5～10km；如果在这些范围内没有基站，记录最近的基站。并说明选择基站的理由，清楚说明覆盖区的覆盖对象。并将站点信息和选择理由汇总，如表 2-4-6 所示。

表 2-4-6　站址选择说明表示例

最近站点信息	站址选择理由
锦江、华联、新业	覆盖 CNC 机房和附近的工业区以及居民区
美港、银河	覆盖范围有限，需建塔
明旺、三湘	7 层楼顶，需要加增高架，25 米，有移动网站
美港、锦江	覆盖中山西路高架北部
明旺、古北湾	覆盖高架
银河	覆盖虹桥路及周围密集城区
三湘、漕河泾	覆盖目标是周边居民小区和交通要道，以及连续覆盖
新业、漕河泾	5 楼，高 21 米
新业	覆盖马路和学校，居民区
漕河泾、党校	覆盖周围写字楼和工厂，马路

现有机房资源：如局方有现成的机房资源可用，须详细记录现有机房资源所在区域、经纬度、地址、楼高等信息。如表 2-4-7 所示。

表 2-4-7　现有机房资源表

序　号	所 在 区 域	局所名称	经度（度）	纬度（度）	地　　址	机 房 楼 层	房顶或铁塔是否可用

重要交通线：给出线状公路等级、公路名称、起点和终点、公路里程，把公路的位置在地图上标明，如表 2-4-8 所示。

表 2-4-8　重要交通线表

序　号	重点交通线名称	公 路 等 级	重点交通线里程	交通线穿越重要地区	在地图上标识
在地图上的标识					
图片					
说明					

市内重要建筑物：给出规划城市的主要建筑物的清单，重要建筑物是和话务需求相对应的，客户提供的信息越准确，投资的回报效率越高。参见表 2-4-9。

表 2-4-9　市内重要建筑物

序号	建筑物名称	经度	纬度	楼层	类型				建筑结构		属性	经纬度和地址在地图上标识
					大型商场	星级宾馆	商务楼	政府机关	钢筋混凝土	玻璃幕墙		
在地图上的标识												
图片												
文字说明												

现网站点信息：根据现有网络经验，通过实地勘察等方法可以比较合理地确定网络的覆盖和质量。可参见表 2-4-10。

表 2-4-10　现网信息表

基站编号	基站名称	经度（度）	纬度（度）	天面高度/海拔高度	站型	工作频段（下行）	天线挂高	天线挂高实现方式

采集站点周围无线环境的情况，具体要求为：

1．一般需要从 8 个方向进行拍摄。各个方向的照片要求连续（请使用罗盘进行方向的确认）；

2. 可以有针对性地增加某个方向的环境照片（不限于 8 个方向），不过需要说明拍摄的角度（例如"北偏东××度"）；

3. 针对某角度内存在的高楼阻挡，应附一专门的照片进行说明，并在规划时候予以考虑，此外在对阻挡进行说明的时候，应尽量给出阻挡物相对于基站的大体方位与距离；

4. 照片要求清晰，在能见度较好时拍摄。避免在有雾或者傍晚拍摄；

5. 为避免文件过大，建议照片格式设置为 640×480（也可以通过 ACDSee 或其他软件进行处理）。

以上数据是网络规划建设所需的，也是完成规划区规划工作的基本信息要求。在完成上述需求数据收集之后，才能开展下一步的工作。

2.4.7 任务与训练

学习领域	TD-SCDMA 网络规划及优化	学习情境	站址勘测及选则
工作小组	8 人/组	日　期	
小组成员		班　级	
任务 1. 对自己所在社区移动通信站点进行现场站址勘测，形成勘测文件。			

2.4.8 评价与反馈

学习领域：<u>TD-SCDMA 网络规划及优化</u>　　　学习情境：<u>TD-SCDMA 网络规划</u>

学习任务：<u>站址勘测及选则</u>　　　　　　　　班级：_____

小组成员：_____

项目 姓名	学习工作态度 （10 分）	项目各部分完成情况				团队协作（10）
		正确选择设备 类型（20）	正确使用测试 工具（20）	站址勘测设计 合理（20）	项目建议书 撰写完整（20）	

教师总体评价：

教师签名：_____　　　日期：____年____月____日

第3章 设备配置与安装

3.1 Node B 系统配置

能力目标：能够进行对 Node B 基站按照设计需求进行单板类型、数量及槽位的配置
知识目标：1. 熟悉 DBBP530 基站的功能模块、单板类型、功能和配置原则
2. 能够对实际 Node B 基站进行配置
3. 能够根据规划容量进行 Node B 非典型站型的配置
实训任务：完成 3 个不同站型 Node B DBBP530 基站系统的配置
参考学时：4 课时

DNB6200 基站系统是华为新一代 TD-SCDMA 分布式基站。采用业界技术领先的多形态统一模块设计，具有体积小、容量大、功耗低、易于快速部署等特点。

3.1.1 DNB6200 基站系统功能模块组成

DNB6200 功能模块包括：BBU 基带处理模块（DBBP530 模块）和 RRU（DRRU261）射频远端模块。基站系统的逻辑结构如图 3-1-1 所示。

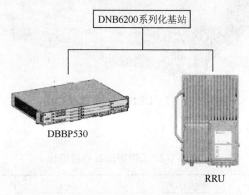

图 3-1-1 DBBP530 基站系统逻辑结构图

DBBP530 基站系统各模块功能及描述如表 3-1-1 所示。

表 3-1-1   各模块功能

功能模块	说　　明
DBBP530	DBBP530 是基带处理单元，提供 DNB6200 系列化基站与 RNC 之间信息交互的接口单元
RRU	RRU 室外射频远端处理模块，负责传送和处理 DBBP530 和天馈系统之间的射频信号。按照处理能力的不同，RRU 分为三种型号：DRRU261（6 载波、单通道）、DRRU268（6 载波、8 通道）和 DRRU268i（8 通道天线一体化）

3.1.2   DNB6200 设备介绍

1. DBBP530 BBU 设备

DBBP530 设备是 DNB6200 的基带处理单元，完成 DNB6200 与 RNC 之间的信息交互。DBBP530 的主要功能包括：

- 提供与 RNC 通信的物理接口，完成 DNB6200 与 RNC 之间的信息交互
- 提供与 RRU 通信的 CPRI 接口
- 提供与 LMT（或 DOMC920）连接的维护通道
- 完成上、下行数据处理功能
- 集中管理整个 DNB6200 系统，包括操作维护和信令处理
- 提供系统时钟

DBBP530 采用 19 英寸盒式结构，高度为 2U（U 是一种表示器件外部尺寸的单位，是"Unit"的缩写，1U=4.445cm），提供 8 个业务单板插槽、两个电源单板插槽、1 个风扇模块插槽。DBBP530 外形如图 3-1-2 所示。

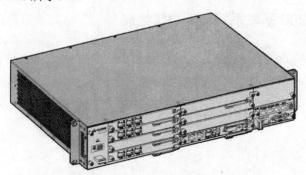

图 3-1-2   DBBP530 外观示意图

DBBP530 单板槽位介绍如表 3-1-2 所示。

表 3-1-2   DBBP530 单板槽位

FAN	Slot 0	Slot 4	PWR1
	Slot 1	Slot 5	
	Slot 2	Slot 6	PWR2
	Slot 3	Slot 7	

DBBP530 主要组成单元包括 WMPT 板、UPEU 板、UEIU 板、UBBP 板、FAN 模块、SLPU 模块、UELP 板、UFLP 板。DBBP530 附属设备包括：SLPU 模块、UELP 单板、UFLP 单板。DBBP530 的前面板如图 3-1-3 所示。

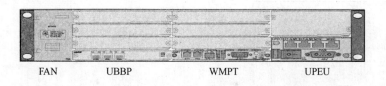

图 3-1-3　DBBP530 前面板图

2．DBBP530 BBU 各组成单元介绍

（1）WMPT 单板

WMPT（Wideband Main Processing & Transmission unit）单板是 DBBP530 的主控传输板，为其他单板提供信令处理和资源管理功能。WMPT 面板如图 3-1-4 所示。

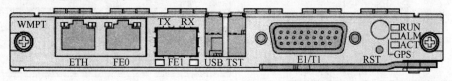

图 3-1-4　WMPT 面板外观图

WMPT 单板的主要功能包括：

- 主控：包括配置管理、设备管理、软件管理、性能监视、主备倒换、告警、日志等 O&M 功能，并实现对系统内部各单板的控制；主控板还处理 Iub 接口的 NBAP 协议，完成整个 DNB6200 内的呼叫处理；
- 交换：框内各单板的低速用户面数据和控制/维护信号都经过 WMPT 板交换到目标端口；
- 时钟：集成 OCXO 及锁相模块，为基站各业务提供统一的时钟；WMPT 集成单星卡，提供绝对时间信息和 1PPS 参考时钟源；
- 传输：WMPT 在初始配置的时候，完成基本传输的功能，包括 4 个 E1 传输接口和 1 个电接口 FE、一个光接口 FE，完成 ATM、PPP、IP over E1 和 IP over Ethernet 的协议处理。

（2）FAN 模块（FAN module）

FAN 模块是 DBBP530 的风扇模块，主要用于风扇的转速控制及风扇板的温度检测。FAN 面板如图 3-1-5 所示。

FAN 模块的主要功能包括：

- 控制风扇转速
- 向 WMPT 上报风扇状态
- 检测进风口温度
- 指示灯

（3）UPEU 单板

UPEU（Universal Power and Environment interface Unit）单板是 DBBP530 的电源单板，用于实现将-48V DC 输入电源转换为+12V DC 电源。面板外观如图 3-1-6 所示。

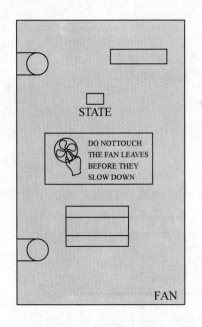

图 3-1-5 FAN 面板外观图

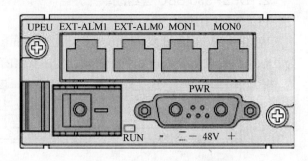

图 3-1-6 UPEU 面板外观图

UPEU 单板主要包括如下功能：

- 将-48V DC 输入电源转换为单板支持的+12V 工作电源
- 提供 2 路 RS485 信号接口和 8 路干节点信号接口
- 具有防反接功能

（4）UEIU 单板

UEIU（Universal Environment Interface Unit）单板是 DBBP530 的环境接口板，主要用于将环境监控设备信息和告警信息传输给主控板。UEIU 面板如图 3-1-7 所示。

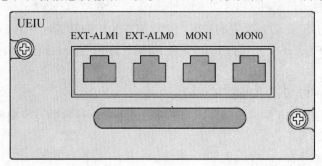

图 3-1-7 UEIU 面板外观图

UEIU 单板主要包括如下功能：

- 提供 2 路 RS485 信号接口
- 提供 8 路干节点信号接口

（5）UTRP 单板

UTRP（Universal TRansmission Processing unit）单板是 DBBP530 的传输扩展板，可提供 8 路 E1/T1 接口和 1 路非通道化 STM-1/OC-3 接口。UTRP 单板内置不同的扣板时，可支持不同类型的接口。UTRP 支持的三种扣板如表 3-1-3 所示。

表 3-1-3　UTRP 单板扣板说明

扣 板 名 称	接　口
UAEU（Universal ATM over E1/T1 Interface and Processing Unit）	8 路 ATM over E1/T1 接口
UIEU（Universal IP Packet over E1/T1 Interface and Processing Unit）	8 路 IP over E1/T1 接口
UUAS（Universal Unchannelized ATM over SDH/SONET Card）	1 路非通道化 STM-1/OC-3 接口

UTRP 内置 UAEU、UIEU 时面板与内置 UUAS 时的不同，如图 3-1-8 所示。

UTRP 面板外观图（支持 8 路 E1/T1）

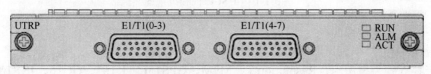

UTRP 面板外观图（支持 1 路 STM-1）

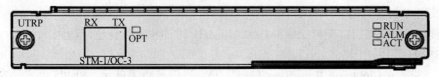

图 3-1-8　内置不同扣扳的 UTRP 面板图

UTRP 单板主要包括如下功能：

- 提供扩展 Iub 传输接口，支持 8 路 E1/T1 接口或 1 路非通道化 STM-1/OC-3 接口
- 支持 ATM、IP 传输
- 支持冷备份功能

（6）UBBP 单板

UBBP（Universal Base Band Processing board）是基带处理接口板，支持 3 载波的基带处理相关功能（如 PS 业务、CS 业务、HSDPA、HSUPA、MBMS、MCJD 等）；提供 3 个光接口，可通过光纤连接 DRRU261/DRRU268/DRRU268i，硬件上可选配 2.5G 光纤接口。UBBP 面板如图 3-1-9 所示。

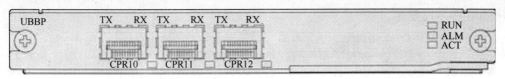

图 3-1-9　UBBP 面板外观图

UBBP 单板主要包括如下功能：

- 实现 UBBP 之间的业务通道
- 实现 UBBP 单板和主控板之间的控制管理通道
- 完成 L1 上、下行基带算法处理
- 完成 L2 处理，包括 MAC-hs/MAC-e，HARQ 处理
- 完成呼叫信令等应用层功能
- 实现 CPRI 或 Ir 接口成帧解帧

（7）USCU 单板

USCU（<u>U</u>niversal <u>S</u>atellite <u>C</u>ard and Clock <u>U</u>nit）单板主要为 DBBP530 的 WMPT 单板提供时间消息和 1PPS 参考时钟源，为选配单板。USCU 面板的外形如图 3-1-10 所示。

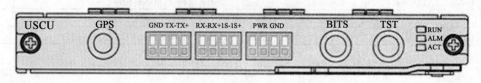

图 3-1-10　USCU 面板外观图

USCU 单板的主要功能为：

- 为 WMPT 单板提供时间消息和 1PPS 参考时钟源
- 兼容 6 种类型星卡：Resolution T、M2M、GPS15L、K161、GG16、JNS100
- 通过检测 1PPS 信号判断当前使用的卫星卡类型
- 支持 RGPS 信号输入
- 提供 BITS 接口，支持 2.048MHz、10MHz 时钟参考源自适应输入

（8）SLPU 模块

SLPU（<u>S</u>ignal <u>L</u>ightning <u>P</u>rotection <u>U</u>nit）模块为信号防雷单元，SLPU 可安装在 19 英寸机柜内，占用 1U 高度，内部可根据选配安装 UFLP 和 UELP，最多可装入 4 个，SLPU 模块的面板如图 3-1-11 所示。

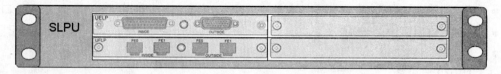

图 3-1-11　SLPU 模块面板外观图

（9）UELP 单板

UELP（<u>U</u>niversal <u>E</u>1/T1 <u>L</u>ightning <u>P</u>rotection unit）单板为通用 E1/T1 防雷保护单元，可选配安装于 SLPU 模块或 DBBP530 内，每块 UELP 单板支持 4 路 E1/T1 信号的防雷。UELP 单板面板如图 3-1-12 所示。

图 3-1-12　UELP 面板外观图

（10）UFLP 单板

UFLP（<u>U</u>niversal <u>FE</u>/<u>GE</u> <u>L</u>ightning <u>P</u>rotection unit）单板为通用 FE/GE 防雷单元，可选配安装于 SLPU 模块或 DBBP530 内。每块 UFLP 单板支持 2 路 FE/GE 的防雷。UFLP 单板面板如图 3-1-13 所示。

图 3-1-13　UFLP 面板外观图

3. DRRU261 RRU 设备

DRRU261 是 DNB6200 的射频远端处理单元。主要功能包括：

- 通过天馈线接收射频信号，将接收信号下变频至中频信号，并进行放大处理、模数转换、数字下变频、匹配滤波后发送给 DBBP530 处理；
- 接收 DBBP530 送来的下行基带数据，并转发级联 RRU 的数据，将下行扩频信号进行成形滤波、数模转换、射频信号上变频至发射频段；
- 提供射频通道接收信号和发射信号复用功能，可使接收信号与发射信号共用一个天线通道，并对接收信号和发射信号提供滤波功能。

4. DRRU261 硬件介绍

DRRU261 外形如图 3-1-14 所示。

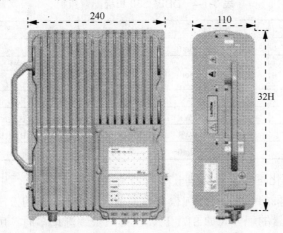

图 3-1-14　DRRU261 外形示意图（单位：mm）

交流型 DRRU261 面板如图 3-1-15 所示。

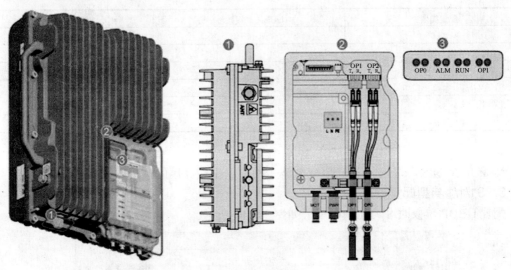

图 3-1-15　交流型 DRRU261 面板

交流型 DRRU261 面板上接口说明如下：

- 底部面板：ANT 射频跳线接口

● 配线腔面板：CPRI 端口（OP 端口）、交流输入接口
● 指示灯

3.1.3 DNB6200 配置原则

DBBP530 基站系统可根据容量需求不同进行多种配置，最多支持 18 个载扇 S6/6/6 配置。配置时必配单板和模块包括：WMPT、UBBP、FAN、UPEU；选配单板包括：UTRP、UEIU。

1. DBBP530 单板配置原则

DBBP530 单板配置原则如表 3-1-4 所示。

表 3-1-4　DBBP530 单板配置原则

单板名称	选配/必配	最大配置数	安装槽位	配置限制
WMPT	必配	2	Slot6 或 Slot7	单个 WMPT 优先配置在 Slot7
UBBP	必配	6	Slot0～Slot5	S1/1/1 默认配置在 Slot3 S3/3/3 默认配置在 Slot0、Slot1、Slot3
FAN	必配	1	FAN	只能配置在 FAN 槽位
UPEU	必配	2	PWR1 或 PWR2	单个 UPEU 优先配置在 PWR2 槽位
UEIU	选配	1	PWR1 或 PWR2	优先配置在 PWR1
UTRP	选配	5	Slot0～Slot6	—

2. DNB6200 系列化基站配置类型

DNB6200 系列化基站可以通过增加模块数量或升级 license 的方法进行扩容。在建网初期，用户可以选用小容量的配置（如 S1/1/1），当用户数逐渐增多时，可以平滑扩容到大容量的配置（如 S3/3/3、S6/6/6 等）。DNB6200 系列化基站典型配置如表 3-1-5 所示。

表 3-1-5　典型配置

配置类型	UBBP 单板数量	载波数量
3×1	1	3
3×2	2	6
3×3	3	9
3×4	4	12
3×5	5	15
3×6	6	18

说明：

$N×M$ 指 N 扇区，每扇区中配置 M 载波，例如 3×1 指 3 扇区，每扇区配置 1 载波。

3. S1/1/1 典型配置

配置 UBBP 单板时 S1/1/1 典型配置如图 3-1-16 所示。

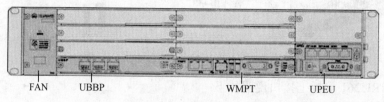

FAN　　UBBP　　　　　　　　　WMPT　　　UPEU

图 3-1-16　S1/1/1 典型配置

4. S3/3/3 典型配置

配置 UBBP 单板时 S3/3/3 典型配置如图 3-1-17 所示。

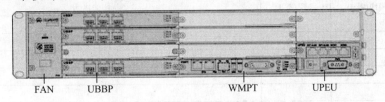

FAN　　　UBBP　　　　　　　　WMPT　　　UPEU

图 3-1-17　S3/3/3 典型配置

3.1.4　任务与训练

任务书 1：DBBP530 基站典型站型的配置

任务书要求：

主　　题	DBBP530 基站典型站型的基本配置
任务详细描述	根据华为 DBBP530 基站的配置规范，配置完成 DBBP530 S1/1/1 站型的基站配置，完成各模块及板卡的数量配置
	根据华为 DBBP530 基站的配置规范，配置完成 DBBP530 S3/3/3 站型的基站配置，完成各模块及板卡的数量配置

根据 DBBP530 基站的配置要求，按照 S1/1/1 站型进行功能模块和板卡的配置，在下表中填写配置清单。

表 3-1-6　模块及板卡配置清单（1）

名　　称	数量（块）	槽　　位	说　　明
WMPT			
UBBP			
UTRP			
UPEU			
FAN			
RRU			

根据 DBBP530 基站的配置要求，按照 S3/3/3 站型进行功能模块和板卡的配置，在下表中填写配置清单。

表 3-1-7　模块及板卡配置清单（2）

名　　称	数量（块）	槽　　位	说　　明
WMPT			
UBBP			
UTRP			
UPEU			
FAN			
RRU			

在下表中列出 DBBP530 基站的主要功能模块和板卡，注明这些模块/板卡是 DBBP530 基站的必选配置还是选配配置，并对各模块功能进行简单描述。

表 3-1-8　模块及板卡功能说明

名　称	模块/板卡	必配/选配	功能描述
1			
2			
3			
4			
5			
6			
7			
8			
9			

任务书 2：DBBP530 基站非典型站型配置

任务书要求：

主　题	14 载扇容量的 Node B 的配置
任务详细描述	根据第 1 章的基站规划和基站容量计算，某基站的规划容量为 14 载扇，根据第 1 章网络规划的无线环境和基站容量要求，完成 14 载扇 DBBP530 基站模块及单板配置，完成各模块及单板的数量配置和槽位配置

根据网络规划的无线环境和基站容量要求，设计 14 载扇容量的基站类型。

表 3-1-9　站型配置

站　型	说　明

根据 DBBP530 基站的配置要求，按照上面 14 载扇的_____站型进行功能模块和板卡的配置，在下表中填写配置清单。

表 3-1-10　模块及板卡配置清单

名　称	数量（块）	槽　位	说　明
WMPT			
UBBP			
UTRP			
UPEU			
FAN			
RRU			

下表是 DBBP530 基站的插槽位置表，请根据上面的单板配置情况在对应位置标识所配置的板卡。

表 3-1-11　DBBP530 板卡配置

3.1.5 考核评价

学习领域：<u>TD-SCDMA 设备配置与安装</u>　　学习情境：<u>Node B 基站的基本配置</u>
学习任务：<u>DBBP530 基站站型的配置</u>　　班级：＿＿＿＿＿＿＿＿＿＿
小组成员：＿＿＿＿＿＿＿＿＿＿＿＿＿

姓　名	项目完成情况			
	正确配置单板数量（30）	正确配置单板槽位（30）	正确描述单板功能（30）	灵活应变能力（10）

教师总体评价：

教师签名：＿＿＿＿＿＿＿＿＿＿＿＿　　　日期：＿＿＿年＿＿＿月＿＿＿日

3.2　Node B 系统组网

> **能力目标**：能够进行对 Node B 基站和 RNC 之间的组网配置
> **知识目标**：1. 熟悉 Node B 基站系统的组网方式
> 　　　　　　　2. 能够按照设计需求进行 Node B 与 RNC 的组网配置
> **实训任务**：完成网络规划中 2 个覆盖区域的 Node B 与 RNC 的组网配置
> **参考学时**：1 课时

3.2.1　DBBP530 基站系统组网方式

DBBP530 基站系统组网是指 DBBP530 基站与 RNC 之间的组网。DBBP530 基站与 RNC 之间组网使用光纤连接，一个 RNC 可连接多个 DBBP530。DBBP530 支持灵活的组网方式，如星形、树形、链形等。

1. 星形组网
星形组网是最常用的组网方式，适用于人口稠密地区。星形组网图如图 3-2-1 所示。
优点：
● 每个 DBBP530 的 E1 线直接和 RNC 相连，组网方式简单，工程施工、维护和扩容都很方便；
● Node B 和 RNC 直接进行数据传输，信号经过的节点少，线路可靠性较高。
缺点：
与其他组网方式相比，星形组网方式需要占用更多的传输资源。

2. 树形组网

树形组网适用于面积较大，但用户密度较低的地区。如图 3-2-2 所示。

优点：

树形组网的传输线缆损耗远小于星形组网的传输线缆损耗。

缺点：

- 由于信号传输过程经过的节点多，导致线路可靠性低，工程施工和维护困难；
- 上级 DBBP530 的故障可能会影响下级 DBBP530 的正常运行；
- 扩容不方便，可能会导致较大的网络改造；
- 树的最大广度为 3 级，形成最多 6 个 Node B 级联（包括第 1 级 Node B）。

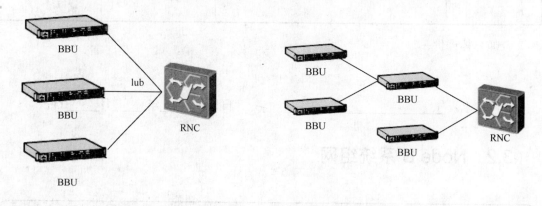

图 3-2-1　星形组网图　　　　　　　　　　图 3-2-2　树形组网图

3. 链形组网

链形组网适用于呈带状分布、用户密度较小的特殊地区，例如高速公路沿线、铁路沿线等。链形组网图如图 3-2-3 所示。

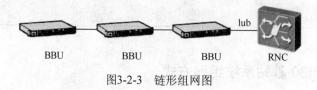

图3-2-3　链形组网图

优点：

传输设备成本、工程建设成本和传输链路租用成本较低。

缺点：

- 信号经过的环节较多，线路可靠性较差；
- 上级 DBBP530 的故障可能会影响下级 DBBP530 的正常运行；
- 链的级数不能超过 6 级。

3.2.2　RRU 组网方式

DBBP530 的 BBU 和 RRU 之间支持多种组网方式，包括星形、链形、环形等组网方式。BBU 与 RRU 之间使用光纤连接，一个 BBU 可连接多个 RRU。DBBP530 BBU 与 RRU 之间的典型组网方式如图 3-2-4 所示。

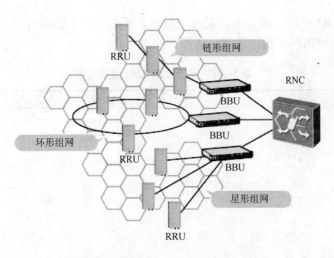

图 3-2-4　DBBP530 与 RRU 间的典型组网

室外覆盖时，DRRU268 与 DRRU266 最大分别支持 6 级级联。室内覆盖时，DRRU268 与 DRRU266 最大支持 6 级级联，DRRU261 最大支持 10 级级联。

3.2.3　任务与训练

任务书：DBBP530 与 RNC 的组网配置

任务书要求：

主　　题	BBU 与 RNC 的组网配置
任务详细描述	1. 根据网络规划结果，给出开发园区内的 DBBP530 与 RNC 的组网配置 2. 根据网络规格结果，给出开发园区外高速公路沿线的 DBBP530 与 RNC 的组网配置

根据 BBU 与 RNC 的组网要求，完成上面任务书中任务描述 1 的组网配置，在下面表格中填写组网结构并画出该组网结构的逻辑结构图。

表 3-2-1　开发园区 BBU 组网结构

组网结构	逻辑结构图
优点	
缺点	

根据 BBU 与 RNC 的组网要求，完成上面任务书中描述 2 的组网配置，在下面表格中填写组网结构并画出该组网结构的逻辑结构图。

表 3-2-2　高速公路 BBU 组网结构

组网结构	逻辑结构图
优点	
缺点	

3.2.4　考核评价

学习领域：<u>TD-SCDMA 设备配置与安装</u>　　学习情境：<u>Node B 基站的组网配置</u>

学习任务：<u>DBBP530 与 RNC 的组网配置</u>　　班级：<u>　　　　　　　　　　</u>

小组成员：<u>　　　　　　　　　　　　　</u>

姓　名	项目完成情况			
	任务 1 的正确组网（40）	任务 1 组网特点描述（10）	任务 2 的正确组网（40）	任务 2 组网特点描述（10）

教师总体评价：

教师签名：<u>　　　　　　　</u>　　　　　　　　日期：<u>　　　</u>年<u>　　　</u>月<u>　　　</u>日

3.3 Node B 系统设备安装

> **能力目标**：能够进行对 Node B 基站按照设计需求进行单板类型、数量及槽位的配置
> **知识目标**：1. 熟悉 DBBP530 基站的功能模块、单板类型、功能和配置原则
> 　　　　　　　2. 能够对实际 Node B 基站进行配置
> 　　　　　　　3. 能够根据规划容量进行 Node B 非典型站型的配置
> **实训任务**：完成 3 个不同站型 Node B DBBP530 基站系统的配置

3.3.1 Node B 对安装环境的要求

DBBP530 需要安装在室内环境中，当安装在机房中时，机房需要满足一定的建筑要求。

1. 机房高度要求

机房高度指机房横梁下或风管下的净高度，应能满足安装走线架、铺设电缆和馈线的空间需要，一般要求为 3～3.5m。

2. 机房地板要求

机房的地板要求是半导电的，不起尘，一般要求铺设防静电活动地板。地板板块铺设应严密坚固，每平方米水平误差应不大于 2mm。

没有防静电活动地板时，应铺设体积电阻率在 $1.0 \times 10^7 \sim 1.0 \times 10^{10} \, \Omega \cdot m$ 范围内的导静电地面材料。

导静电地面或防静电活动地板必须进行静电接地，可以经限流电阻及连接线与接地装置相连，限流电阻的阻值为 $1 \, m\Omega$。经测试，水磨石（含水泥地板）地面可以达到要求。

3. 机房静电和防干扰要求

- 机房应采用防静电地板或防静电地面，保持接地良好；
- 机房应配备防静电工作服和防静电腕带；
- 机房远离电磁干扰，机房的电场强度不得超过 300mV/m，磁场强度不得超过 11Gs。

4. 机房空调要求

实际的空调容量设计应根据机房的面积和基站设备的发热量来计算。

- 空调相以湿度：30%～75%，最好为 50%～60%。
- 空调温度：18℃～28℃，最好为 20℃～25℃。

5. DBBP530 防雷接地要求

- DBBP530 保护接地线应采用横截面积不小于 6mm^2 的黄绿双色塑料绝缘铜芯导线；
- DBBP530 的接地电阻应小于 10Ω；
- 安装在机房时，DBBP530 的保护地线应连接到机房的保护接地排上；
- 安装在 APM30 或其他室外型机柜中时，DBBP530 的保护接地线应连接到机柜内的接地排上；

- DBBP530 与 DRRU261/DRRU268/DRRU268i 连接时，不能使用含有金属加强筋的光纤；
- DBBP530 的 E1/T1 线需要出机房架空走线时，安装在机房内的 DBBP530 应配置传输防雷盒，DBBP530 的保护地线应连接到防雷盒上的接地排，再由防雷盒引出保护接地线到机房接地排。

3.3.2 Node B 的安装

1. 安装工具准备

Node B 安装过程中可能用到的工具如图 3-3-1 所示。

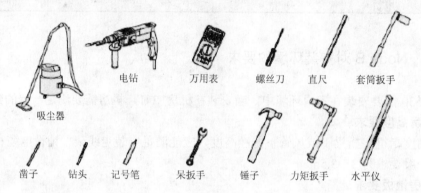

图 3-3-1 安装工具

2. DBBP530 机框安装

为使布线和操作维护更方便，DBBP530 在 19 英寸机柜内安装时，有严格的最小安装空间要求，并给出了推荐性安装空间要求。DBBP530 在 19 英寸机柜内安装时，安装空间要求如图 3-3-2 所示。

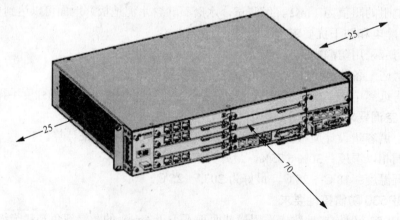

图 3-3-2 DBBP530 在 19 英寸机柜内的安装空间要求（单位：mm）

说明：

（1）左右两侧应各预留至少 25mm 通风空间；

（2）面板前应预留至少 70mm 布线空间。

3．走线架安装

走线架用于设备的各种线缆走线。线槽和线梯是走线架的组成部分，线槽安装在线梯上，其中线槽为选配件。机柜上走线时，机房要安装走线架，走线架上可以铺设机房内的各种电缆。走线架以线梯形式为主。

线梯在实际安装中可能需要在同一水平面对接、垂直转弯、与墙连接或者需要爬高或降低，对应线梯的操作有对接线梯、直角连接线梯和线梯、直角连接线槽和线槽、直角连接线梯和线槽、连接线梯和墙以及搭接线梯。

4．对接线梯

当工程安装要求线梯很长时，可使用槽形连接件将多段线梯前后相接，同时用 3 根接地线将相邻的两段线梯连接起来，以保证走线架的可靠接地。安装操作步骤如下：

（1）用槽形连接件将前后两段线梯相接。将用来固定线梯和槽型连接件的第一颗和第四颗螺栓使用接地线相连；

（2）将第二或第三颗螺栓使用接地线同对侧的第二或第三颗螺栓相连。如图 3-3-3 所示。

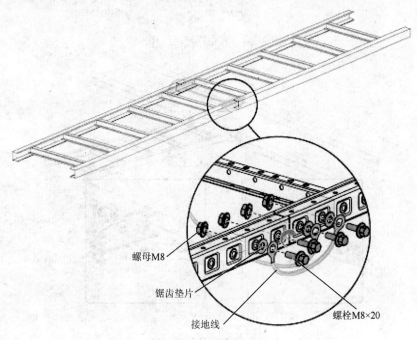

图 3-3-3 螺栓的连接

5．直角连接两线梯

当转弯的线梯都没有安装线槽时，需要直角连接线梯。直角连接线梯的安装方法：使用弯角连接件、螺栓和螺母将两个线梯搭接起来，确保两个线梯在同一水平面。如图 3-3-4 所示。

6．直角连接线梯和线槽

当一方走线架带线槽，另一方走线架中没有线槽，且线梯要转弯时，需要直角连接线梯和线槽。操作步骤：当转弯的线梯有一段带线槽时，使用弯角连接件、螺栓和螺母将两个线梯搭接起来。如图 3-3-5 所示。

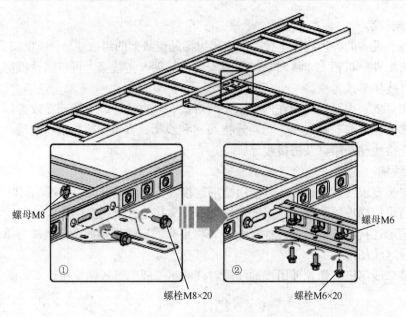

图 3-3-4　直角连接两线梯

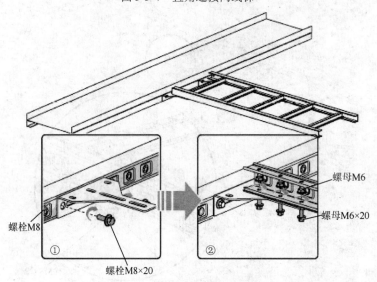

图 3-3-5　直角连接线梯和线槽

7．连接线梯和墙

用弯角连接件、绝缘板、绝缘垫、弹簧垫圈、平面垫圈和膨胀螺栓连接墙与线梯。操作步骤如下：

（1）用膨胀螺栓 M6×20 连接弯角连接件与线梯。如图 3-3-6 中①所示；

（2）用膨胀螺栓 M8×80 连接弯角连接件与墙。如图 3-3-6 中②所示。

8．搭接线梯

操作步骤如下：

（1）选择适当长度的线梯作为爬梯；

（2）用弯角连接件、螺栓和螺母连接爬梯和线梯。根据爬梯和线梯搭接方式的不同，线梯的搭接可分为正面搭接、侧面搭接和斜搭接。如图 3-3-7 所示。

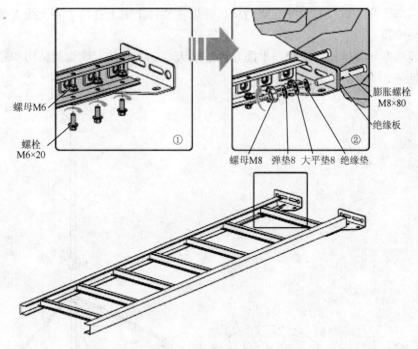

图 3-3-6 连接线梯与墙

9. 接地排安装

DNB6200 接地排用于连接机柜保护地和工作地，其结构如图 3-3-8 所示。安装操作步骤：

（1）根据工程设计图，确定安装位置；

（2）用膨胀螺栓将接地排水平地固定在墙上（如图 3-3-9 所示），通过保护地线连接接地排和机房总地排。

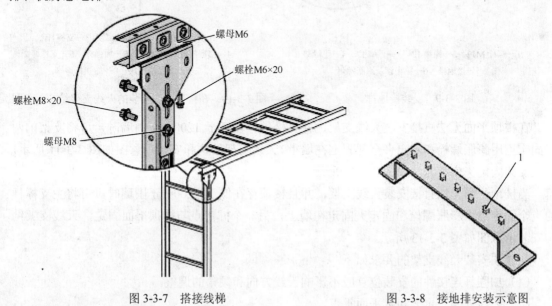

图 3-3-7 搭接线梯   图 3-3-8 接地排安装示意图

10. 楼顶天线支架安装

楼顶天线支架有多种结构类型，需要根据天线类型、安装环境等因素来选择和安装天线支架。这里列举了几种典型的天线支架结构，并以在楼顶平面上直接安装天线支架为例来说明具体的安装步骤。

楼顶天线典型支架结构：在楼顶平面直接安装天线支架时，天线支架结构和安装示意图如图 3-3-10 所示。

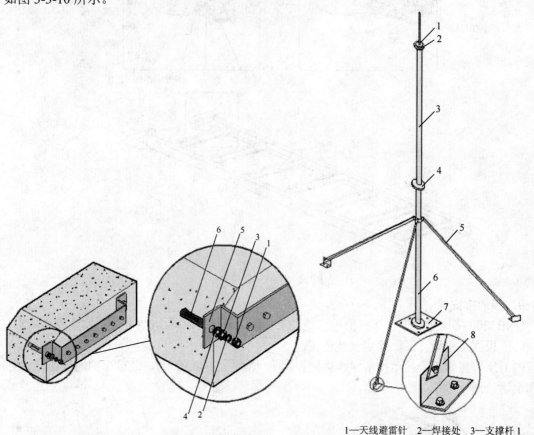

1—螺栓 M12　2—弹垫 12　3—平垫 12　4—绝缘垫 a
5—接地排　6—膨胀管及膨胀螺母

图 3-3-9　安装接地排

1—天线避雷针　2—焊接处　3—支撑杆 1
4—膨胀螺栓 M10×80　5—加强杆　6—支撑杆 2
7—天线支架底座　8—加强杆地脚

图 3-3-10　在楼顶平面安装的天线支架结构示意图

在楼顶平面无法直接安装天线支架，并且楼顶存在高于 1200mm 围墙时，可将支架的两个固定点用膨胀螺栓和固定夹全部固定在墙上。天线支架结构和安装示意图如图 3-3-11 所示，天线支架固定夹安装方法如图 3-3-12 所示。

当楼顶平面无法直接安装天线支架，并且楼顶存在低于 1200mm 围墙时，可将主支撑杆的一个固定点用膨胀螺栓和固定夹固定在墙上，另一个固定点与楼顶平面固定，天线支架结构安装示意图如图 3-3-13 所示。

在楼顶安装天线支架的要求如下：

（1）加强杆连接件的安装位置应不影响天线方向和倾角的调整。

（2）天线支架一定要和水平面垂直。

（3）定向天线安装在楼顶时，支架必须安装有避雷针，支架和建筑物避雷网也应连通。

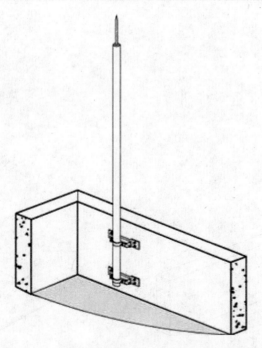

图 3-3-11　天线支架固定夹安装在围墙上的示意图

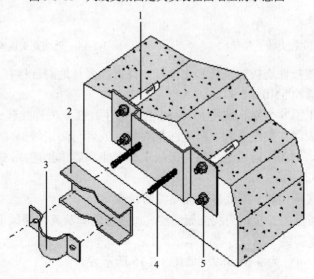

1—膨胀螺栓 M12×120　2—V 形连接件　3—180° 连接件　4—膨胀螺栓 M12×140　5—螺母 M12

图 3-3-12　安装天线支架固定夹

（4）全向天线安装在楼顶时，支架上一般不安装避雷针，需单独安装一根支架用以安装避雷针。

（5）若全向天线的支架上安装了避雷针，则要求天线安装时伸出支架 1～1.5m。

（6）天线支架所有焊接部位表面需喷涂防锈漆，焊接要牢固，无虚焊和漏焊等缺陷。

天线支架安装操作步骤：

（1）根据工程设计图纸中的天馈安装图来确定楼顶天线支架的安装位置。

（2）将避雷针焊接在天线支撑杆上（中心线对准）。

（3）将天线支架底座用 8 个膨胀螺栓 M10×45 垂直固定在楼顶平面上，如图 2-3-14 所示。

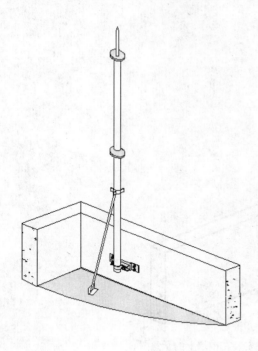

1—六角头螺栓 M10×50　2—加强杆连接件　3—支撑杆
4—天线支架底座　5—膨胀螺栓 M10×45

图 3-3-13　安装天线支架结构　　　图 3-3-14　天线支架底座结构及安装示意图

（4）用加强杆连接件连接加强杆和支撑杆，并将加强杆地脚连接在加强杆上，每个加强杆地脚用 2 个膨胀螺栓 M10×45 固定。

（5）将支撑杆 1 用 6 个膨胀螺栓 M10×80 与支撑主杆 3 紧固连接起来。

（6）如果楼顶天线支架没有和室外走线架焊接，或者已和走线架焊接，但走线架没有和建筑物避雷网连通，则需用避雷连接条将天线支架底座和建筑物避雷网连通（避雷连接条为室外走线架安装件）。

（7）在所有焊接部位和支架底座表面喷涂防锈漆。

（8）用混凝土覆盖保护楼顶天线支架底座、加强杆地脚及其与楼顶平面连接的膨胀螺栓。

11. DRRU261 安装

安装 DRRU261 可分为 3 个步骤（如图 3-3-15 所示）：

（1）安装 RRU 固定件

（2）固定模块挂板

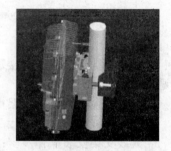
（3）安装 RRU 模块

图 3-3-15　安装 DRRU261

（1）在天线支架上安装 RRU 固定件；

（2）在 DRRU261 上固定模块挂板；

（3）安装 RRU 模块。

DRRU261 线缆连接关系如图 3-3-16 所示。

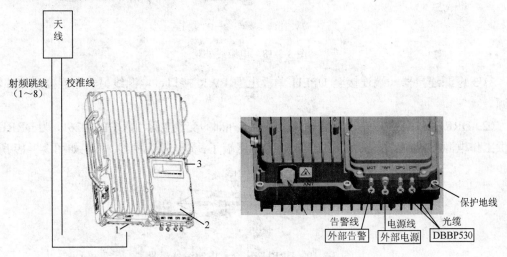

图 3-3-16　DRRU261 线缆连接关系

12．保护地线安装

（1）DBBP530：保护地线用于保证 DBBP530 的良好接地。保护地线的横截面积为 6mm^2，呈黄绿色，两端均为 OT 端子。若自行准备保护地线，建议选择横截面积不小于 6mm^2 的铜芯导线。

（2）DRRU261：保护地线的截面积为 16mm^2，呈黄绿色，两端均为 OT 端子。若客户自行准备保护地线，建议选择截面积不小于 16mm^2 的铜芯导线。

保护地线外观如图 3-3-17 所示。

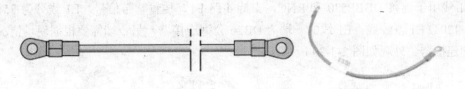

图 3-3-17　保护地线外观

保护地线安装位置如表 3-3-1 所示。

表 3-3-1　保护地线安装位置说明

线缆一端连接至…	线缆另一端连接至…
DBBP530 的接地螺栓	就近保护地排接线端子
DRRU261 模块接地螺栓	就近保护地排接线端子

13．电源线安装

（1）DBBP530：电源线为 DBBP530 提供-48V DC 电源。电源线一端为 3V3 电源连接器，另一端为裸线，现场根据配电设备的接头要求制作相应端子。以电源线的另一端为 OT 端子为例，外观如图 3-3-18 所示。

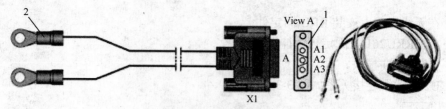

1—3V3 电源连接器　2—OT 端子

图 3-3-18　电源线外观

3V3 电源连接器一端连接至 UPEU 单板上的 PWR 接口，电源线另一端连接至外部输入电源。

（2）DRRU261：DRRU261 交流电源线用于将外部的交流电源引入 DRRU261，为 DRRU261 提供工作电源。DRRU261 交流电源线一端为冷压端子，另一端为裸线。外观如图 3-3-19 所示。

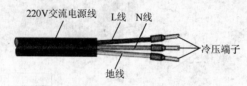

图 3-3-19　DRRU261 交流电源线外观图

DRRU261 直流电源线安装位置如表 3-3-2 所示。

表 3-3-2　DRRU261 直流电源线安装位置说明

线缆一端连接至…	线缆另一端连接至…
L 线连接至交流型 DRRU261 的"L"接线端子	现场的供电系统
N 线连接至交流型 DRRU261 的"N"接线端子	
PE 线连接至交流型 DRRU261 的"PE"接线端子	

14．E1 线安装

E1 线用于连接 DBBP530 和 RNC，支持 4 路 E1，传输基带信号。E1 线分为 75Ω E1 同轴线、120Ω E1 双绞线。E1 线的一端为 DB26 公型连接器，另一端需要根据现场情况，制作相应的连接器。外观如图 2-3-20 所示。

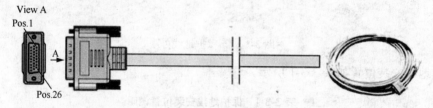

图 3-3-20　E1 线外观

E1 线安装位置如表 3-3-3 所示。

表 3-3-3　E1 线安装位置说明

DB26 公型连接器一端连接至…		线缆另一端连接至…
配置 UELP 单板	UELP 单板的 OUTSIDE 接口	RNC
未配置 UELP 单板	WMPT 或 UTRP 单板的 E1/T1 接口	

15. FE 线安装

　　FE 线通过路由设备连接 DBBP530 与 RNC，传输基带信号。FE 线两端均为 RJ45 连接器，外观如图 3-3-21 所示。

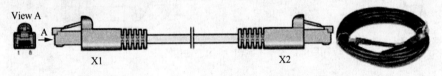

图 3-3-21　FE 线外观图

　　FE 线安装位置如表 3-3-4 所示。

表 3-3-4　FE 线安装位置说明

线缆一端连接至…		线缆另一端连接至…
配置 UFLP 单板	UFLP 单板上 "OUTSIDE" 处的 FE0 或 FE1 接口	RNC
未配置 UFLP 单板	WMPT 单板的 FE0 或 FE1 接口	

16. 光纤安装

　　（1）DBBP530 与 RRU 之间直连光纤如图 3-3-22 所示。

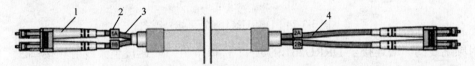

1—DLC 连接器　2—2mm 分支光缆标签　3—RRU 侧 2mm 分支光缆　4—DBBP530 侧 2mm 分支光缆

图 3-3-22　DBBP530 与 RRU 之间直连光纤

　　（2）CPRI 接口光纤安装位置如表 3-3-5 所示。

表 3-3-5　CPRI 接口光纤安装位置说明

线缆一端连接至…	线缆另一端连接至…
UBBP 单板的 CPRI 接口	RRU 的 OP0 接口

　　（3）Iub 接口光纤的安装位置如表 3-3-6 所示。

表 3-3-6　Iub 接口光纤安装位置说明

线缆的一端连接至…	线缆的另一端连接至…
UBBP 单板的 CPRI 接口	ODF
RRU 的 OP0 接口	ODF

17. GPS 时钟信号线安装

　　GPS 时钟信号线连接 GPS 天馈系统，可将接收到的 GPS 信号作为 DBBP530 的时钟基准，为选配线缆。GPS 时钟信号线的一端为 SMA 公型连接器，另一端为 N 型连接器，外观如图 3-3-23 所示。

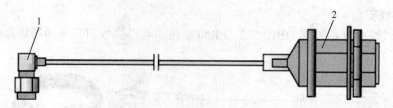

1—SMA 公型连接器　2—N 型连接器

图 3-3-23　GPS 时钟信号线外观

GPS 时钟信号线的安装位置，如表 3-3-7 所示。

表 3-3-7　GPS 时钟信号线的安装位置说明

SMA 公型连接器一端连接至…	N 型连接器一端连接至…
WMPT 单板上的 GPS 接口	GPS 避雷器

18．射频跳线安装

DRRU261 射频跳线用于射频信号的输入和输出。DRRU261 跳线的两端均为 N 型连接器，外观如图 3-3-24 所示。

图 3-3-24　DRRU261 射频跳线外观图

射频跳线的一端连接至 DRRU261 的 ANT 接口，另一端连接至天线射频接口。

19．DNB6200 通用线缆布放要求

在布放电源线、信号线时，需要满足一定的布放要求，以防信号被电磁干扰。

（1）线缆弯曲半径要求如表 3-3-8 所示。

表 3-3-8　线缆弯曲半径要求

线缆类型		弯曲半径要求
馈线	1/2 英寸馈线	≥127mm
	7/8 英寸馈线	≥250mm
	5/4 英寸馈线	≥380mm
	13/8 英寸馈线	≥510mm
	RG-8U 馈线	≥50mm
跳线	1/4 英寸跳线	≥35mm
	1/2 英寸跳线	≥50mm
单层护套线缆	2.5mm≤D≤4.5mm	R≥2D
	D≥4.5mm	R≥3D
两芯或多芯有外护套屏蔽或非屏蔽线缆	6.5mm≤D≤12.5mm	R≥2D
	D≥12.5mm	R≥3D
光纤		R≥20D

说明：上表中的"D"表示线缆外皮直径，"R"表示线缆弯曲半径。

（2）通用线缆绑扎要求：

● 不同类型电缆应分开布放，不能混扎于一束内，不能相互缠绕。

- 绑扎后的电缆应相互紧密靠拢，外观平直整齐，无外皮损伤。
- 线扣的绑扎间距为 200mm，线扣头朝同一方向，处于相同位置的线扣应在同一水平线上，线扣头应被剪平。
- 线缆安装完成后，线缆两端都需粘贴标签或绑扎标牌。

（3）通用线缆分类布放要求：

- 不同类型电缆应分开布放。
- 不同类型电缆不得交叉布放。
- 不同类型电缆柜内平行走线时，间距必须大于30mm；柜外平行走线时，间距必须大于100mm；不能满足要求时须使用专门的隔离物分开。

（4）电源线和保护地线布线要求：

- 布放位置应符合工程设计图纸的要求，满足通用走线规范要求。
- 如布放过程中发现线缆长度不够时，应重新更换线缆，不应在线缆中做接头或焊点。
- 若线缆需要绑扎在金属走线架上进行布放，应增加绝缘措施。
- 严禁在线缆上加装开关或熔断器。
- -48V 电源线和 GND 线应绑在一起。
- 接地线两端必须经过防腐、防锈处理，其连接应牢固可靠。
- 基站所需的交流低压电力电缆应穿金属管埋地进入通信机房，靠近机房一侧的埋地长度应大于 50m，若该交流低压电力电缆长度小于 50m，则应全部埋地。交流低压电力电缆架空引入移动通信站，将严重影响交流电源口的防雷保护。
- 接地线严禁从户外架空引入，必须全程埋地或室内走线。

（5）E1/T1 线布线要求：

- 布放位置应符合工程设计图纸的要求，满足通用走线规范要求。
- E1/T1 线不能在室外架空走线。
- 若 E1/T1 线在室外走线时，可根据站点实际情况，将 E1/T1 线穿 PVC 套管在地下走线。
- E1/T1 线在室外走线超过 5m 时，配置防雷盒进行接地处理。
- E1/T1 线在转弯处应留有少许余量。
- E1/T1 线内的空线对在机房内宜做保护接地。

（6）光纤布放要求：

- 布放位置应符合工程设计图纸的要求，满足通用走线规范要求。
- 光纤在转弯处应留有少许余量。
- 不要用力拉扯光纤，或用脚及其他重物踩压光纤，不要让光纤触碰尖锐物体，以免损坏光纤。若纤体有折痕、压痕，连接器有破损，则该光纤不能再使用。
- 多余的光纤应卷绕在专用设备上，如光纤卷绕盘。缠绕光纤时，用力应均匀，切勿对光纤进行硬性弯折，以免损坏光纤。
- 若使用无防护的裸纤，根据需要使用防护套管。
- 光纤连接器在未使用时必须盖上防尘帽。

- 若光纤的一端已与光设备连接，则严禁用眼直视光纤连接器的端面，以防对视力造成伤害。
- 为防止损伤光纤，应在机顶光纤接入口处填塞柔软物，建议使用防火棉。
- 安装前，还需检查光纤连接器是否被污染。若被污染，建议用无尘棉布或擦纤盒擦拭连接器。

3.3.3 任务与训练

任务书 1：DRRU261 的设备安装

任务书要求：

主　题	DRRU261 的设备安装
任务详细描述	根据设备安装要求，给出 DRRU261 的安装步骤和安装方法，要求结合图表进行描述。要求 DRRU261 安装描述中包含对天线支架的安装说明

根据 DNB6200 机站的安装要求，完成上面任务书中任务描述的安装描述，在下面表格中填写设备安装步骤，并结合图表对安装进行描述。

表 3-3-9　DRRU261 的设备安装

安装要求	安装描述
天线支架的安装步骤	结合图表描述
DRRU261 的安装步骤	结合图表描述

任务书 2：Node B 线缆的安装

任务书要求：

主　题	DNB6200 线缆的安装
任务详细描述	根据设备安装要求，给出 DNB6200 基站各种信号线的安装要求。详述详述电源线和保护地线布线要求

根据 DNB6200 机站的安装要求，完成上面任务书中的安装描述，在下面表格中填写各种线缆的安装要求。

表 3-3-10 线缆的安装

组网结构	安装描述
信号线安装要求	（1）GPS 时钟信号线弯曲半径要求： （2）DRRU261 的射频线弯曲半径要求： （3）DBBP530 的保护地线线径要求： （4）DRRU261 的保护地线线径要求
详述电源线和保护地线布线要求：	

3.3.4 考核评价

学习领域：<u>TD-SCDMA 设备配置与安装</u>　　学习情境：Node B 基站设备的安装

学习任务：<u>DRRU261 的安装与线缆安装</u>　　班级：_____

小组成员：_____

姓　名	项目完成情况		
	任务 1 中 RRU 的正确安装（30）	任务 1 天线支架的正确安装（30）	任务 2 线缆的正确安装（40）

教师总体评价：

教师签名：_____　　日期：_____年_____月_____日

3.4 RNC 系统配置

> **能力目标**：能够进行根据系统容量对 RNC 进行正确配置，熟悉 RNC 各功能模块和板卡的功能
>
> **知识目标**：1. 根据系统容量对 RNC 进行最小/最大配置组网
> 　　　　　　2. 熟悉 RNC 各模块及板卡功能以及它们之间的逻辑连接
>
> **实训任务**：完成网络规划中两个覆盖区域的 RNC 的系统配置

RNC（Radio Network Controller）是 TD-SCDMA 移动通信网络的重要组成部分，它和 Node B 一起构成移动接入网络 UTRAN。TRNC820 是鼎桥 RNC 的型号。TRNC820 的接口（包

括 Iub、Iur、Iu-CS 和 Iu-PS）都是标准接口，能够和其他厂商的 Node B、RNC、MSC 和 SGSN 等设备对接。

在 TRNC820 产品的设计过程中，充分考虑了业务、容量、传输和操作维护等因素。TRNC820 具有以下特点：

- 先进的全 IP 基站控制平台
- 集成度高，容量大
- 配置灵活，适应不同话务模型
- 控制面和用户面资源共享
- 丰富的时钟源
- 丰富的传输解决方案
- 先进的无线资源管理算法
- 先进的无线数据业务解决方案
- 协议版本兼容性强

3.4.1 TRNC820 系统功能和模块组成

TRNC820 支持的业务和功能有 3 个方面，如下：

1. 无线承载功能

- 支持 4 类 QoS 特性业务：会话类、流类、交互类、背景类；
- 支持多种业务类型：RNC 无线承载业务分为电路域（CS）承载业务，分组域（PS）承载业务和组合业务；
- 支持多种业务速率：包括 12.2kbit/s，10.2 kbit/s，7.95 kbit/s，7.4 kbit/s，6.7 kbit/s，5.9kbit/s，5.1kbit/s 和 4.75kbit/s。

2. 无线业务功能

- 系统信息广播：RNC 支持通过 BCCH 信道向小区广播系统信息，把接入层和非接入层的一些公共信息提供给一个小区中的所有 UE；
- 寻呼：寻呼以下状态的 UE：空闲模式、PCH 状态、CELL_DCH 状态、CELL_FACH 状态；
- 呼叫的建立和释放：在公共信道（CCH）及专用信道（DCH）上建立 RRC 连接、RBA 连接；初始直传和上、下行直传。
- Node B 逻辑操作和维护：如小区建立、小区的重配置、小区删除、公共传输信道建立、公共传输信道的重配置、公共传输信道删除、资源闭塞、资源解闭塞、资源核查、资源状态指示；支持对信令进行完整性保护；支持对信令和业务进行加密；
- PDCP 功能：分组数据汇聚协议（PDCP）功能实现分组域数据到无线承载的适配，并提供 IP 包包头压缩功能，此功能能够减少包头开销，提高信道带宽利用率和传输效率；
- 无线链路监测：包括对无线链路状态、传输失败和链路恢复进行监测，根据监测结果决策切换、功率控制等动作，以保持无线链路性能的稳定。

3. RRM 功能

- 逻辑和传输信道管理：RNC 支持以下逻辑信道：广播控制信道（BCCH）、寻呼控制信道（PCCH）、专用控制信道（DCCH）、公共控制信道（CCCH）、专用业务信道（DTCH）；RNC 支持以下传输信道：广播信道（BCH）、寻呼信道（PCH）、随机接入信道（RACH）、前向接入信道（FACH）、专用信道（DCH）；
- 移动性管理：移动性管理（MM）包括小区更新、用户登记区（URA）更新、硬切换和接力切换；
- 动态信道分配：RNC 能够实现对频率、时隙、扩频码和空间等资源的分配；
- 动态信道配置：RNC 根据 UE 的流量，对无线资源进行实时配置；
- 功率控制：RNC 功率控制包括开环功控、上行链路外环功控；
- 小区负载监测：对小区负载进行监测；
- 定位业务：RNC 支持基于小区标识（CELL-ID）、小区标识加上时间提前量（CELL-ID+TA）、和小区标识加上时间提前量及信号到达角度（CELL-ID+TA+AOA）的定位技术；
- RRC 连接定向重试和重定向：连接定向重试即当一个小区没有足够的码道或功率资源时将合适的相邻小区中的资源分配给 UE；连接重定向功能即使 UE 重定向至其他 UTRAN 网络或 GSM 邻小区进行接入；
- 异系统漫游：异系统（Inter-RAT）漫游是指 UE 能够使用不同的技术标准接入无线通信系统，RNC 支持 TD-SCDMA/GSM 漫游和 TD-SCDMA/WCDMA 漫游；
- 多载波小区：多载波小区是指支持多于一个载波的小区。在多载波小区中，通过增加载波数增加了小区容量，同时也减少了小区重选过程。

从硬件结构上，TRNC820 由 5 个模块组成：机柜、线缆、GPS 天馈系统、LMT、告警箱。TRNC820 的系统结构如图 3-4-1 所示。

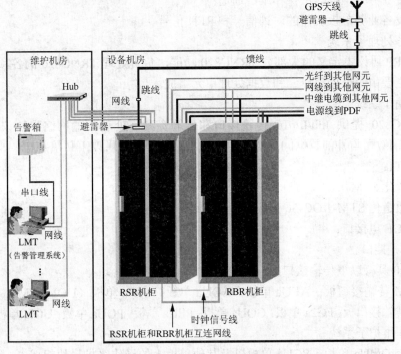

图 3-4-1　TRNC 系统结构示意图

从逻辑结构上 TRNC820 由 7 个系统模块组成：交换子系统、业务处理子系统、传输子系统、时钟同步子系统、操作维护子系统、供电子系统和环境监控子系统。如图 3-4-2 所示。

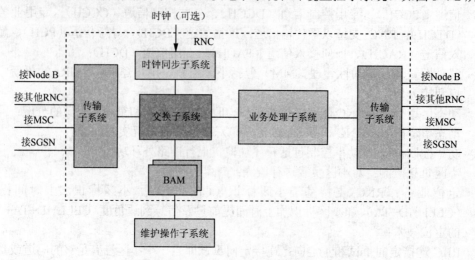

图 3-4-2　TRNC820 逻辑结构示意图

（1）交换子系统

主要完成 TRNC820 内部数据的交换功能。其功能如下：

- 提供内部的 MAC 层交换，实现 ATM/IP 二网合一；
- 提供 Port Trunking 技术；
- 提供框间连接；
- 为各业务处理框提供业务数据的交换通道；
- 为各业务处理框提供操作维护通道；
- 分发各业务单板所需的时钟信号和 RFN 信号。

（2）业务处理子系统

完成 3GPP 协议中定义的大部分 TRNC820 功能，负责处理 TRNC820 的各项业务。业务处理子系统主要由信令处理单元和数据处理单元组成。

（3）传输子系统

为 TRNC820 提供 Iub/Iur/Iu 传输接口和传输资源，处理传输网络层协议消息，实现 TRNC820 内部数据与外部数据间的交互。传输子系统可以提供以下传输接口：

- E1/T1；
- 通道化 STM-1/OC-3 光接口；
- 非通道化 STM-1/OC-3c 光接口；
- FE/GE 电接口；
- GE 光接口。

TRNC820 具有以下传输接口板：

- ATM 传输接口板：AEUa 单板；AOUa 单板；UOIa 单板（UOI_ATM）；
- IP 传输接口板：FG2a 单板；GOUa 单板；PEUa 单板；POUa 单板；UOIa 单板（UOI_IP）。

（4）操作维护子系统

由 LMT、OMUa 单板、SCUa 单板以及其他单板上的操作维护模块组成。

（5）时钟同步子系统

由 RSS 插框的 GCUa/GCGa 单板和各个插框的时钟处理单元组成，主要负责提供 TRNC820 工作所需的时钟、产生 RFN 和为 Node B 提供参考时钟。

（6）供电子系统

用于为 TRNC820 设备供电源，在设计上采用了双电路备份、逐点监控的方案，可靠性高。

（7）环境监控子系统

对 TRNC820 的运行环境进行自动监控，并实时反馈异常状况。TRNC820 环境监控子系统由配电盒和各个插框的环境监控部件组成，主要负责电源、风扇、门禁和水浸的监控。

3.4.2　TRNC820 的硬件组成

1．TRNC820 机柜

TRNC820 机柜由配电盒、插框、围风框、走线架、机架、后走线槽组成。TRNC820 机柜从功能上分为 RSR 机柜和 RBR 机柜。RSR 机柜和 RBR 机柜内部组成相似。如图 3-4-3 所示。

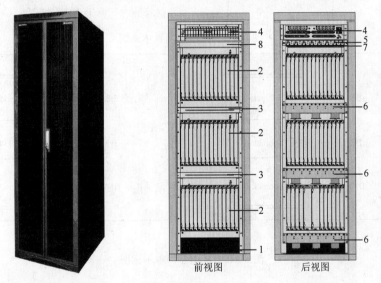

前视图　　　　　后视图

1—进风口　2—插框　3—围风框　4—配电盒　5—机柜内走线架　6—后走线槽　7—出风口　8—假面板

图 3-4-3　TRNC820 外观及内部结构

2．机柜电源

每个 TRNC820 机柜内固定配置一个配电盒，配电盒高度为 3U，安装在机柜内的最顶部，输入额定电压为-48V 直流电源，单路最大电流 100A。经过内部防雷、过流保护等处理后，输出双 10 路-48V 直流电源，单路最大电流 50A。同时，配电盒具备对输入电源电压和分配后的输出电源状态进行检测的功能，在其异常时能发出声光告警。如图 3-4-4 所示。

TRNC820 机柜配电盒可提供双 10 路输出电源，其双 3 路输出电源与机柜内部组件有固定的供电关系。TRNC820 机柜配电盒分 A，B 两组提供双 3 路输出电源，其控制开关为 A8～A10，B8～B10。如图 3-4-5 所示。

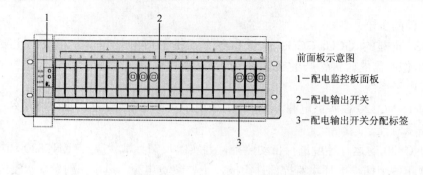

前面板示意图

1—配电监控板面板

2—配电输出开关

3—配电输出开关分配标签

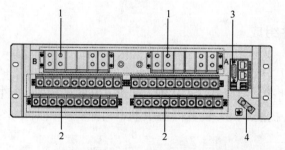

后面板示意图

1—电源输入端子排

2—电源输出端子排

3—配电盒监控信号线接口

4—PGND接地端子

图 3-4-4　配电盒面板示意图

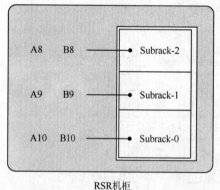

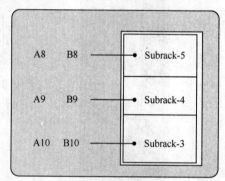

图 3-4-5　配电盒供电示意图

3．围风框

位于机柜两个插框之间用于挡风以形成直通风道。每台 TRNC820 机柜固定配置两个。如图 3-4-6 所示。

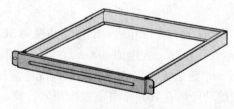

图 3-4-6　围风框

4．后走线槽

用于插框后插单板线缆的走线和绑扎。每个后走线槽底部安装 3 个光纤缠绕盘。后走线槽位于插框背面下方位置，每台 TRNC820 机柜固定配置 3 个。如图 3-4-7 所示。

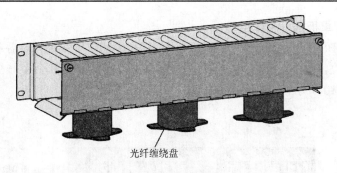

图 3-4-7　后走线槽

5. 风扇盒

系统散热的主要部件，每插框固定配置一个。系统运行时，如需拔插风扇盒，则风扇盒中断工作的时间不宜超过 1 分钟，否则可能造成单板因温度过高而烧损。从风扇盒外观上可识别 9 个风扇、电源单元 PFPU、风扇盒监控单板 PFCU、风扇盒运行状态指示灯。如图 3-4-8 所示。

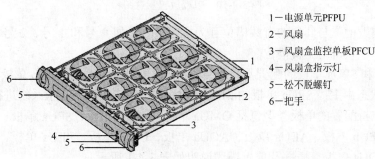

1—电源单元PFPU

2—风扇

3—风扇盒监控单板PFCU

4—风扇盒指示灯

5—松不脱螺钉

6—把手

图 3-4-8　风扇盒

6. 插框

TRNC820所使用的RSS插框和RBS插框均采用鼎桥公司研制的12U屏蔽插框。如图3-4-9所示。

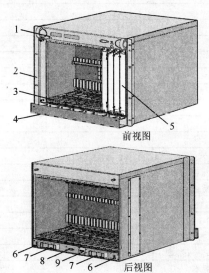

1—风扇盒

2—安装挂耳

3—单板滑道

4—前走线槽

5—单板

6—接地螺钉

7—直流电源输入接口

8—配电盒监控信号输入接口

9—拨码开关

前视图

后视图

图 3-4-9　插框

7. RSS/RBS 单板插框总体结构

RSS 插框和 RBS 插框的单板插框结构相同，都是内部中置背板，前后单板对插。RSS 插框内含有 28 个槽位，除 20~23 号槽位配置两块 OMUa 单板外，其余每一个槽位对应配置一块单板。如图 3-4-10 所示。

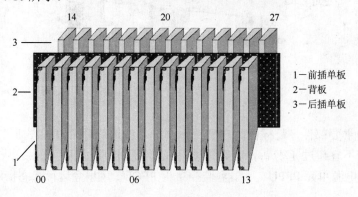

图 3-4-10　单板放置示意图

同一侧的偶数槽位与其后的奇数槽位互为主备关系，如 0 号和 1 号、2 号和 3 号等。主备模式工作的单板须占用主备槽位。

DPUb 单板和 SPUa 单板的配置数量无绑定关系。同一插框中的 DPUb 单板采用资源池工作方式。DSP 状态由主控 SPUa 单板的 MPU（Main Processing Unit）子系统进行管理。

RSS 插框支持配置的单板类型包括 OMUa 单板、SCUa 单板、SPUa 单板、GCUa 单板、GCGa 单板、DPUb 单板、AEUa 单板、AOUa 单板、UOIa 单板、PEUa 单板、POUa 单板、FG2a 单板及 GOUa 单板。插框及单板描述说明如表 3-4-1 所示。

表 3-4-1　各种插框和单板的功能

插框及单板	描 述 说 明
RSR	RNC 交换机柜
RBR	RNC 业务机柜
RSS	RNC 交换插框
RBS	RNC 业务插框
LMT	本地维护终端
PDF	直流分配柜
TRM	传输资源管理
SCUa	GE 交换网络和控制单板 a 版本
DPUb	通用数据处理单板 b 版本
GCUa	通用时钟单板 a 版本
GCGa	通用 GPS 时钟板 a 版本
SPUa	RNC 信令处理单板 a 版本
AEUa	32 路 ATM over E1/T1/J1 接口板 a 版本
PEUa	32 路 Packet over E1/T1/J1 接口板 a 版本
UOIa	4 路 ATM/Packet over 非通道化 STM-1/OC-3C 接口板 a 版本
AOUa	2 路 ATM over 通道化 STM-1/OC-3 接口板 a 版本
POUa	2 路 IP over 通道化 STM-1/OC-3 接口板 a 版本
FG2a	8 路 FE 或 2 路 GE 自适应电接口板 a 版本
GOUa	2 路 Packet over GE 光接口板 a 版本
OMUa	操作维护管理单板 a 版本

8. GCUa/GCGa 单板

GCUa/GCGa 单板完成以下功能：

- 从外同步定时接口和线路同步信号中提取定时信号并进行处理，为整个系统提供定时信号并输出参考时钟；
- 完成系统时钟的锁相和保持功能；
- 产生系统所需的 RFN 信号；
- 提供单板主备倒换功能：备板时钟跟踪主板时钟相位，主备倒换时保证输出时钟相位平滑。

除以上功能，GCGa 单板还可完成 GPS 星卡授时/定位信息的接受和处理。

9. OMUa 单板

OMUa 单板在 TRNC820 中完成以下功能：

- 为 TRNC820 提供配置管理、性能管理、故障管理、安全管理、加载管理等功能；
- 为 LMT/TOMC920 用户提供 TRNC820 的操作维护接口，实现 LMT/TOMC920 和 TRNC820 主机之间的通信控制。

10. SPUa 单板

通过加载不同的软件，SPUa 单板可分为主控 SPUa 单板和非主控 SPUa 单板。

主控 SPUa 单板内含 MPU（Main Processing Unit）和 SPU（Signaling Processing Unit）子系统。MPU 子系统用于管理本插框的用户面和信令面的资源，SPU 子系统用于完成信令处理。

非主控 SPUa 单板内含 SPU 子系统，用于完成信令处理功能。

主控 SPUa 单板和非主控 SPUa 单板的物理硬件相同，通过加载不同的单板软件实现不同的功能。因此主控 SPUa 单板和非主控 SPUa 单板的面板、指示灯、接口均相同。如图 3-4-11 所示，主控 SPUa 单板的 0 号子系统为 MPU，用于管理本框用户面资源、信令面资源和 DSP 状态管理；1、2、3 号子系统为 SPU，用于完成信令处理功能。非主控 SPUa 单板的 4 个子系统均为 SPU，只完成信令处理功能。

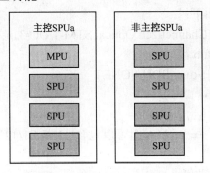

图 3-4-11　主控及非主控 SPUa 的构成

11. SCUa 单板

SCUa 单板的主要功能如下：

- 提供 MAC 交换，实现 ATM/IP 二网合一
- 提供 Port Trunking 功能
- 提供 60Gbit/s 的交换容量
- 分发系统所需的时钟信号和 RFN
- 提供框间级联功能

- 提供系统级或框级的配置和维护
- 处理整个机柜的电源、风扇以及环境监控

12. DPUb 单板

DPUb 单板的主要功能如下：

- 复用/解复用
- 处理帧协议
- 实现数据的选择分发
- 完成 GTP-U, IUUP, PDCP, RLC, MAC, FP 等协议层的功能
- 完成加密/解密以及寻呼
- 完成 SPUa 单板和 DPUb 单板间内部通信协议处理
- 提供 MBMS（Multimedia Broadcast and Multicast Service）业务的 RLC 和 MAC 层处理功能

13. AEUa 单板

AEUa 单板的主要功能如下：

- 提供 32 路 ATM over E1/T1
- 提供 32 个 IMA 组或 32 个 UNI，每个 IMA 组最多包含 32 个 IMA 链路
- 支持 Iu-CS、Iur 和 Iub 接口
- 提供 Fractional ATM 和 Fractional IMA 功能
- 提供时隙交叉功能
- 提供 AAL2 交换功能
- 提供板内 ATM 交换功能
- 支持从 Iu 接口提取及输出时钟信号到 GCUa/GCGa 单板
- 可向 Node B 输出时钟信号

14. AOUa 单板

AOUa 单板的主要功能如下：

- 提供 2 路 ATM over Channelized Optical STM-1/OC-3 光接口
- 支持 Iu-CS、Iur 和 Iub 接口
- 提供 ATM over E1/T1 over SDH/SONET
- 提供 126 路 E1 或 168 路 T1
- 提供 IMA 和 UNI 功能
- 提供 84 个 IMA 组，每个 IMA 组可以包含 32 路 E1/T1
- 提供 AAL2 交换功能
- 提供板内 ATM 交换功能
- 支持从 Iu 接口提取时钟，输出时钟信号到 GCUa/GCGa 单板

15. FG2a 单板

FG2a 单板的主要功能如下：

- 提供 8 路 FE 端口或 2 路 GE 电接口
- 提供 IP over FE
- 提供 IP over GE
- 支持 Iu-CS, Iu-PS, Iu-BC, Iur 和 Iub 接口

16. GOUa 单板

GOUa 单板的主要功能如下：

- 提供 2 路 GE 光接口
- 提供 IP over GE
- 支持 Iu-CS, Iu-PS, Iu-BC, Iur 和 Iub 接口

17. PEUa 单板

PEUa 单板的主要功能如下：

- 提供 32 路 IP over PPP/MLPPP over E1/T1
- 提供 128 条 PPP 链路或 64 个 MLPPP 组，每组最多可以包含 8 条 MLPPP 链路
- 提供 Fractional IP 功能
- 提供时隙交叉功能
- 支持 Iu-CS、Iur 和 Iub 接口
- 支持从 Iu 接口提取时钟，输出时钟信号到 GCUa/GCGa 单板
- 可向 Node B 输出时钟信号

18. UOIa 单板

UOIa 单板（UOI_ATM）主要功能如下：

- 提供 4 路非通道化 STM-1/OC-3c 光接口
- 支持 ATM over SDH/SONET
- 支持 Iu-CS, Iu-PS, Iu-BC, Iur 和 Iub 接口
- 支持从 Iu 接口提取时钟，输出时钟信号到 GCUa/GCGa 单板
- 可向 Node B 输出时钟信号

19. POUa 单板

POUa 单板的主要功能如下：

- 提供 2 路 IP over Channelized Optical STM-1/OC-3 光接口
- 支持 IP over E1/T1 over SDH/SONET
- 提供 Multi-Link PPP。E1 模式下提供 42 个 MLPPP 组，T1 模式下提供 64 个 MLPPP 组
- 支持 126 路 E1 或 168 路 T1 的 STM-1 载荷映射
- 支持 Iu-CS、Iur 和 Iub 接口
- 支持从 Iu 接口提取时钟，输出时钟信号到 GCUa/GCGa 单板
- 可向 Node B 输出时钟信号

3.4.3　TRNC820 系统的配置

1. TRNC820 总体配置基本原则

- 必须配一个交换插框，固定安装在交换机柜最下框
- 必须配一个交换机柜
- 业务插框数量根据具体工程需求确定。交换机柜中可配置 0～2 个业务插框。1 个业务机柜可配 1～3 个业务插框，均按从下向上的位置顺序安装
- RNC820 系统最多配一个业务机柜

2．可靠性原则

通过冗余设计来保证设备可靠运行。推荐遵循以下原则：

- Iu/Iur 接口单板要求主备配置
- Iub 接口单板要求主备配置
- 在 ATM 传输组网时，建议使用信道化 STM-1（AOUa 单板）或非信道化 STM-1（UOIa 单板）组网
- 在 IP 传输组网时，建议使用 GE 光接口（GOUa 单板）组网
- AEUa/PEUa 单板由于规格较小（每单板支持 32E1），因此不要求主备配置。由于 E1 接口板规格较小也不利于后续维护扩容，建议尽量不使用

3．TRNC820 的最小配置

最小配置为单柜单框。在这种配置下，业务框可以不配。此时系统配置为 1 个交换机柜（有交换插框 1 个）。即只需 1 个 RSR 机柜和 1 个 RSS 插框，如图 3-4-12 所示。该配置可以服务于商用网建网初期。

系统容量：

- 最大支持 6 000 爱尔兰话务量
- 最大支持 524Mbit/s 的分组数据容量（UL+DL）
- 最大支持 200 个 Node B 和 600 个小区
- 最大支持 1 155 个载波

4．TRNC820 最大配置

最大配置时系统配置为 1 个交换机柜（带交换插框 1 个和业务插框 2 个）、1 个业务机柜（带 3 个业务插框）。即一共 2 个机柜（1RSR+1RBR），如图 3-4-13 所示。可以在最小配置的基础上根据业务的扩展进行 RBS 插框的叠加，实现平滑升级。

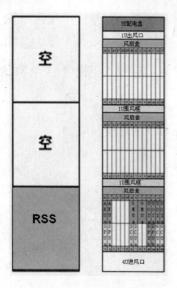

图 3-4-12　TRNC820 最小配置

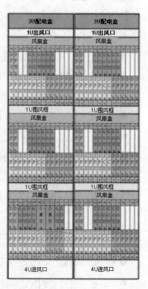

图 3-4-13　TRNC820 最大配置

系统容量：

- 最大支持 66 000 爱尔兰话务量
- 最大支持 5 764Mbit/s 的分组数据容量（UL+DL）

- 最大支持 1 700 个 Node B 和 5 100 个小区
- 最大支持 11 130 个载波

5. 典型配置系统容量

TRNC820 典型配置的系统容量如表 3-4-2 所示。

表 3-4-2　典型配置的系统容量

插框数目	话务量（爱尔兰）	PS 域（UL+DL）数据容量（Mbit/s）	Node B 数目	小区数目
1RSS	6 000	524	200	600
1RSS+1RBS	18 000	1 572	500	1 500
1RSS+2RBS	30 000	2 620	800	2 400
1RSS+3RBS	42 000	3 668	1 100	3 300
1RSS+4RBS	54 000	4 716	1 400	4 200
1RSS+5RBS	66 000	5 764	1 700	5 100

6. RSS 单板及 RBS 单板插框满配置示意图

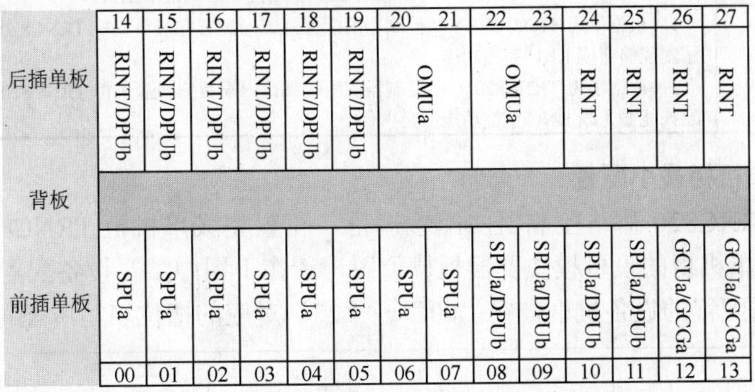

图 3-4-14　RSS 单板插框满配置

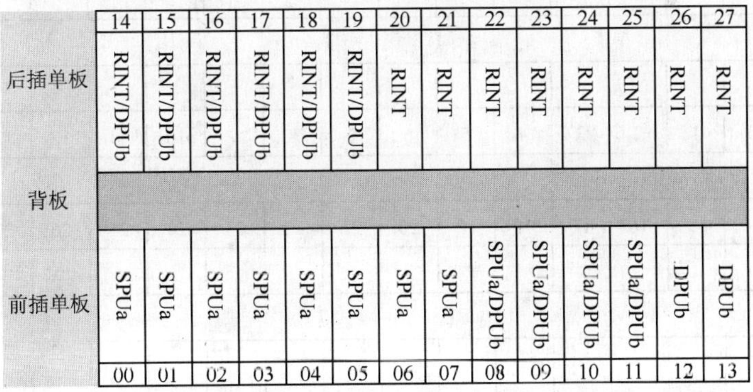

图 3-4-15　RBS 单板插框满配置

7. TRNC820 单板配置原则

表 3-4-3　单板配置原则

单　　板	配 置 情 况
GCUa/GCGa	必配 2 块，固定配置在 RSS 插框中 12、13 号槽位
OMUa	可以配置 1 块或 2 块，固定配置在 RSS 插框中 20、21 号或 22、23 号槽位。OMUa 单板宽度为其他单板的两倍，故每一块 OMUa 单板需要占用两个单板槽位
SPUa	每个 RSS 和 RBS 插框必配 2～10 块，在插框中可以配置在 0～5 及 8～11 号槽位
SCUa	每个 RSS 和 RBS 插框固定配置 2 块，配置在插框中的 6、7 号槽位

续表

单　板	配置情况
DPUb	每个 RSS 插框必配 2～10 块，配置在 8～11，14～19 号槽位；每个 RBS 插框必配 2～12 块，配置在 8～19 号槽位
AEUa/AOUa/PEUa/POUa/UOIa/FG2a/GOUa	选配在 RSS 和 RBS 插框中，配置数目根据需要确定。可以配置在 RSS 插框中 14～19、24～27 号槽位，可以配置在 RBS 插框中 14～27 号槽位
PFCU	固定配置在风扇盒前部，每个风扇盒固定配置 1 块
PAMU	配置在 RNC 配电盒内部，每个配电盒固定配置 1 块

3.4.4　任务训练

任务书 1：TRNC820 基站控制器的最小/最大配置

任务书要求：

主　题	TRNC820 基站控制器的最小配置
任务详细描述	1．根据华为 TRNC820 基站控制器的配置规范，配置完成单机柜 TRNC820 的最小配置，要求该配置能够完成 RNC 完整功能 2．根据华为 TRNC820 基站控制器的配置规范，配置完成多机柜 TRNC820 的最大配置，要求该配置能够完成 RNC 完整功能

1．TRNC 单机柜最小配置

根据华为 TRNC820 基站控制器的配置规范，配置完成单机柜 TRNC820 的最小配置。图 3-4-16 是一个单机柜的设备模块及插板槽位图，请在下图中填写设备配置清单。在下图的“【】”中填写所需配置的设备机框，在“00”～“27”对应的槽位填写所配置的单板名称。

14	15	16	17	18	19	20	21	22	23	24	25	26	27
【							】						
0	1	2	3	4	5	6	7	8	9	10	11	12	13

14	15	16	17	18	19	20	21	22	23	24	25	26	27
【							】						
0	1	2	3	4	5	6	7	8	9	10	11	12	13

14	15	16	17	18	19	20	21	22	23	24	25	26	27
【							】						
0	1	2	3	4	5	6	7	8	9	10	11	12	13

图 3-4-16　插板槽位图

2. TRNC 多机柜最大配置

根据华为 TRNC820 基站控制器的配置规范，配置完成多机柜 TRNC820 的最大配置。图 3-4-17 是一个多机柜（2 个）的机框位置图，请在图中填写子机框配置（填写子机框名称即可，RSS、RBS）。

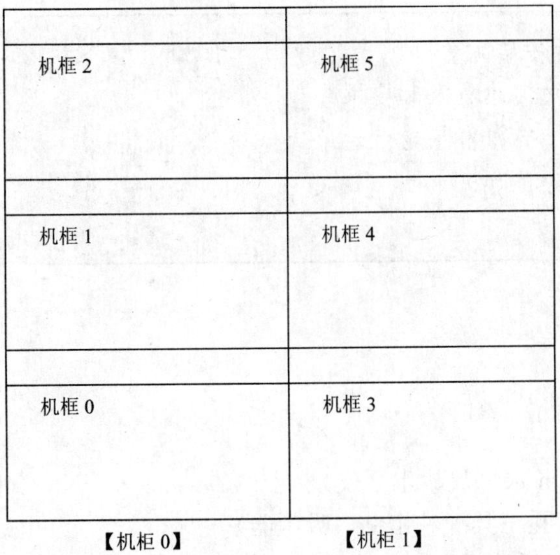

机框 2	机框 5
机框 1	机框 4
机框 0	机框 3

TRNC 在最大配置下的系统容量：
爱尔兰话务量：
分组数据容量：
Node B 数量：
小区数量：
载波数量：

【机框 0】   【机框 1】

图 3-4-17 机框位置图

任务书 2：TRNC820 基站控制器的板卡逻辑连接及功能

任务书要求：

主　题	TRNC820 基站控制器的最小配置
任务详细描述	列出华为 TRNC820 基站控制器在最小配置时各板卡的基本功能。

3.4.5 考核评价

学习领域：<u>TD-SCDMA 设备配置与安装</u>　　　　学习情境：<u>RNC 基站控制器的配置</u>

学习任务：<u>RNC 的最大/最小配置与板卡逻辑连接</u>　　班级：_____

小组成员：_____

姓　名	项目完成情况		
	RNC 最小配置正确情况（30）	RNC 最大配置正确情况（30）	RNC 主要板卡功能描述（40）

教师总体评价：

教师签名：_____　　　　　日期：____年____月____日

3.5　RNC 系统的设备安装

能力目标：能够独立完成 RNC 系统设备的安装配置
知识目标：1. 掌握 RNC 机柜和板卡安装的基本方法和要求
　　　　　2. 掌握 RNC 信号线安装的基本方法和要求
实训任务：完成 RNC 单板和信号线的安装
参考学时：4 课时

3.5.1　安装 TRNC820 机柜及板卡

1. 安装 RNC 所需的通用工具

- 测量工具（长卷尺、50m 皮尺、400mm 水平尺、水平仪）
- 画线工具（记号笔、墨斗、铅笔）、打孔工具（冲击钻、吸尘器）
- 紧固工具（一字螺丝刀、十字螺丝刀、活动扳手、套筒扳手、梅花扳手、两用扳手、长臂扳手）
- 钳工工具（尖嘴钳、斜口钳、老虎钳、手电钻、锉刀、手锯、撬杠、橡胶锤、羊角锤）
- 辅助工具（毛刷、镊子、剪纸刀、铅锤、电烙铁、叉子、梯子、热吹风、绝缘胶布）

2. 安装 RNC 所需专用工具

地阻测量仪、防静电腕带、防静电手套、剥线钳、压线钳、馈线剪、SMB 压线钳、水晶头压线钳、打线刀、剪线钳、安全刀、75Ω 同轴电缆剥线器、75Ω 同轴电缆接头探针压接钳、多功能压接钳等。

3. 仪表

安装 RNC 所需仪表包括：万用表、500V 兆欧表、误码仪、光功率计等。

4. RNC 安装流程

（1）安装 RNC 机柜以及机柜配件；
（2）安装 RNC 机柜外接电源线和保护地线；
（3）安装 OMUa 单板并设置 RNC 单板；
（4）安装 RNC 信号线；
（5）安装 GPS 天馈线系统；
（6）安装 RNC LMT 计算机和告警箱。

5. 安装 TRNC820 机柜对机房空间的要求

- 净高度（指机房顶部最低点到机房底部最高点的距离）不低于 3 000mm
- 机柜间的过道距离不小于 1 000mm
- 距墙最近的机柜侧面、正面、背面与墙的距离均不小于 800mm，不允许靠墙安装
- 机房应留有不小于 1 000mm 宽的通道

机房立体及平面图如图 3-5-1 所示。

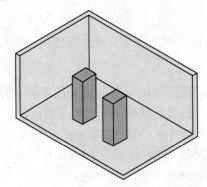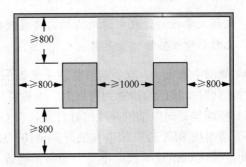

图 3-5-1　机房立体及平面图（图中单位：mm）

说明：

● TRNC820 支持上/下出线的走线方式

● TRNC820 支持对设备进行前后维护

● TRNC820 不支持背靠背安装，如果需要并柜时，应使用机柜侧面相接

6. 安装 RNC 单板

（1）操作前提

建议在设备机房内保留单板的安装材料（如吸塑盒以及防静电薄膜袋等）以备后续使用。将所有还未安装的单板或部件保存在带有防静电屏蔽功能的袋子中，禁止白色泡沫、普通塑料袋、纸袋等非防静电材料直接包装或接触单板。将单板插进插框之前，一定要保证整个机柜安全接地，否则可能使单板受到严重损坏。

（2）操作步骤

1）正确佩戴防静电腕带或者防静电手套，如果佩戴防静电腕带，应该将防静电腕带可靠接地；

2）更换单板硬件或芯片时要求使用简易防静电台垫；拿取或者插拔芯片请使用防静电镊子和芯片起拔器；禁止裸手直接接触芯片及印制电路板上的芯片及引脚；

3）外接电缆以及端口保护套接入设备端口之前需要进行放电处理；

4）安装单板的过程中禁止裸手接触印刷电路板和跳线以及其他除拨码开关以外的器件；

5）将暂时拆下来的单板或部件放置在防静电工具包中的防静电台垫或其他防静电材料上。禁止白色泡沫、普通塑料袋、纸袋等非防静电材料直接包装或接触单板。

7. 安装 OMUa 单板

（1）操作前提

安装 OMUa 单板需要的工具已经就绪（包括：防静电腕带，十字螺丝刀等）；待安装的 OMUa 单板已经准备就绪；RNC 机柜已经完成上电检查。

（2）操作步骤

1）从防静电盒中取出 OMUa 单板，检查 OMUa 单板插针和插座，如有歪针、缺针、断针或插座变形等情况应联系厂家工程师处理；

2）如图 3-5-2 所示，向内推压拉手条上的自锁弹簧片，同时向外扳动拉手条扳手使其脱离自锁弹簧片，并继续向外旋转至不能旋转，确认其处于图中所示位置；

3）一只手握住单板的面板，另一只手拖住单板，顺导槽将 OMUa 单板插入插槽，然后用力推进面板，至扳手扣合面扣住插槽滑道，拉手条扳手处于半合状态；

注意： 在插入单板的过程中请用力均匀并缓慢推进单板，以免折弯背板上的插针以及单板插孔内与背板接触的金属片。

4）如图中③所示，双手同时将拉手条扳手向内拉动旋转 60°，使其紧扣拉手条上的自锁弹簧片，此时单板已经插紧到背板上，单板拉手条已经插紧到插框上。如图④所示；

5）将螺丝钉向内推压并顺时针拧紧，将 OMUa 单板固定。如图④所示；

6）将对应 RSS 插框配电盒的开关 A10、B10 设置为"ON"，按照 OMUa 单板指示灯状态说明，确认 OMUa 单板上电是否正常。确认正常后关闭所有配电盒开关。

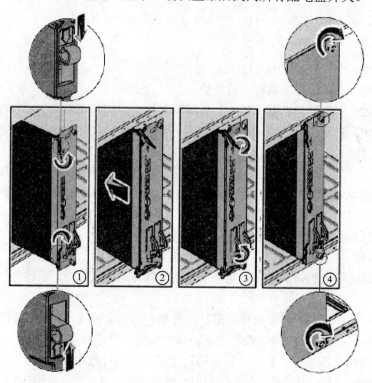

图 3-5-2 安装 OMUa 单板示意图

8. 设置 RNC 单板拨码开关

RNC 发货时插框中已经装配单板，若 RNC 中装配有 AEUa/PEUa/AOUa/POUa 单板，则需要检查和设置这些单板的拨码开关。

AEUa/PEUa/AOUa/POUa 单板上的拨码开关发货时已经按默认情况设置完毕，安装时应根据现场实际传输方式对拨码开关进行检查，若检查结构与实际需求不符合，重新设置拨码开关。

（1）操作前提

设置拨码开关的工具已经就绪（需要的工具包括：防静电腕带，防静电手套、防静电台、芯片镊子）；AEUa/PEUa/AOUa/POUa 单板拨码开关所在位置已经明确；现场实际传输方式已经明确。

（2）操作步骤：

1）确定 AEUa/PEUa/AOUa/POUa 单板在机框中的位置，拆卸单板；

2）根据单板类型以及现场实际传输方式确认正确的拨码开关设置方式；

3）检查单板拨码开关设置是否符合实际传输方式；

4）在已经佩戴防静电手套情况下，将单板放置在防静电台（或简易防静电台垫）上，用芯片镊子夹住需要重新设置的拨码开关位，适度用力，拨到正确的位置；

5）重复上面步骤，完成单板所有拨码开关的设置；

6）复原安装 AEUa/PEUa/AOUa/POUa 单板至机柜插框。

3.5.2 安装 TRNC820 信号线

1. RNC 信号线

按照 RNC 信号线布放要求安装信号线，需要安装的 RNC 信号线包括 E1/T1 中继电缆、时钟线、光纤和网线。如表 3-5-1 所示。

表 3-5-1 需要安装的 RNC 信号线

名 称	用 途	线缆类型	备 注
时钟线	连接 RNC 机柜中接口板和 GCUa/GCGa 单板	同轴电缆	该线缆为选配件，仅当 RNC 从接口板或 BITS 时钟源获取参考时钟信号时配置
	连接 BITS 时钟源和 GCUa/GCGa 单板		
	连接 SCUa 单板和 GCUa/GCGa 单板	Y 形时钟信号线	
网线	SCUa 单板框间互连	交叉网线	
	连接 FG2a 单板与其他设备	直通网线	
	连接 OMUa 单板与其他设备	直通网线	
光纤	连接 AOUa/GOUa/UOIa/POUa 单板和 ODF/其他网元	根据工堪决定	单模光纤颜色为黄色，多模光纤为橙色
E1/T1 线	连接 AEUa/PEUa 单板和 DDDF/其他设备	根据工堪选配对应类型同轴电缆或双绞线	

2. RNC 信号线安装规范

信号线安装应遵循相关规范，布放时应该满足信号线最小弯曲半径、布放工艺要求和绑扎工艺要求。RNC 信号线安装要求：

- 如果信号线接头发货时已经做好，在布放过程中要使用柔软结实的材料进行包扎，以免接头损坏；
- 布放信号线时不得损伤信号线外皮；
- 线缆的实际安装位置需要满足工堪要求并和数据配置保存一致；
- RNC 信号线的实际完全半径应大于最小弯曲半径要求；
- 光纤在机柜外布放时候必须使用保护套管（如波纹管）；
- 不要用力拉扯光纤或用脚及其他重物踩压光纤，以免造成光纤的损坏；
- 拔出光纤时，需要根据光连接器类型正确操作，不可硬拔，以免造成光接口的损坏；
- 光纤连接器未使用时必须盖上防尘帽以免污染；
- RNC 端中继线 E1/T1 的 T_X 必须接对端 E1/T1 的 R_X，R_X 必须接对端 E1/T1 的 T_X；

- 安装中继线 E1/T1 时，如果对接双方为不同的线缆（如 75 欧同轴电缆和 120 欧双绞线）时，需要通过转换器进行阻抗转换。

（1）RNC 信号线的最小完全半径

RNC 信号线弯曲半径要求如表 3-5-2 所示。

表 3-5-2　弯曲半径要求

线　　缆	弯 曲 半 径
网线	25mm
光纤	40mm
中继电缆	40mm

（2）布放 RNC 信号线的工艺要求

- 信号线和电源线分离布放，如果信号线和电源线需要交叉，则交叉角度必须为 90 度；
- 信号线弯曲半径满足各类线缆的要求；
- 信号线接头附近留有余量，便于信号线的插拔；
- 信号线在机柜内布放时，布放电缆不得交叉，应层次分明，走线平滑；
- 信号线在走线架上布放时，如果线梯与机柜顶部高度差在 800mm 以上，应使用下线梯，将信号线固定于下线梯下线。

（3）绑扎 RNC 信号线工艺要求

- 信号线应与电源线分开绑扎，信号线与电源线平行走线时，在机柜内两者相距应不小于 10mm，在机柜外两者相距应不小于 100mm；
- 信号线进出槽道处和电缆转弯处需要绑扎；
- 信号线转弯处及绑扎方法如图 3-5-3 所示；

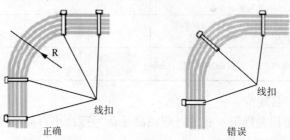

图 3-5-3　转弯处绑扎方法

- 使用光纤绑扎带绑扎光纤，成对的光纤理顺绑扎，绑扎间距为 150mm，机柜外的光纤要使用保护套管（如波纹管）；
- 在走线架上布放电缆时必须绑扎，绑扎后的电缆应相互紧密靠拢，外观平直整齐；
- 各信号线接头都要留有适量的插拔余量；
- 绑扎时线扣头朝同一方向，绑扎松紧适度；
- 线扣的间距要均匀，中继电缆的绑扎间距建议机柜外部为 200～300mm，机柜内部为 150～200mm。网线绑扎间距建议为 200mm。

3. 安装 RNC E1T1 信号线

安装 AEUa/PEUa 单板与 DDF 架之间的 E1T1 信号线时，RNC E1T1 线两端安装位置应如图 3-5-4 所示。

RNC E1T1 线两端安装可以采用上走线和下走线方式进行。这两种走线方式布放差异较大，可根据机房的实际情况选择对应的安装方式。如图 3-5-5 所示。

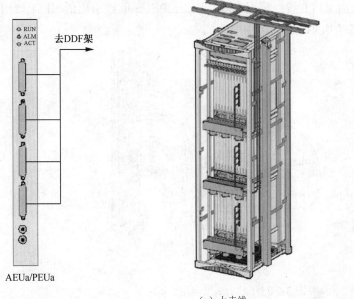

AEUa/PEUa

（a）上走线　　　　　　　　　（b）下走线

图 3-5-4　E1T1 线的安装　　　　　　　　　　图 3-5-5　走线方式

安装操作步骤：

1）拆除 E1T1 线的外包装；

2）将成捆的电缆铺开，检查 E1T1 线是否有线缆断开、外皮损坏或接头插针弯折等情况；

3）测量 AEUa/PEUa 单板与数字配线架 DDF 之间的路径距离，选取长度适宜的 E1T1 线；

4）在 E1T1 线两端粘贴临时标签，便于布放后的电缆识别；

5）将 E1T1 线成束放上走线架，沿走线架布放至 RNC 机柜顶部，预留合适的长度后穿过 RNC 机柜顶部侧出线孔进入 RNC 机柜；

6）将 E1T1 线沿机柜中立柱布线至相应插框位置；

7）打开机柜背面走线槽盖板，便于 E1T1 线布放入插框（如图 3-5-6 所示）；

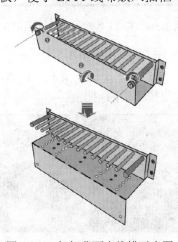

图 3-5-6　机柜背面走线槽示意图

8）E1T1 线穿过后走线槽后，将 E1T1 线的 DB44 插头与 AEUa 和 PEUa 单板的 DB44 端口方向对应，然后顺势垂直插入，插紧后将 DB44 插头上的两个固定螺丝拧紧；

9）布放和绑扎机柜内 E1T1 线：将同一块 AEUa、PEUa 单板引出的 E1T1 线用线扣绑扎在同一平面上（如图 3-5-7 所示）；

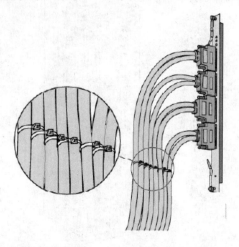

图 3-5-7　E1T1 单板侧扎线示意图

10）用线扣将从单板伸出的线缆绑扎在后走线槽内单板正对的分线柱上。每槽位单板 E1T1 线占据后走线槽内一隔挡，出后走线槽拐弯至立柱处用线扣绑扎固定。如图 3-5-8 所示；

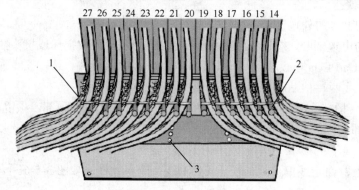

图 3-5-8　E1T1 线穿过后走线槽示意图

11）布放和绑扎走线架上的 E1T1 线，如图 3-5-9 所示。在走线架上的 E1T1 线采用成矩形束绑扎方式，第一束电缆固定绑扎在走线梯横梁上，后布放的电缆以束为单位依次叠加固定，相邻两矩形束的 E1T1 线用线扣交叉固定；

图 3-5-9

12）根据实际布放长度截取 DDF 架侧 E1T1 线；

13）根据 DDF 架类型制作 E1T1 线 DDF 架侧连接器；

14）连接 E1T1 线 DDF 架侧连接器至 DDF 架端子。

4．连接 GPS 防雷器与 GCGa 单板

对内部装配 GCGa 单板的 RNC 机柜，先在机柜顶部安装室内避雷器，再使用 RNC 卫星输入信号线连接 RNC 机柜顶部 GPS 防雷器的 Protect 端口与 GCGa 单板的 ANT 端口。GPS 防雷器与 GCGa 单板的连接关系如图 3-5-10 所示。

安装步骤：

1）安装防雷器到防雷器固定件。拧下 GPS 室内防雷器 GND 和 Surge 端口的紧固螺丝；将防雷器装入防雷器固定件中，并重新拧紧螺丝，使 GPS 防雷器与防雷器固定件可靠连接。如图 3-5-11 所示；

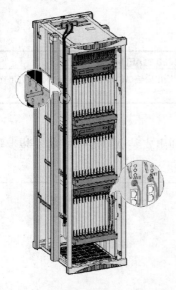

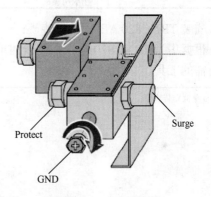

图 3-5-10 GPS 防雷器与 GCGa 单板的连接   图 3-5-11   安装防雷器

2）用螺栓将防雷器固定件固定至机柜顶部接地铜排，保证防雷器固定件以及防雷器可靠接地，如图 3-5-12 所示；

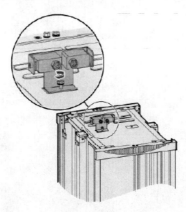

图 3-5-12 防雷器固定件的紧固

3）将 1 米长线缆的 N 母型连接器与 2.5 米长线缆 N 公型连接器对接，组成一根长为 3.5 米的线缆；

4）将卫星输入信号线带有 SMA 弯头的一端沿机柜正面左侧布放，走线到 RSS 插框下方的走线槽，再沿着走线槽引到 GCGa 板的 ANT 接口处；

5）将线缆另一端的 N 母型连接器沿机柜正面左侧的走线方孔向上布放，穿越机柜顶部过线孔到达机柜顶部 GPS 防雷器处；

6）将 SMA 弯头与 GCGa 单板的 ANT 接口相连。将 N 母型连接器接入 RNC 机柜顶部防雷器的 Protect 端，拧紧螺母。

3.5.3　任务训练

任务书 1：安装 TRNC820 的 AEUa 单板
任务书要求：

主　题	安装 TRNC820 的 AEUa 单板
任务详细描述	若 RNC 机柜中没有安装 AEUa 单板，则给出安装 AEUa 单板的安装步骤。列出安装 AEUa 单板所需的工具

安装 TRNC820 AEUa 单板步骤：

根据华为 TRNC820 基站控制器的单板安装规范，列出安装 AEUa 单板的安装步骤，并列出所需的工具。

AEUa 单板安装步骤：

安装 AEUa 单板所需的工具：

任务书 2：安装 TRNC820 的信号线

任务书要求：

主　题	TRNC820 的信号线
任务详细描述	列出 TRNC820 需要安装的信号线类型和各种信号线的用途（即"该信号线用于连接××设备与××设备"） 比较 E1/T1 线安装采用上走线/下走线安装方法的特点。详述用上走线方式安装 E1/T1 的方法，可借助图表进行描述说明

安装 TRNC820 信号线及 E1/T1 上、下走线方式比较：

根据华为 TRNC820 信号线安装规范，列出所需安装信号线的类型和所连接的设备接口；并比较 E1/T1 线采用上、下走线方式的安装特点。

TRNC820 的信号线类型及用途说明：			
名　称	用　途	线缆类型	备　注
E1/T1 线安装采用上走线/下走线安装方法的特点比较：			

详述用上走线方式安装 E1/T1 的方法：

3.5.4 考核评价

学习领域：<u>TD-SCDMA 设备配置与安装</u>　　　学习情境：<u>RNC 系统的设备安装</u>
学习任务：<u>TRNC 单板安装与信号线的安装</u>　　班级：<u>　　　　　　　　　　</u>
小组成员：<u>　　　　　　　　　　　　　</u>

姓　名	项目完成情况				
	RNC 单板的安装 步骤（30）	RNC 单板安装 所需工具（10）	RNC 信号线类型 和用途（10）	RNC E1/T1 信号 线的安装（30）	上/下不同走线 方式的特点（20）

教师总体评价：

教师签名：<u>　　　　　　　　　　</u>　　　　　　日期：____年____月____日

第 4 章 设备调测与割接

4.1 Node B 的开通调测

> **能力目标：** 能够对 Node B 进行简单的开通与调测
> **知识目标：** 1. 熟悉本地维护终端 Node B LMT 的特性
>   2. 掌握 Node B 开通调测的流程和方法
> **实训任务：** 按标准流程完成 Node B 的开通与调测并按要求进行检查记录
> **参考学时：** 8 课时

4.1.1 本地维护终端 LMT 简介

Node B LMT（Local Maintenance Terminal）是 Node B 本地维护的主要工具，主要用于 Node B 调测、日常维护、故障排除等。Node B LMT 具有以下功能：

- 提供图形用户界面
- 实现告警管理、文件管理、设备管理、消息跟踪管理、实时状态监测等功能
- 提供丰富的 MML（Man Machine Language）命令，可对系统进行全面的配置和维护

Node B 的本地维护终端与 Node B 通过局域网（或者广域网）进行通信。通过 LMT 可以对 Node B 进行操作维护。LMT 应用软件由本地维护终端、跟踪回顾工具、监控回顾工具这三部分组成。

1. Node B LMT 本地维护终端

"本地维护终端"是 LMT 软件的一个子系统。使用本地维护终端进行在线操作维护时需要 LMT 与 Node B 建立正常的通信。"本地维护终端"界面如图 4-1-1 所示。

"本地维护终端"界面说明：

（1）菜单栏：提供系统的菜单操作；

（2）工具栏：提供系统的快捷图标操作；

（3）导航树窗口：以树形结构的方式提供各类操作对象，包括"维护"、"MML 命令"页签；

（4）对象窗口：进行操作的窗口，提供了操作对象的详细信息。如果使用"MML 命令"进行操作维护，则该区域显示 MML 命令行客户端；

（5）输出窗口：记录当前操作及系统反馈的详细信息，包含"公共"、"维护"页签；

（6）状态栏：显示当前登录的用户名、连接状态、IP 地址等信息。

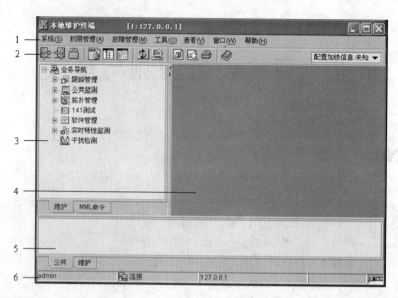

图 4-1-1 “本地维护终端”界面

2．Node B LMT 跟踪回顾工具

“跟踪回顾工具”是离线工具。它可以对保存为“tmf”格式的跟踪消息文件进行浏览和回顾。选择“开始”→“所有程序”→“Node B 本地维护终端”→“跟踪回顾工具”，打开“跟踪回顾工具”界面，如图 4-1-2 所示。

序号	生成时间	Ticks	消息方向	消息类型
1	2005-12-22 16:27:27	0x3e1f	NODEB->RNC	NBAP_AUDIT_REQ_IND
2	2005-12-22 16:27:27	0x3e34	RNC->NODEB	NBAP_AUDIT_REQ
3	2005-12-22 16:27:27	0x3e35	NODEB->RNC	NBAP_AUDIT_RSP
4	2005-12-22 16:28:12	0x4faa	NODEB->RNC	NBAP_AUDIT_REQ_IND
5	2005-12-22 16:28:17	0x51bc	RNC->NODEB	NBAP_AUDIT_REQ
6	2005-12-22 16:28:17	0x51bd	NODEB->RNC	NBAP_AUDIT_RSP
7	2005-12-22 16:29:02	0x635d	RNC->NODEB	NBAP_CELL_SETUP_REQ
8	2005-12-22 16:29:02	0x637a	NODEB->RNC	NBAP_CELL_SETUP_RSP
9	2005-12-22 16:29:02	0x637c	RNC->NODEB	NBAP_COMM_TRANSP_CH_SETUP_REQ
10	2005-12-22 16:29:02	0x637f	NODEB->RNC	NBAP_COMM_TRANSP_CH_SETUP_RSP
11	2005-12-22 16:29:02	0x6380	RNC->NODEB	AAL2_ESTABLISH_REQUEST
12	2005-12-22 16:29:02	0x6380	NODEB->RNC	AAL2_ESTABLISH_CONFIRM
13	2005-12-22 16:29:03	0x6387	RNC->NODEB	NBAP_COMM_TRANSP_CH_SETUP_REQ
14	2005-12-22 16:29:03	0x6388	NODEB->RNC	NBAP_COMM_TRANSP_CH_SETUP_RSP
15	2005-12-22 16:29:03	0x638a	RNC->NODEB	AAL2_ESTABLISH_REQUEST
16	2005-12-22 16:29:03	0x638b	NODEB->RNC	AAL2_ESTABLISH_CONFIRM
17	2005-12-22 16:29:03	0x638b	RNC->NODEB	AAL2_ESTABLISH_REQUEST
18	2005-12-22 16:29:03	0x638c	NODEB->RNC	AAL2_ESTABLISH_CONFIRM
19	2005-12-22 16:29:03	0x638c	RNC->NODEB	AAL2_ESTABLISH_REQUEST
20	2005-12-22 16:29:03	0x638d	NODEB->RNC	AAL2_ESTABLISH_CONFIRM
21	2005-12-22 16:29:03	0x63bf	RNC->NODEB	NBAP_SYS_INFO_UPDATE_REQ
22	2005-12-22 16:29:03	0x63c6	NODEB->RNC	NBAP_SYS_INFO_UPDATE_RSP
23	2005-12-22 16:29:03	0x63c8	RNC->NODEB	NBAP_PHY_SHARE_CH_RECFG_REQ
24	2005-12-22 16:29:03	0x63c9	RNC->NODEB	NBAP_COMM_MEAS_INIT_REQ

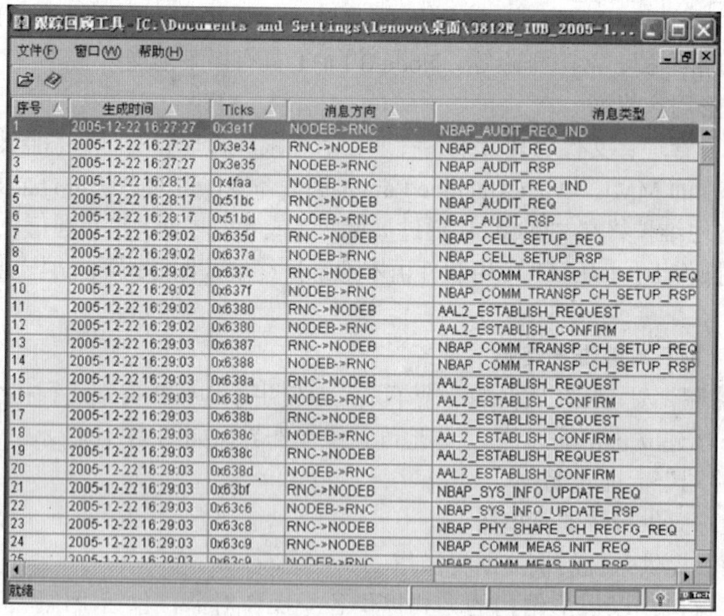

图 4-1-2 “跟踪回顾工具”界面

3．Node B LMT 监控回顾工具

“监控回顾工具”是离线工具。它可以对保存为“mrf”格式的监控 CPU 占用率文件进行浏览和回顾。选择“开始”→“所有程序”→“Node B 本地维护终端”→“监控回顾工具”，打开“监控回顾工具”界面，如图 4-1-3 所示。

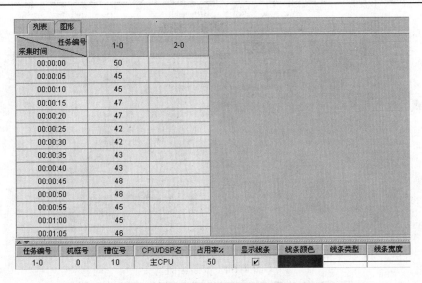

图 4-1-3　"监控回顾工具"界面

4.1.2　Node B LMT 应用程序的安装

1．LMT 计算机配置要求

安装 LMT 软件的 PC 机必须满足以下要求：

表 4-1-1　硬件配置要求

配　置　项	数　　量	推　荐　配　置	最　低　配　置
CPU	1	2.8GHz 或以上	866MHz
RAM	1	512MB	256MB
硬盘	1	80GB	10GB
显卡分辨率	—	1024×768 或更高分辨率	800×600
光驱	1	—	—
网卡	1	10/100Mbps	10/100Mbps
其他设备	1	键盘、鼠标、 Modem、声卡、音箱	—

表 4-1-2　软件配置要求

配　置　项	推　荐　配　置
操作系统	中文 Microsoft Windows XP Professional
默认语言	中文（简体）
Web 浏览器	Microsoft Internet Explorer 5.5 或以上

2．安装过程简介

（1）将 LMT 软件安装光盘放入光驱，打开安装盘的文件目录，双击"setup.vbs"，开始安装，弹出安装画面如图 4-1-4 所示；

（2）选择安装路径，如图 4-1-5 所示；

（3）按提示选择需要安装的程序组件（推荐全选），如图 4-1-6 所示；

图 4-1-4　安装画面

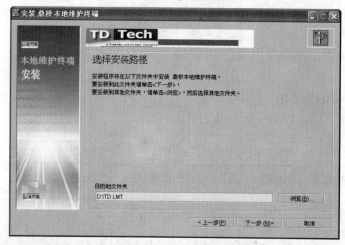

图 4-1-5　选择安装路径

图 4-1-6　选择组件

（4）单击"下一步"，弹出"CD KEY"输入界面，输入 CD KEY（随安装光盘一起提供，保存在软件包的"SN.TXT"文件中），如图 4-1-7 所示；

图 4-1-7　输入 CD KEY

（5）按提示完成软件安装后，系统会自动启动 LMT Service 管理器，如图 4-1-8 所示。

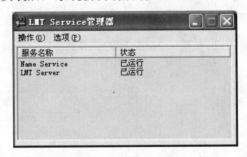

图 4-1-8　LMT Service 管理器

4.1.3　连接 Node B LMT 计算机和 Node B

1. 在近端连接

LMT 用于 Node B 近端维护时，LMT 计算机通过交叉网线与 BBU 的 WMPT 单板的 ETH 接口相连接，以便 LMT 能对 Node B 进行操作维护。如图 4-1-9 所示。

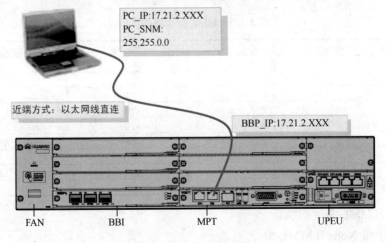

4-1-9　近端连接示意图

图 4-1-10 "用户登录"界面

2. 通过 Node B LMT 近端登录 Node B

正常连接 LMT 计算机和 Node B，选择"开始"→"所有程序"→"Node B 本地维护终端"→"本地维护终端"，单击囵弹出"用户登录"对话框，如图 4-1-10 所示。

输入 Node B 的用户名（默认为"admin"，字母区分大小写）及密码（由 6～16 个数字和字母组成，字母区分大小写，默认"Node B"）；选择 LMT 所连接的 Node B 名称和 IP 地址（LMT 近端登录 Node B，局向 IP 地址为 Node B 近端维护通道 IP 地址）；单击"登录"。

4.1.4 Node B MML 命令简介

1. MML 命令功能

Node B 的 MML 命令用于实现整个 Node B 的操作维护功能，包括：

- 系统管理
- 设备管理
- Iub 接口管理
- 本地小区管理
- 告警管理

2. MML 命令格式

MML 命令的格式为：命令字:参数名称=参数值；

其中，命令字是必需的，但参数名称和参数值不是，视具体 MML 命令而定。例如："SET ALMSHLD: AID=10015,SHLDFLG=UNSHIELDED;"为包含命令字和参数的命令；而"LST VER;"为仅包含命令字的命令。

3. MML 命令操作类型

MML 命令采用"动作+对象"的格式，主要的操作类型如表 4-1-3 所示。

表 4-1-3 MML 命令操作类型

命 令 字	作 用	命 令 字	作 用
ACT	激活	RMV	删除
ADD	增加	RST	复位
BKP	备份	SET	设置
BLK	闭塞	STP	停止（关闭）
DLD	下载	STR	启动（打开）
DSP	查询动态信息	UBL	解闭塞
LST	查询静态数据	ULD	上载
MOD	修改	SCN	扫描
CLB	校准		

4. Node B MML 命令的执行

（1）执行单条 Node B MML 命令

在"本地维护终端"界面，选择"查看"→"命令行窗口"菜单并设置为选中状态，显示 MML 命令行客户端界面，如图 4-1-11 所示。

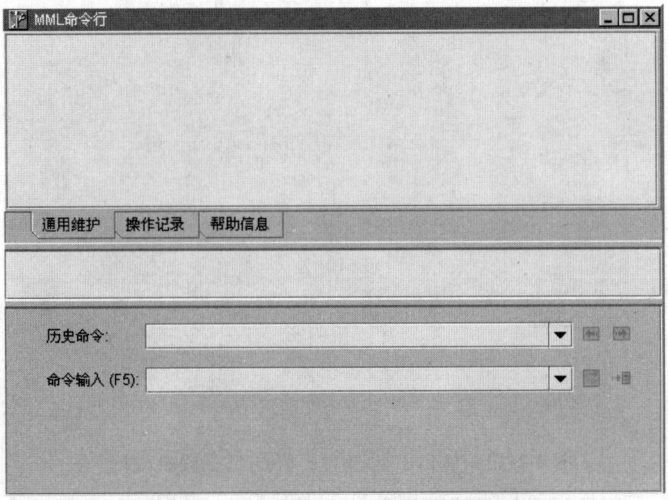

图 4-1-11 MML 命令行客户端界面

命令执行方法为：

① 在"命令输入"框输入一条命令；

② 按"ENTER"或单击 🖳，命令参数区域将显示该命令包含的参数；

③ 在命令参数区域输入参数值；

④ 按"F9"或单击 ⊞ 执行该命令。"通用维护"显示窗口返回执行结果。

（2）批执行 Node B MML 命令

批执行 MML 命令是指当编排好一系列命令来完成某个独立的功能或操作时，可以用批处理的方式一次执行多条命令。有定时执行和立即执行两种方法。

批命令处理文件（也称数据脚本文件）是一种纯文本文件（*.txt 类型）。可以将一些常用任务的操作命令或者完成特定任务的一组命令用文本形式保存，以后运行时无须再手工输入一条条命令，直接执行该文本文件即可。

使用以下三种方法，可生成批命令处理文件。

● 使用文本编辑工具进行编辑，按照一条命令一行的方式书写并保存。

● 将 MML 命令行客户端"操作记录"页面中的信息复制至文本文件中进行保存。

● 在"本地维护终端"界面，选择"系统"→"保存输入命令"菜单命令进行保存。

1）立即批处理

① 在"本地维护终端"界面，选择"系统"→"批处理"菜单项，或使用快捷键"Ctrl+E"将弹出"MML 批处理"对话框，如图 4-1-12 所示；

② 选择"立即批处理"页签，单击"新建"，在输入框内输入批处理命令，或单击"打开"，选择预先编辑好的批处理文件；

③ 设置执行参数，单击"执行"。

2）定时批处理

① 在"本地维护终端"界面，选择"系统"→"批处理"菜单项，或使用快捷键"Ctrl+E"，弹出"MML 批处理"对话框，如图 4-1-13 所示；

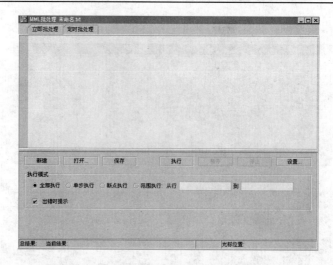

图 4-1-12 "MML 批处理"界面（立即批处理）

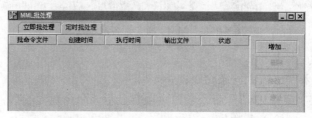

图 4-1-13 "MML 批处理"界面（定时批处理）

② 选择"定时批处理"页签；

③ 单击"增加"，弹出"增加批处理任务"对话框，如图 4-1-14 所示；

图 4-1-14 "增加批处理任务"对话框

④ 单击"批命令文件"右侧的浏览图标，选择批处理文件；

⑤ 单击"执行时间"右侧的浏览图标，设定执行时间；

⑥ 单击"确定"。

4.1.5 Node B 的开通调测

Node B 的开通调测应按照标准的调测流程进行，调测流程如图 4-1-15 所示。

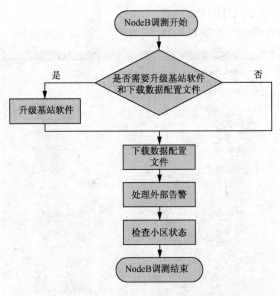

图 4-1-15 调测流程图

调测具体操作步骤如下：

步骤 1：查询 Node B 当前版本，判断是否需要升级软件

执行"LST VER"命令，查询 Node B 当前软件版本；如与待升级软件版本不一致，则需要升级。

步骤 2：升级 Node B 软件版本

（1）下载 Node B BOOTROM 包

下载 Node B BOOTROM 包是指将 BOOTROM 软件包从 FTP 服务器下载到主控板的临时区，然后再下载到对应的单板。

1）在"本地维护终端 LMT"的导航树窗口中，单击"维护"页签；

2）双击"软件管理"→"软件升级"节点，弹出"软件升级"界面，如图 4-1-16 所示；

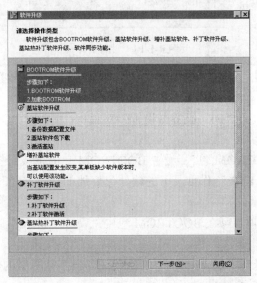

图 4-1-16 "软件升级"界面

3）在界面中，选择"BOOTROM 软件升级"；

4）单击"下一步"，弹出"BOOTROM 升级信息收集"对话框，如图 4-1-17 所示；

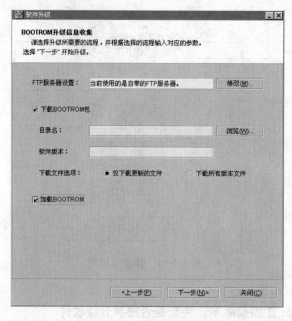

图 4-1-17　升级信息收集

5）单击"修改"，弹出"FTP 服务器设置"对话框，如图 4-1-18 所示；

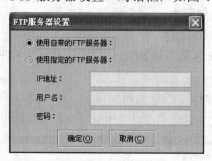

图 4-1-18　设置 FTP

6）设置 FTP 服务器。一般默认选取"使用自带的 FTP 服务器"选项，此 FTP 服务器由 LMT 软件包自带；

7）单击"确定"，关闭"FTP 服务器设置"对话框，返回"BOOTROM 升级信息收集"界面；

8）选中"下载 BOOTROM 包"，设置 BOOTROM 包的下载路径和软件版本；

"目录名"中应填写 FTP 工作目录下的软件包存放的相对路径。自带 FTP 服务器的工作目录设置如图 4-1-19 所示。

"软件版本"为必选项，可在 BOOTROM 包中"verdes_b.xml"文件的"Version"字段中获得。

下载文件选项默认选择"仅下载更新的文件"，即只下载更新的文件，没有更新的文件不下载。

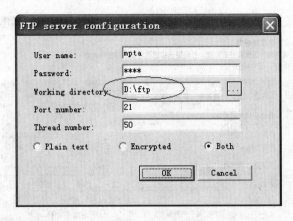

图 4-1-19　设置工作目录

9）单击"下一步"，弹出确认对话框；

10）在对话框中，单击"是"开始升级，升级时可根据状态说明和进度指示判断操作是否成功完成。

（2）加载 Node B BOOTROM

加载 Node B BOOTROM 是指主控板向所有单板下发更新 BOOTROM 的命令，即对比新下载的 BOOTROM 与单板中的是否一致，如果不一致则更新此单板。操作步骤如下：

1）在"本地维护终端 LMT"的导航树窗口中，单击"维护"页签；

2）双击"软件管理"→"软件升级"节点，弹出"软件升级"界面；

3）在界面中，选择"BOOTROM 软件升级"；

4）单击"下一步"，弹出"BOOTROM 升级信息收集"对话框；

5）在对话框中，选中"加载 BOOTROM"。并在"版本号"下拉列表框中选择升级版本的版本号；

6）单击"下一步"，弹出确认对话框；

7）在对话框中，单击"是"，弹出状态说明和进度指示，显示目前的操作进度和状态，通过该界面判断操作是否成功完成。

（3）下载 Node B 软件

下载 Node B 软件是指将 Node B 软件从 FTP 服务器下载到 Node B 文件区中。Node B 文件区分为主用文件区和备用文件区，每个区中最多可以存放一个 Node B 软件。主用文件区存放当前正在运行的基站软件版本，备用文件区存放没有被激活的基站软件版本。执行步骤如下：

1）在"本地维护终端 LMT"的导航树窗口中，单击"维护"页签；

2）双击"软件管理"→"软件升级"节点，弹出"软件升级"界面；

3）在界面中，选择"基站软件升级"；

4）单击"下一步"，弹出"基站升级信息收集"对话框，如图 4-1-20 所示；

5）单击"修改"，弹出"FTP 服务器设置"对话框；

6）设置 FTP 服务器。一般默认选取"使用自带的 FTP 服务器"选项，此 FTP 服务器由 LMT 软件包自带；

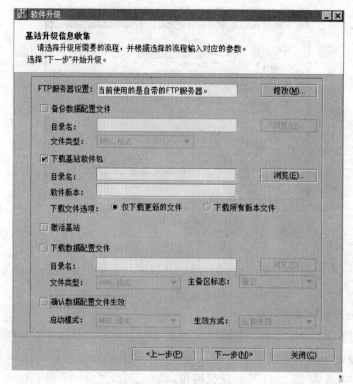

图 4-1-20　基站升级信息收集

7）单击"确定"，关闭"FTP 服务器设置"对话框，返回"基站升级信息收集"对话框；

8）选中"下载基站软件包"，设置基站软件包下载路径并填写软件版本；

9）单击"下一步"，弹出确认对话框；

10）在对话框中，单击"是"，弹出状态说明和进度指示，显示目前的操作进度和状态，开始升级。

（4）激活 Node B 软件

激活 Node B 软件是指将备用文件区切换为主用文件区，然后将 Node B 软件下载到各个单板，使其生效。该操作可以在基站软件下载后立即进行，也可以以后单独进行。激活成功后，基站将自动复位，所有业务也将中断。操作流程如下：

1）在"本地维护终端 LMT"的导航树窗口中，单击"维护"页签；

2）双击"软件管理"→"软件升级"节点，弹出"软件升级"界面；

3）选择"基站软件升级"；

4）单击"下一步"，弹出"基站升级信息收集"对话框；

5）选中"激活基站"，并在"软件版本"下拉框中选择升级版本的版本号；

6）单击"下一步"，弹出确认对话框；

7）在对话框中，单击"是"，弹出状态说明和进度指示，显示目前的操作进度和状态，通过该界面判断操作是否成功完成；

8）软件激活完成后，通过"CFM UPGRADE"命令来确认软件升级结果，默认结果为"Y（升级成功）"，如图 4-1-21 所示。

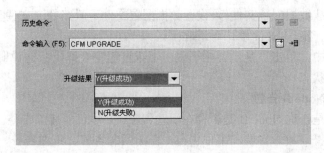

图 4-1-21 确认软件升级

如果软件激活成功后，未手动进行软件升级确认，系统会在 30 分钟后自动进行软件升级确认。

步骤 3：下载 Node B 数据配置文件

下载 Node B 数据配置文件是指将 FTP 服务器上的 Node B 数据配置文件下载到 Node B 上。新的 Node B 数据配置文件要在 Node B 复位后才能生效。操作流程如下：

（1）在"本地维护终端 LMT"的导航树窗口中，单击"维护"页签；

（2）双击"软件管理"→"软件升级"节点，弹出"软件升级"界面；

（3）在界面中，选择"基站软件升级"；

（4）单击"下一步"，弹出"基站升级信息收集"对话框，如图 4-1-22 所示；

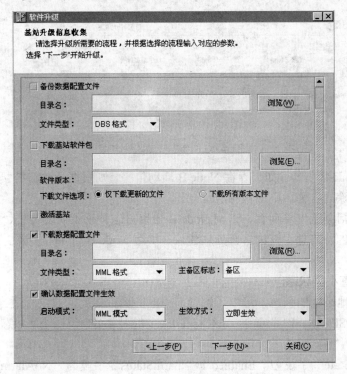

图 4-1-22 升级信息收集

（5）设置 FTP 服务器。一般默认选取"使用自带的 FTP 服务器"选项，此 FTP 服务器由 LMT 软件包自带；

（6）单击"确定"，关闭"FTP 服务器设置"对话框，返回"基站升级信息收集"对话框；

（7）选中"下载数据配置文件"，设置数据配置文件下载路径、文件类型和主备区标志；

（8）单击"下一步"，弹出确认对话框；

（9）在对话框中，单击"是"开始下载，下载过程中会弹出状态说明和进度指示，显示目前的操作进度和状态。

步骤 4：处理 Node B 告警

此步骤的作用是查询 Node B 是否存在活动告警，并尽可能排除告警。按严重程度递减的顺序可以将所有告警（故障告警和事件告警）分为紧急告警、重要告警、次要告警、提示告警这四种。

（1）在"本地维护终端 LMT"的菜单栏中点击"故障管理"→"告警浏览"菜单项，弹出的告警浏览窗口如图 4-1-23 所示；

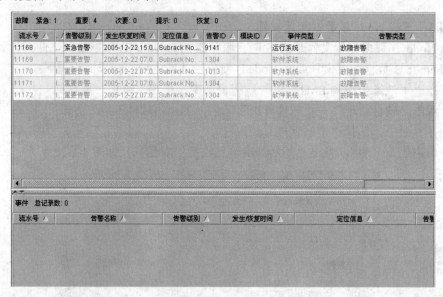

图 4-1-23 "告警浏览"窗口

（2）处理 Node B 告警。如果存在 Node B 活动告警，则根据活动告警帮助信息排除告警；如果存在不能排除的告警，则应做相应记录。

处理告警包括浏览告警列表、查询 Node B 告警日志、手工恢复告警、保存 Node B 告警信息、手工打印告警信息、查询告警处理建议、屏蔽 Node B 告警等步骤。详见 Node B 告警处理相关文档。

步骤 5：检查小区状态

通过查询本地小区的状态，可以了解当前小区的运行情况，并进行适当的维护操作。

（1）执行"DSP LOCELL"命令，系统将在 LMT 的对象窗口返回小区状态信息，如图 4-1-24 所示；

其中："cellState"字段为"Enabled"，"alarmStatus"字段为"NoAlarm"，表示小区资源可用，且无告警。

（2）检查 Node B 所有本地小区的状态：如果有故障信息则根据故障提示信息排除本地小区存在的异常情况；如果无故障信息，则操作结束。

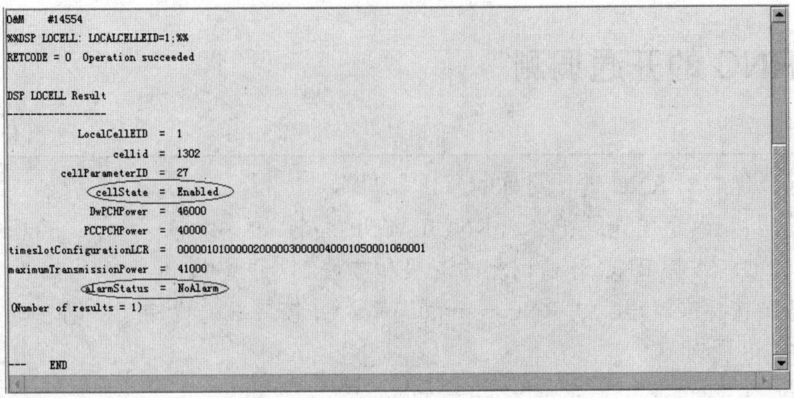

```
O&M    #14554
%%DSP LOCELL: LOCALCELLEID=1;%%
RETCODE = 0  Operation succeeded

DSP LOCELL Result
-----------------
            LocalCellEID  =  1
                  cellid  =  1302
         cellParameterID  =  27
               cellState  =  Enabled
              DwPCHPower  =  46000
             PCCPCHPower  =  40000
timeslotConfigurationLCR  =  000001010000020000030000040001050001060001
maximumTransmissionPower  =  41000
             alarmStatus  =  NoAlarm
(Number of results = 1)


---    END
```

图 4-1-24　小区状态信息

步骤 6：通知管理员，将 Node B 纳入 OMC 管理

至此，Node B 调测结束。之后就可以通知 TOMC920 系统管理员，将调测好的 Node B 纳入 OMC 管理。

4.1.6　任务训练

任务书：Node B 的开通调测

任务书要求：

主　题	Node B 的开通调测
任务详细描述	1．画出 Node B 开通调测的流程图 2．按照标准调测流程，完成对华为 DNB6200 的开通调测

4.1.7　考核评价

学习领域：TD-SCDMA 设备调测与割接　　学习情境：Node B 基站的开通调测

学习任务：DNB6200 的开通调测　　班级：________

小组成员：

姓　名	项目完成情况				
	正确完成基站软件升级（30）	正确下载基站数据配置文件（20）	正确处理基站外部告警（20）	完成对小区的状态检查（20）	正确画出调测流程图（10）

教师总体评价：

教师签名：________　　日期：____年____月____日

4.2 RNC 的开通调测

> **能力目标：** 能够对 RNC 进行简单的开通与调测
> **知识目标：** 1. 熟悉本地维护终端 RNC LMT 的特性
>   2. 掌握 RNC 开通调测的流程和方法
> **实训任务：** 按标准流程完成 RNC 的开通与调测并按要求进行检查、记录
> **参考学时：** 8 课时

4.2.1 RNC LMT 简介

RNC 操作维护系统采用客户端/服务器模式：BAM（<u>B</u>ack <u>A</u>dministration <u>M</u>odule）作为服务器端，LMT 作为客户端。

RNC LMT 软件组成包括：本地维护终端、FTP 客户端、跟踪回顾工具、监控回顾工具、性能浏览工具和告警转发系统。

LMT 与 BAM 通过局域网（或广域网）进行通信。LMT 作为用户操作终端，提供图形化用户界面，使用户可以通过 LMT 对 RNC 设备进行操作和维护，完成 MML 命令行的输入、命令执行结果的显示、消息跟踪、告警显示和性能统计等功能。

1. 本地维护终端

RNC 本地维护终端是 RNC LMT 应用程序的一个子系统。它采用图形化用户界面，完成权限管理、设备维护、消息跟踪、实时状态监测等功能；提供了丰富的 MML 命令对系统进行全面的配置和维护；此外，还提供了详细的在线帮助信息，其界面如图 4-2-1 所示。使用本地维护终端进行在线操作维护时需要 LMT 与 BAM 建立正常的通信。

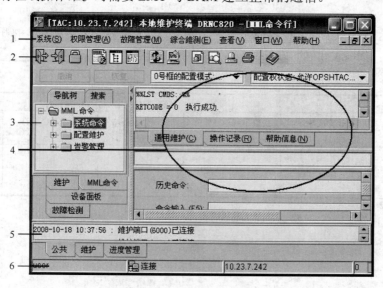

图 4-2-1　本地维护终端

本地维护终端界面说明：

（1）菜单栏：提供了系统的菜单操作；

（2）工具栏：提供了系统的快捷图标操作；

（3）导航树窗口：以树形结构的方式提供了各类操作对象；

（4）对象窗口：用户进行操作的窗口，提供了操作对象的详细信息。如果用户使用"MML 命令导航树"进行操作维护，则该区域显示 MML 命令行客户端；

（5）输出窗口：记录当前操作及系统反馈的详细信息，包含"公共"、"维护"和"进度管理"。"维护"页签主要显示 LMT 与 BAM 之间进行通信时下发的 MML 命令以及 MML 返回结果等信息；

（6）状态栏：显示当前登录的用户名、连接状态、BAM 的虚拟外网 IP 等信息。

2．跟踪回顾工具

RNC LMT 跟踪回顾工具可以通过打开保存的跟踪文件（后缀为.tmf）进行回顾，查看跟踪数据、重现跟踪情况。跟踪回顾工具是离线工具，使用时不要求 LMT 与 BAM 间建立连接，如图 4-2-2 所示。

图 4-2-2　跟踪回顾工具

跟踪回顾工具界面说明：

（1）菜单栏：提供系统的菜单操作；

（2）工具栏：提供了系统的快捷图标操作；

（3）消息浏览窗口：用于显示跟踪文件内容的区域。

3．RNC LMT 监控回顾工具

监控回顾工具通过打开保存的监控文件（后缀为.mrf）进行回顾，查看监控数据，重现监控情况。监控回顾工具是离线工具，使用时不要求 LMT 与 BAM 建立连接，如图 4-2-3 所示。

监控回顾工具界面说明：

（1）菜单栏：提供系统的菜单操作；

（2）工具栏：提供了系统的快捷图标操作；

（3）监控数据回顾窗口：提供监控任务数据信息的显示区域；

（4）信息任务显示窗口：提供设备信息显示和图形线条显示设置区域。

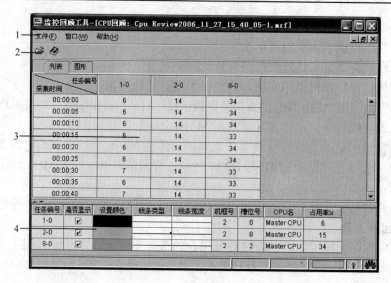

图 4-2-3　监控回顾工具

4. RNC LMT FTP 客户端

RNC FTP 客户端是 RNC LMT 应用程序的一个 FTP 工具，它使 LMT 能使用 FTP 协议与 FTP 服务器进行通信。FTP 客户端界面如图 4-2-4 所示。

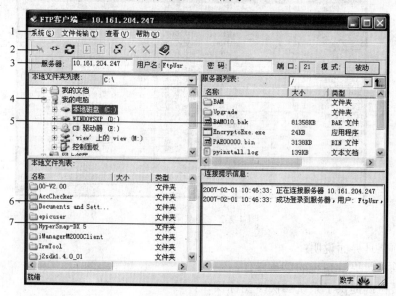

图 4-2-4　FTP 客户端

FTP 客户端界面说明：

（1）菜单栏：提供系统的菜单操作；

（2）工具栏：提供了系统的快捷图标操作；

（3）服务器输入区域：包含服务器名、用户名、密码、端口号、模式；

（4）本地目录列表窗口：显示当前使用计算机的目录结构；

（5）服务器文件列表窗口：显示处于连接状态的 FTP 服务器包含的文件和文件夹列表；

（6）本地文件列表窗口：显示当前使用计算机选定目录所包含的文件和文件夹；

（7）连接提示信息窗口：显示与 FTP 服务器的连接情况、操作信息等。

5．性能浏览工具

通过性能浏览工具，用户可以在网元侧直接浏览该网元上保留的性能测量结果，也可以手工导入网元的性能文件，并导出和浏览性能测量结果，从而方便用户对性能文件进行查看与整理。性能浏览工具界面如图 4-2-5 所示。

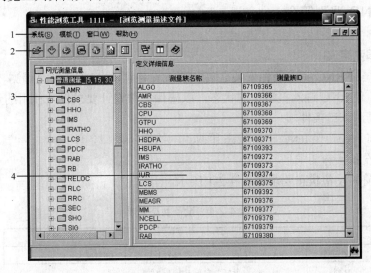

图 4-2-5　性能浏览工具

性能浏览工具界面说明：

（1）菜单栏：提供系统的菜单操作；

（2）工具栏：提供了系统的快捷图标操作；

（3）测量信息导航树窗口：以树形结构的方式提供了各测量信息文件；

（4）详细信息显示窗口：详细显示所选定的性能指标文件的信息。

6．告警转发系统

RNC 告警转发系统是 RNC LMT 应用程序的一个子系统，用于在 BAM 和告警箱之间转发告警信息、告警箱控制信息和告警箱状态信息。告警转发系统界面如图 4-2-6 所示。

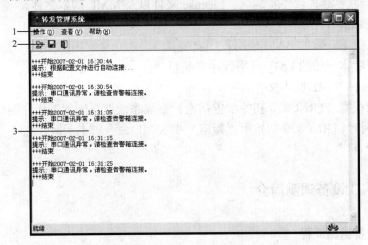

图 4-2-6　告警转发系统

告警转发系统界面说明：

（1）菜单栏：提供系统的菜单操作；

（2）工具栏：提供了系统的快捷图标操作；

（3）信息输出窗口：显示告警转发系统的实时输出信息。

4.2.2　RNC 调测简介

1．RNC 调测定义

RNC 调测是指 RNC 完成硬件安装之后，通过设备调测、RNC 加载调测、接口调测和业务调测等步骤，使 RNC 进入正常工作状态，以确保其按设计要求投入使用的过程。

2．RNC 调测入口条件

执行调测前，应确保 RNC 设备状态和调测网络满足入口条件。

（1）RNC 设备状态要求

RNC 调测前的设备状态要求如表 4-2-1 所示。

表 4-2-1　设备状态要求

项　　目	状　　态
RNC 硬件	已经安装完毕并且通过了硬件安装检查和上电测试
BAM	出厂时已经设置好，参见 BAM 软件出厂设置表
LMT	LMT 计算机符合配置要求，参见 LMT 计算机配置要求

（2）RNC 调测网络要求

为了保证 Iub, Iu, Iur 接口调测的顺利进行，RNC 调测网络中的网络设备应具备以下条件：

- 至少有一个 Node B 接入本 RNC，且该 Node B 已经完成调测；
- 本 RNC 与至少一套 CN 设备相连接，且连接的 CN 设备已经完成调测；
- 若存在 Iur 接口，则该 RNC 必须和其他 RNC 相连接，且其他 RNC 已经完成调测；
- 测试用单模 UE（3 台）和双模 UE（1 台）功能正常且已经在 HLR 开户。

（3）RNC 调测前准备

RNC 调测前需要准备软件安装盘、License 文件以及 MML 脚本文件。

1）需要准备的软件

- 与局点版本一致的 BAM 应用程序安装盘
- 与局点版本一致的 LMT 应用程序安装盘

2）需要准备的 MML 脚本文件

调测前，应根据《TRNC820 初始配置指南》完成系统数据配置工作，制作好 MML 命令脚本。此外，根据《TRNC820 初始配置指南》中 MML 命令脚本示例、现场协商数据情况对配置数据进行检查。

4.2.3　RNC 设备调测简介

1．RNC 设备调测流程

调测 RNC 的具体内容包括调测 RNC 硬件设备和软件加载、验证主备单板倒换、处理 RNC

的告警、验证 RNC 业务以及集成 RNC 到 OMC 等：

步骤 1：调测 RNC 设备

（1）调测 BAM

1）获取 BAM 软件安装信息

安装 BAM 应用程序前，获知 BAM 软件安装信息记录表中记录的下列信息：

- 操作系统系统管理员密码
- SQL Server 2000 "sa" 用户的密码
- BAM 的内网和外网固定 IP 地址

2）远程登录 BAM

① 在用于远程登录 BAM 的计算机上选择"开始"→"运行"，弹出"运行"对话框；

② 输入 "mstsc/console"，单击"确定"，弹出如图 4-2-7 所示的"远程桌面连接"对话框；

③ 输入被登录 BAM 的外网 IP 地址，单击"连接"；

④ 按照界面提示，输入登录 BAM 的系统管理员级别的用户名和密码，单击"确定"即可远程登录 BAM。

3）检查 BAM 软件

① 检查 BAM 上安装的 Windows Server 2003 版本；

② 检查 BAM 上安装的 SQL Server 版本信息；

③ 检查 SQL Server 数据库运行状态；

④ 检查 BAM 名称与 SQL Server 支持的服务器名称的一致性；

⑤ 检查 BAM 的系统时间和所处时区，确认与当地情况一致；

⑥ 检查并确认同一子网内不存在与当前 BAM 重名的计算机；

⑦ 检查 BAM 网卡绑定情况。

4）安装 BAM 应用程序到主工作区

① 双击 BAM 应用程序安装程序包中的 "Setup.exe"，启动安装；

② 选择安装程序的语言为"中文"并单击"确认"。在欢迎界面中单击"下一步"，弹出许可证协议界面，单击"是"进入"选择安装或是卸载"界面，如图 4-2-8 所示；

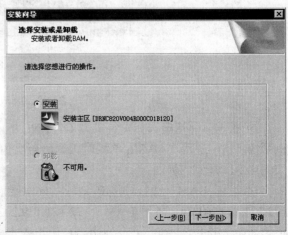

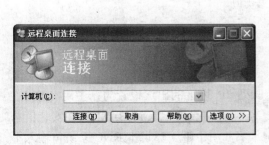

图 4-2-7　远程桌面连接　　　　　　　　　图 4-2-8　开始安装

③ 选择"安装"，单击"下一步"，输入用户信息和 BAM 应用程序序列号（区分大小写），单击"下一步"，弹出"SQL Server 信息"界面，如图 4-2-9 所示；

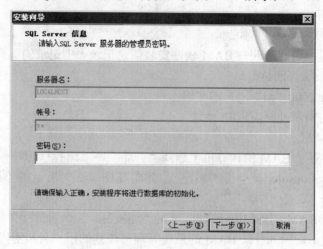

图 4-2-9　SQL Server 信息

④ 输入账号"sa"的密码（安装 SQL Server 2000 时设置的密码），单击"下一步"。在后面弹出的窗口中分别填入系统管理员密码信息和 FTP 用户密码信息（6～32 位的字母、数字或特殊字符，字母区分大小写），并在"确认密码"处进行确认，同时记录到 BAM 软件安装信息记录表。单击"下一步"，弹出如图 4-2-10 所示界面；

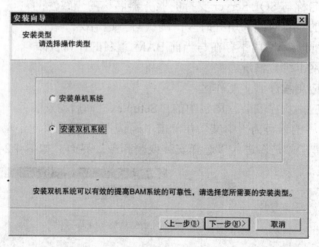

图 4-2-10　安装类型

⑤ 根据具体情况选择安装类型（当 RNC 配置一块 OMUa 单板时，这台服务器上安装单机系统；当配置两块 OMUa 单板时，这两台服务器上安装双机系统），单击"下一步"，弹出如图 4-2-11 所示的界面；

⑥ 设置 BAM 外网虚拟 IP 地址（外网网卡队列 IP 地址的出厂设置为：主用 BAM：172.121.139.201/24、备用 BAM：172.121.139.202/24），并将设置记录到 BAM 软件安装信息记录表。单击"下一步"并在弹出窗口中填入本地局名（用于唯一标识本 RNC 系统，输入不能包含空格），再单击"下一步"，弹出如图 4-2-12 所示界面；

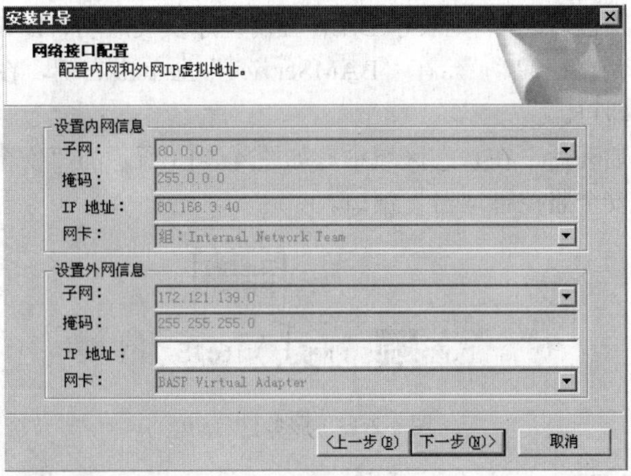

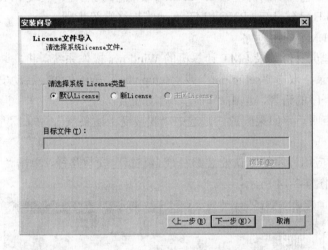

图 4-2-11　网络接口配置

图 4-2-12　License 文件导入

⑦ 选择 License 文件类型（通常选择"默认 License"。若选择"新 License"需要在"目标文件"中导入一个新的 License 文件）。单击"下一步"，选择安装路径（安装双机系统时主备 BAM 的安装路径必须一致，建议使用系统的默认路径"D:\DRNC"），单击"下一步"，弹出设置信息确认界面；

⑧ 确认各项设置信息正确后，单击"下一步"，安装程序开始复制文件。安装完成后，在弹出的界面上单击"完成"；

⑨ 安装完成后，检查是否安装成功。选择"开始"→"所有程序"，如果存在"TD-SCDMA RNC BAM"程序组，并且该程序组中包括"启动 BAM 服务"、"停止 BAM 服务"、"卸载 TD-SCDMA RNC BAM"、"TD-SCDMA RNC BAM 数据备份和恢复工具"和"TD-SCDMA RNC BAM 数据升级工具"，则代表主工作区的 BAM 应用程序安装正常。

5）检查 BAM 应用程序运行状态

包括 BAMService 和安全监控管理器的状态。

① 选择"开始"→"所有程序"→"管理工具"→"服务"菜单，在弹出的界面上查看 BAMService 状态；

- 如果状态为"已启动"，则表示 BAM 应用程序安装成功、BAMService 运行正常；
- 如果状态不是"已启动"，在"BAMService"上单击右键，在弹出的快捷菜单中选择"启动"即可。

② BAMService 启动后，在状态区域中有如图 4-2-13 所示的"安全监控管理器"图标。单击该图标可弹出"安全监控管理器"窗口。

图 4-2-13　服务已启动

（2）调测 RNC LMT

调测 RNC LMT 包括调测前检查 RNC LMT 的计算机配置、安装 RNC LMT 应用程序、连通 RNC LMT 和 BAM、启动 RNC LMT 本地维护终端等步骤。

1）安装 RNC LMT 应用程序

① 以系统管理员身份登录 LMT 计算机的 Windows 操作系统。将安装光盘放入光驱。打开安装盘的文件目录，双击"setup.bat"或"setup.vbs"安装文件，启动安装程序；

② 选择安装程序的语言，单击"确定"启动安装；

③ 阅读版权声明后，如果同意，则选中"我接受上述条款"，单击"下一步"，弹出选择安装路径界面；

④ 使用 LMT 应用程序的默认安装路径或自己指定安装路径，单击"下一步"。弹出选择安装组件界面，如图 4-2-14 所示；

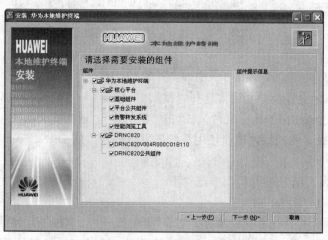

图 4-2-14　选择安装组件

⑤ 选择需要安装的程序组件（推荐全选）后，单击"下一步"，弹出 CD KEY 输入界面，输入 LMT 软件包中提供的 CD KEY，单击"下一步"，弹出安装信息确认界面如图 4-2-15 所示；

⑥ 确认界面中的安装信息正确无误，单击"下一步"，弹出文件复制进度窗口。所有程序安装完毕后，弹出安装完毕界面；

⑦ 单击"完成"，安装结束。

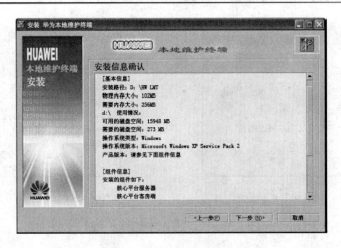

图 4-2-15　安装信息确认

2）连通 RNC LMT 和 BAM

前提条件：BAM 与 RNC 主机通信正常、LMT 计算机和 BAM 之间的物理连接已经建立且通信正常。

① 设置 LMT 计算机的 IP 地址；

② 在 LMT 计算机上选择"开始"→"运行"，在"运行"输入框中输入"cmd"并按"Enter"键确认，弹出"cmd.exe"窗口；

③ 在"cmd.exe"窗口中输入"ping *.*.*.*"（"*.*.*.*"为 BAM 的外网虚拟地址），验证 LMT 和 BAM 之间是否可以正常通信。

3）启动 RNC LMT 本地维护终端

① 选择"开始"→"所有程序"→"华为本地维护终端"→"本地维护终端"，将弹出"用户登录"对话框，如图 4-2-16 所示；

② 单击 图标，弹出"局向管理"对话框，如图 4-2-17 所示；

图 4-2-16　登录界面

图 4-2-17　局向管理

③ 单击"增加"，弹出"增加"对话框，如图4-2-18所示；

④ 在"增加"对话框中定义局向名，输入 BAM 的外网虚拟 IP 地址。单击"确定"，返回"局向管理"对话框；

⑤ 在"局向管理"对话框中，单击"关闭"，完成局向的配置。返回"用户登录"对话框，如图 4-2-19 所示；

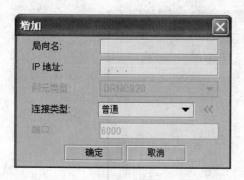

图 4-2-18 "增加"对话框

图 4-2-19 设置好的登录界面

⑥ 输入用户名和密码，单击"登录"。进入本地维护终端主界面。

说明：

- 如果 LMT 与 BAM 间存在 OMC Proxy Server 代理服务器，需要在"用户登录"对话框中设置"代理服务器"为选中状态，并输入 OMC 服务器的 IP 地址；
- 第一次登录时应以 admin 身份登录，登录密码在安装 BAM 应用程序时已设定。

（3）加载 RNC 软件和数据文件

1）生成 RNC 数据文件

① 在 MML 命令行客户端上执行命令"FOC CMCTRL"，强制获取配置管理控制权；

② 执行命令"SET CMCTRLSW"，设置"配置权使能开关"为"ON"（启用），锁定配置管理控制权；

③ 执行命令"SET OFFLINE"，设置所有插框为离线状态；

④ 执行命令"RST DATA"。在弹出的对话框中单击"是"以初始化 BAM 数据库中的整个 RNC 配置数据；

⑤ 在"本地维护终端"的主菜单上选择"系统"→"批处理"，弹出执行批处理界面，如图 4-2-20 所示；

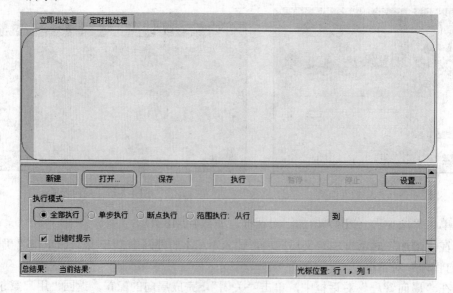

图 4-2-20 批处理界面

⑥ 在"立即批处理"页面上单击"打开",弹出"打开"对话框。选中已准备好的 MML 命令数据脚本,单击"打开",MML 命令脚本内容会显示在"立即批处理"窗口内;

⑦ 单击"设置…",弹出批处理设置对话框。设置"发送间隔(秒)"为 0 秒,选中"保存执行失败的命令"并设置执行失败命令日志的保存路径,单击"确定"后完成批处理设置。如图 4-2-21 所示;

⑧ 在执行批处理界面上设置"执行模式"为全部执行。单击"执行",系统开始逐条执行 MML 命令。所有 MML 命令执行完毕后,会弹出信息以提示命令执行完毕,单击"确定"即可。命令执行结果显示如图 4-2-22 所示;

图 4-2-21 "设置"对话框

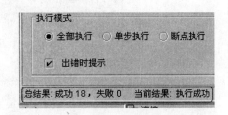

图 4-2-22 执行结果

⑨ 执行命令"FMT DATA",设置"格式化类型"为"ALL_SUBRACK"(格式化所有框,即执行命令语句"FMT DATA:FT=ALL_SUBRACK,WORKAREA=ACTIVE;")。如果返回结果为执行成功,则生成可加载的数据文件,存放在 BAM 的加载路径下;

⑩ 执行命令"SET ONLINE",设置所有插框为在线状态(即执行命令语句"SET ONLINE:SRN=ALL;")。

2)设置 RNC 加载方式

在 MML 命令行客户端上,执行命令"SET LODCTRL",设置"单板启动加载控制字"为"LFB"(从 BAM 加载且写 FLASH,即执行命令语句"SET LODCTRL: LODCTRL=LFB;")。如果返回结果为执行成功,则设置 RNC 加载方式完成。

3)启动 RNC 消息跟踪

加载 RNC 前启动 RNC 消息跟踪任务以跟踪记录小区建立过程中的各类消息。步骤如下:

以跟踪 Iub 接口消息为例:在本地维护终端的导航树窗口中,选择"维护"页签,打开"跟踪管理"→"接口跟踪"折叠项,双击"Iub",启动设置界面如图 4-2-23 所示。在弹出的"Iub 接口跟踪"的参数配置对话框中进行参数的设置,单击"确定"完成设置。跟踪 QAAL2 协议、SAAL 协议、SCTP 协议及 IP 协议消息的方法基本类似。

4)启动加载进度窗口

在"本地维护终端"的主菜单上选择"查看"→"输出窗口"。单击输出窗口下方的"进度管理"页签,界面如图 4-2-24 所示。

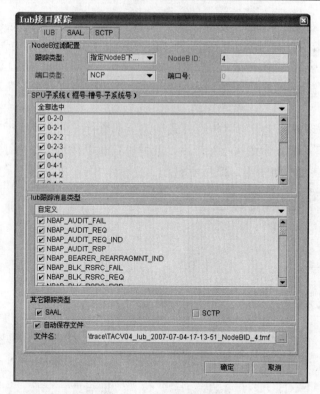

图 4-2-23　"Iub 接口跟踪"对话框

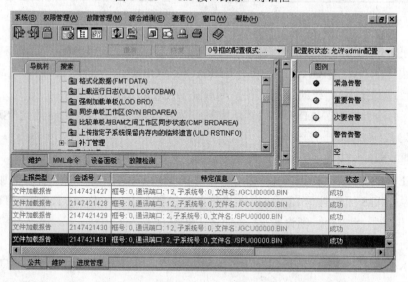

图 4-2-24　进度管理

5）加载 RSS 插框

加载 BAM 安装目录下的 RSS 插框主机软件和数据文件到 RSS 插框。

① 若 RSS 插框尚未上电，则打开配电盒配电开关"A10"和"B10"给 RSS 插框上电（配电开关的控制关系参见"RNC 机柜配电开关分配"）。RSS 插框各单板将自动加载主机软件和数据。跳至步骤③；

② 若 RSS 插框已上电，则在 MML 命令行客户端上执行命令"RST SUBRACK"，设置"框号"为"0"。弹出对话框提示是否进行此操作时单击"是"。RSS 插框各单板将自动加载主机软件和数据；

③ RSS 插框完成加载后，在"本地维护终端"主界面上选择导航树下方的"设备面板"页签，双击导航树上要查询的机架图标启动设备面板，系统将显示如图 4-2-25 所示的设备面板界面；

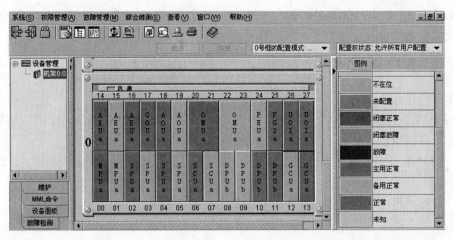

图 4-2-25　设备面板

④ 在消息跟踪窗口观察 Iub 接口的信令连接建立过程和小区建立过程。如果 Iub 接口的信令连接建立过程和小区建立过程正确，则本任务结束。

6）加载 RBS 插框

① 查看 RBS 插框的上电状态。如果 RBS 插框尚未上电，则打开相应的配电盒配电开关上电（配电开关的控制关系参见"RNC 机柜配电开关分配"）。RBS 插框各单板将自动加载主机软件和数据，跳至步骤③；

② 如果 RBS 插框已上电，则在 MML 命令行客户端上执行命令"RST SUBRACK"，设置"框号"为待加载 RBS 插框框号，弹出对话框提示是否进行此操作时单击"是"。RBS 插框各单板将自动加载主机软件和数据；

③ 当前加载的 RBS 插框完成加载后，跳至步骤②加载其他 RBS 插框，直至完成 RNC 所有 RBS 插框的加载；

④ 所有 RBS 插框完成加载后，在"本地维护终端"主界面上选择导航树下方的"设备面板"页签，双击导航树上要查询的机架图标启动设备面板。如果设备面板界面显示各单板状态正确，则 RBS 插框加载结束；

⑤ 在消息跟踪窗口观察 Iub 接口的信令连接建立过程和小区建立过程。如果 Iub 接口的信令连接建立过程和小区建立过程正确，则本任务结束。

（4）激活和验证 RNC 许可证

① 在 MML 命令行客户端上执行命令"LST LICENSE"，输入待激活的许可证文件名，查询该文件详细配置信息。如果许可证内容与申请内容一致则执行命令"LST CFGMODE"，查看所有插框的数据配置状态。如果存在插框处于离线状态，执行命令"SET ONLINE"，设

置为在线状态；

② 执行命令"ACT LICENSE"，激活运营商的许可证；

③ 执行命令"CMP LICENSE"，比较主机侧运行的许可证和后台当前的许可证是否一致。如果一致，则结束本任务。

（5）验证主备单板倒换

RNC 支持倒换的单板有 OMUa，SCUa，SPUa，GCUa，AOUa，UOIa，FG2a，GOUa，PEUa，AEUa，POUa。主备单板倒换时，备用单板将倒换成主用，此过程大约需要 2～5 秒钟。原主用单板倒换为备用并重新复位，此过程大约需要 2～5 分钟，请耐心等待。

执行步骤：

① 在"本地维护终端"中单击导航树下方的"设备面板"页签；双击导航树上要查询的机架图标；

② 查看要执行倒换操作的主备单板状态。如果主备单板状态均正常，即主用单板面板显示为绿色，备用单板面板显示为淡蓝色，则继续执行下面的操作；

③ 在 MML 命令行客户端上，对需要倒换的主用单板执行命令"SWP BRD"，命令参数设置如下：

● 设置"框号"为待倒换单板所在的插框框号

● 设置"槽位号"为待倒换单板所在的槽位号，取值范围为插框内的偶数槽位号，如：0, 2, 4…26

④ 跳至步骤②，检查倒换后单板状态是否仍然正常，直至验证完成 RNC 所有主备单板的倒换。

步骤 2：处理 RNC 调测过程中的告警

（1）在"本地维护终端"的主菜单中选择"故障管理"→"告警浏览"，弹出告警浏览界面，如图 4-2-26 所示；

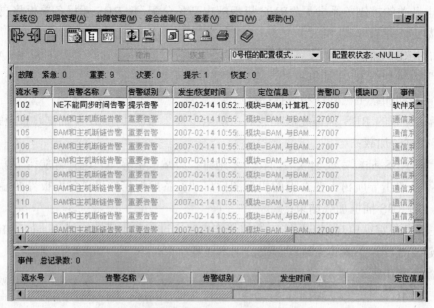

图 4-2-26　告警浏览界面

（2）检查故障告警窗口中是否存在告警。如果不存在则本任务结束。如果存在则跳至步骤（3）继续；

（3）在故障告警窗口双击需要处理的活动告警，弹出的对话框如图 4-2-27 所示；

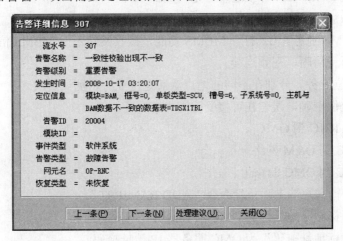

图 4-2-27　告警信息

（4）单击"处理建议（U）…"，弹出 LMT 帮助系统界面。按照帮助中给出的建议处理该告警；

（5）重复步骤（3）～（4）处理其他告警项。

步骤 3：验证 RNC 业务

（1）验证语音业务。UE 拨打本地固定电话，本地固定电话呼叫 UE 以及 UE 呼叫 UE 分别测试 20 次。

预期结果：接续成功率达到 95%以上，且通话能持续一段时间，直至正常释放，话音清晰，无明显杂音。

（2）验证 CS 流类业务。UE 向 UE 发起可视电话业务 2 次。

预期结果：话音清晰、视频连续、语音和视频保持同步。

（3）验证 PS 业务。激活 384kbit/s 业务，UE 访问 WWW 服务器，网页浏览，测试 20 次。

预期结果：激活成功率达到 95%以上，浏览网页正常。

（4）验证移动性管理业务。CS、PS 语音业务硬切换分别测试 20 次。

预期结果：切换成功率 95%以上。

（5）验证操作维护管理。在业务运行过程中，测试单板倒换（SPUa，DPUb，OMUa，GCUa/GCGa），每种单板倒换 1 次。

预期结果：倒换成功，倒换时运行的业务不中断。

（6）验证系统间切换。使用双模手机，从 TD-SCDMA 网络向 GSM 网络切换，从 GSM 网络向 TD-SCDMA 网络切换，CS、PS 业务分别测试 20 次。

预期结果：接续成功率达到 90%以上，CS 业务话音清晰，无明显杂音，PS 不掉话。

（7）验证 HSDPA 业务。激活高速 PS 业务，访问 FTP 服务器，下载大文件，业务的下行指派速率要求超过 384kbit/s，并且速率稳定，测试 10 次。

预期结果：激活成功率达到 90%以上，下载正常。

（8）验证 HSUPA 业务。激活高速 PS 业务，访问 FTP 服务器，上传大文件，业务的上行指派速率要求超过 384kbit/s，并且速率稳定，测试 10 次。

预期结果：激活成功率达到 90%以上，上传正常。

（9）验证 MBMS 业务。UE 打开 MBMS 功能，接收网络下发 MBMS 信息，测试 2 次。

预期结果：语音清晰、视频连续。

（10）验证定位业务。分别在不同的地点激活定位业务，测试 2 次。

预期结果：定位准确，误差在可接受范围内。

步骤 4：集成 RNC 到 OMC

（1）连接 RNC 到 O&M 网络。

（2）配置 RNC 到 OMC 的路由。

在 MML 命令行客户端上，执行命令"ADD BAMIPRT"。

- 设置"目标网络地址"为 OMC 服务器所处网段的地址
- 设置"目标地址掩码"为 OMC 服务器 IP 地址掩码
- 设置"前向路由地址"为路由器的 IP 地址

（3）验证 RNC 到路由器的路由配置：在 RNC 侧使用 ping 命令检查 RNC 到路由器之间的网络通信是否正常。

（4）验证 RNC 到 OMC 的路由配置：在 RNC 侧使用 ping 命令检查 RNC 到 OMC 间之间的网络通信是否正常。

（5）在 OMC 上创建该 RNC，操作步骤参见 OMC 用户资料。

步骤 5：检查 RNC 调测结果

RNC 调测 checklist 用于记录和检查 RNC 调测结果。

具体操作流程如下：

（1）RNC 设备调测 checklist

此部分包含 BAM 和 LMT 调测 checklist、RNC 加载 checklist、RNC 主备单板倒换 checklist。详见表 4-2-2、表 4-2-3 和表 4-2-4。

表 4-2-2　BAM 和 LMT 应用程序调测 checklist

操　作	完　成	记录数据（完成时间、执行人员、调测过程数据）/未执行说明
在主 BAM 的主工作区上完成 BAM 应用程序的安装		
在备 BAM 的主工作区上完成 BAM 应用程序的安装		
安装 LMT 应用程序		
启动 RNC LMT 本地维护终端并登录 BAM		

表 4-2-3　RNC 加载 checklist

操　作	完　成	记录数据（完成时间、执行人员、调测过程数据）/未执行说明
加载 RSS 插框成功		
加载所有 RBS 插框成功		

表 4-2-4　RNC 主备单板倒换和 License 调测 checklist

操　作		完　成	记录数据（完成时间、执行人员、调测过程数据）/未执行说明
验证主备 单板倒换 成功	OMUa		
	SCUa		
	SPUa		
	GCUa		
	AOUa		
	UOIa		
	FG2a		
	PEUa		
	AEUa		
	GOUa		
	POUa		
验证 License 配置信息正确			

（2）RNC 业务验证 checklist（详见表 4-2-5）

表 4-2-5　RNC 业务验证 checklist

项　目		完　成	记录数据（完成时间、执行人员、调测过程数据）/未执行说明
语音业务 正常	UE 与固定电话之间呼叫		
	UE 与 UE 之间呼叫		
CS 流类 业务正常	UE 与 PSTN 互发传真		
	UE 与 UE 之间进行视频业务		
PS 业务 正常	UE 访问 WWW 服务器进行 网页浏览		
	UE 访问 FTP 服务器下载文件		
操作维护 管理正常	业务运行中倒换单板		
特性业务 调测正常	系统间切换		
	HSDPA 业务		
	HSUPA 业务		
	MBMS 业务		
	定位业务		

（3）其他 checklist（详见表 4-2-6）

表 4-2-6　其他调测项 checklist

项　目	完　成	记录数据（完成时间、执行人员、调测过程数据）/未执行说明
告警台上不存在代表设备故障的活动告警		
RNC 成功集成到 OMC		

4.2.4　任务训练

任务书：RNC 的开通调测

任务书要求：

主　题	RNC 的开通调测
任务详细描述	1．按照调测流程，完成对 RNC 设备的开通调测 2．按要求完成 RNC 调测结果检查记录
实验环境准备	1．RNC 设备、OMC 和 LMT 2．相关软件和 License 3．实验所需 MML 脚本文件

4.2.5 考核评价

学习领域：<u>TD-SCDMA 设备调测与割接</u>　　学习情境：<u>RNC 的开通调测</u>

学习任务：<u>DRNC820 的开通调测</u>　　　　班级：_____

小组成员：

姓名	项目完成情况				
	正确完成 RNC 设备调测（40）	正确处理 RNC 调测中的告警（20）	完成 RNC 业务验证（20）	完成 RNC 到 OMC 的集成（10）	正确填写各种表格记录（10）

教师总体评价：

教师签名：_____　　　　日期：____年____月___日

4.3 Node B 与 RNC 割接测试

> **能力目标：**能够完成 Node B 与 RNC 的割接测试
> **知识目标：**1. 熟悉 Node B 与 RNC 的数据协商原理和操作
> 　　　　　　2. 掌握 Node B 与 RNC 割接测试的流程和方法
> **实训任务：**进行数据协商，完成 Node B 与 RNC 的割接测试
> **参考学时：**8 课时

4.3.1 Node B 与 RNC 的数据协商

1. Node B 与 RNC 的数据协商原理概述

Node B 与 RNC 需要在 Iub 接口上进行数据协商。数据协商涉及物理接口（如 E1T1 接口）、ATM 地址、Cell ID 等内容，如图 4-3-1 所示。

其中，NCP 为 Node B 控制端口，用于传输 Iub 接口的 NBAP（<u>Node B Application Part</u>）公共过程消息，一个 Node B 只能配置一个 NCP，即 NCP 与该 Node B 具有一一对应关系；CCP 为通信控制端口，用于传输 Iub 接口的 NBAP 专用过程消息，一个 Node B 可以有多条 CCP，即 CCP 与 Node B 之间具有多对一的对应关系。每条 CCP 对应一个小区。

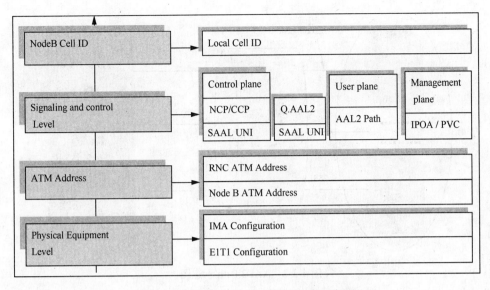

图 4-3-1 Node B 与 RNC 数据协商示意图

NBAP 公共过程包括：

- 公共传输信道的建立
- 公共传输信道重配置
- 公共传输信道的删除
- 闭塞资源
- 解闭塞资源
- 审核请求
- 审核
- 公共测量初始化
- 公共测量报告
- 成功的操作

- 公共测量终止
- 公共测量失败
- 小区建立
- 小区重配置
- 小区删除
- 资源状态指示
- 系统信息更新
- 无线链路建立
- 物理共享信道重配置
- 复位

NBAP 专用过程包括：

- 无线链路增加
- 同步无线链路重配置准备
- 同步无线链路重配置提交
- 同步无线链路重配置取消
- 非同步无线链路重配置
- 无线链路删除
- 专用测量初始化
- 专用测量报告

- 专用测量结束
- 专用测量失败
- 无线链路失败
- 无线链路恢复
- 下行链路功率时隙控制
- 无线链路预先释放
- 错误处理过程

　　Q.AAL2 协议的基本功能是在 RNC 和 Node B 之间建立、释放 AAL2 连接（即用户面的 AAL2 Path），这些 AAL2 Path 连接将作为无线网络层用户面的传输载体。

　　AAL2 Path 负责无线网络层用户面的传输承载，它实际上是一条带宽较大的 PVC，每一条 AAL2 Path 可以分为 256 个 AAL2 连接的微通道（0～7 协议保留，业务实际最多可用为 248 个），如图 4-3-2 所示。Q.AAL2 协议负责 AAL2 连接的动态建立、释放等过程。

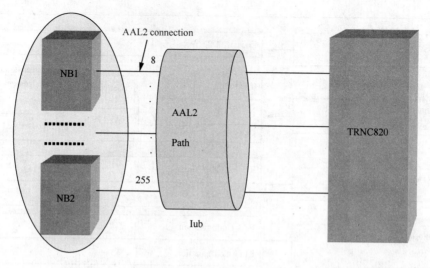

图 4-3-2　AAL2 Path 示意图

上述各对象及层次包含关系如图 4-3-3 所示。

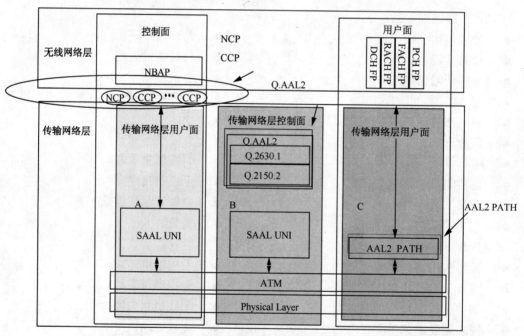

图 4-3-3　包含关系示意图

IMA（Inverse Multiplexing for ATM）接口主要完成将高速 ATM 信元流分拆到多条 2M 的 E1 线路上进行传输，并且在对应的接收端将多条 2M 的 E1 线路上所收到的信元流进行信元定界，再将信元序列进行重组排序，恢复出原始的 ATM 信元流。其结构原理如图 4-3-4 所示。

ATM 信元结构与虚通道（VC）及虚路径（VP）之间的映射关系如图 4-3-5 所示。

虚通道（VC）及虚路径（VP）与物理链路之间的对应关系如图 4-3-6 所示。

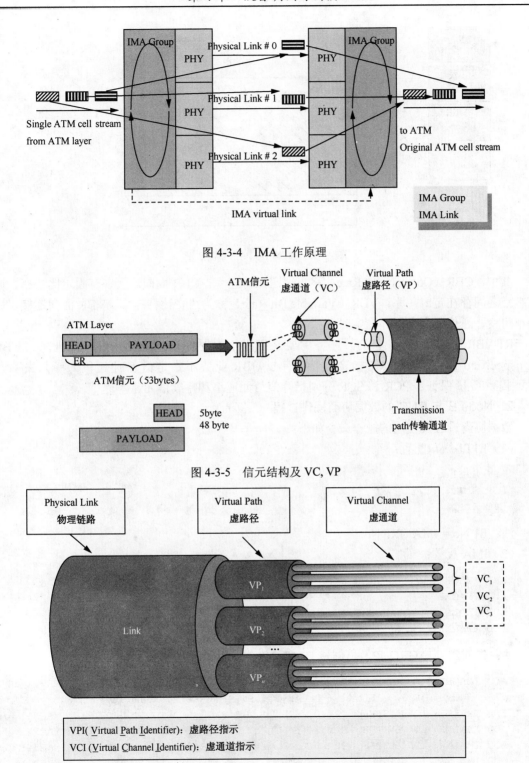

图 4-3-4 IMA 工作原理

图 4-3-5 信元结构及 VC, VP

图 4-3-6 物理链路结构

ATM 层中根据速率对业务划分了不同类型，如 VBR, CBR, UBR, PCR 等，如图 4-3-7 所示。

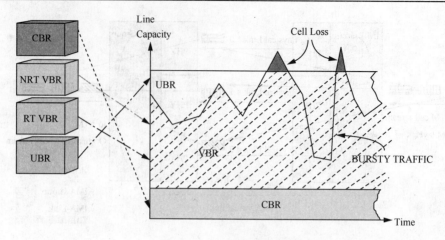

图 4-3-7　ATM 层中各类型业务

其中，CBR（Constant Bit Rate）称为恒定比特速率。CBR 面向连接、有固定比特率、通信端点之间存在定时关系；VBR（Variable Bit Rate）称为可变比特速率。VBR 面向连接、比特率可变、通信端点之间存在定时关系。

RT-VBR（Real-Time VBR）业务主要是应用于对时间敏感性要求严格的业务；UBR（Unspecified Bit Rate）即未指定比特速率。UBR 业务不指定信元时延和比特丢失率，也不提供质量保证；PCR 和 SCR 分别指峰值信元速率和持续信元速率。

2. Node B 与 RNC 的数据协商操作过程

数据协商过程及使用的操作命令如下：

（1）E1T1 端口配置：

```
LST E1T1:
DSP E1T1:
SET E1T1:
```

注：E1 No.= IMA GRP No.

（2）IMA 配置：

```
LST IMAGRP:
ADD IMAGRP:
LST IMALNK:
ADD IMALNK:
```

注：先创建 IMAGROUP，再创建 IMALINK 加入到 IMAGROUP。举例如下：

```
ADD IMAGRP: CN=MASTER, SRN=0, SN=7, SBT=BASE_BOARD, IMAGRPN=0, VER=V1_1,
CLKM=CTC, FRMLEN=D128, MINLNK=1, DELAY=25, SCRAM=ENABLE, TS16=DISABLE;
ADD IMALNK: CN=MASTER, SRN=0, SN=7, SBT=BASE_BOARD, IMALNKN=0, IMAGRPN=0;
ADD IMALNK: CN=MASTER, SRN=0, SN=7, SBT=BASE_BOARD, IMALNKN=1, IMAGRPN=0;
ADD IMALNK: CN=MASTER, SRN=0, SN=7, SBT=BASE_BOARD, IMALNKN=2, IMAGRPN=0;
ADD IMALNK: CN=MASTER, SRN=0, SN=7, SBT=BASE_BOARD, IMALNKN=3, IMAGRPN=0;
```

（3）Node B ATM 地址：

```
LST AAL2ADJNODE        //得到Iub邻近节点ID
LST AAL2NODE           //得到NB ATM地址
```

注：Node B 的 ATM 地址通过 MML 命令"ADD AAL2NODE"来配置。例如"ADD AAL2NODE: NT=LOCAL, LN=13, ADDR="3970000000000000000000000000000000000000"";语句中 ADDR 后地址即是 Node B 的 ATM 地址。

（4）RNC ATM 地址：

```
LST OPC得到RNC ATM地址
```

（5）Control plane：

注：先创建 SAAL Link，然后映射到创建的 NCP, CCP, ALCAP。

数据协商过程中要求 Node B 侧的 SAAL Link 数据配置与 RNC 侧的配置一致。在 Node B 侧，通过 MML 命令"ADD SAALLNK"来配置数据。举例如下：

```
ADD SAALLNK: SAALNO=0, CN=MASTER, SRN=0, SN=7, SBT=BASE_BOARD, PT=IMA,
BASEPN=0, JNRSCGRP=DISABLE, VPI=11, VCI=41, ST=CBR, PCR=500, CCTM=1000, POLL=750,
IDLE=15000, NRTM=15000, KATM=2000, MAXCC=4, MAXPD=25, MAXLE=67;
```

NCP 和 CCP 的配置命令举例如下：

```
ADD IUBCP: CPPT=NCP, BEAR=ATM, LN=0, FLAG=MASTER;
ADD IUBCP: CPPT=CCP, CPPN=0, BEAR=ATM, LN=1, FLAG=MASTER;
ADD IUBCP: CPPT=CCP, CPPN=1, BEAR=ATM, LN=2, FLAG=MASTER;
```

1）检查 Q.AAL2 配置：

```
DSP AAL2ADJNODE:
```

2）检查 NCP 和 CCP 配置：

```
LST NCP:
LST CCP:
```

（6）User plane：

```
LST AAL2PATH:
```

注：AAL2PATH 配置使用 MML 命令"ADD AAL2PATH"，举例如下：

```
ADD AAL2PATH: NT=LOCAL, PATHID=1, CN=MASTER, SRN=0, SN=7, SBT=BASE_ BOARD,
PT=IMA, BASEPN=0, JNRSCGRP=DISABLE, VPI=11, VCI=50, ST=RTVBR, PCR=1000, SCR=500,
MBS=1000, CDVT=1024, RCR=250, PAT=RT;
```

（7）Management plane：

```
LST IPOAPVC:
```

（8）Node B cell 信息：

```
LST NODEB:
DSP CELL:
LST CELL:
```

注：NB 的 IP 地址是通过建 IPOA 的时候输入的。如果没有 IPOA，不需要有 NB IP，基站一样可以启动。

  CCP（Communication Control Port）链路是 RNC 和 Node B 之间的通信控制端口链路，用于传输 Iub 接口的 NBAP 专用过程消息。一个 RNC 和一个 Node B 之间可以配置若干条 CCP 链路。

  增加 RNC 与 Node B 之间的控制端口 NCP（Node B Control Port）链路，该链路用于传输 Iub 接口的 NBAP 公共过程消息。一个 RNC 和一个 Node B 之间只能配置一条 NCP 链路。

  对于 Node B 与 RNC 之间的数据协商的具体配置数据，可参见表 4-3-1。

表 4-3-1 Iub 数据协商表举例

Physical Negotiate Data					
E1/T1 configuration			Link Type	IMA Group No.	IMA Links No.
		E1 Attribute	IMA	0	0-3
PVC Negotiate Data					
1		SAAL Link	VPI/VCI	ATM peak flow	Type of service
Control plane	NCP	0	11/41	500kbit/s	CBR
	CCP 0	1	11/42	500kbit/s	CBR
	CCP 1	2	11/43	500kbit/s	CBR
	Q.AAL2	13	11/44	500kbit/s	CBR
User Plane	AAL2Path	Path ID	VPI/VCI	ATM peak flow	Type of service
		1	11/50	1000kbit/s	RTVBR
Other Negotiate Data					
ATM addr		Node B	H'39700000000000000000000000000000000000000		
Node B		Local cell ID	1		

4.3.2 RNC 割接测试

RNC 割接需要进行如下几方面的测试工作：

- 单板状态确认
- 开通版本确认
- 数据一致性确认
- 业务运行验证（接口传输验证、小区建立过程验证、基本业务验证等）

RNC 割接测试的具体操作如下：

1. 单板状态确认

（1）使用 MML 命令查看单板状态，相应 MML 命令如下：

- 查询 WRSS 单板状态：

```
DSP：BOARD=SRN:2；
```

- 查询 WRBS 单板状态：

```
DSP：BOARD=SRN:框号；
```

  （2）使用设备面板查看，如图 4-3-8 所示。当所有单板状态灯显示绿色，则单板已完成加载，正常启动。

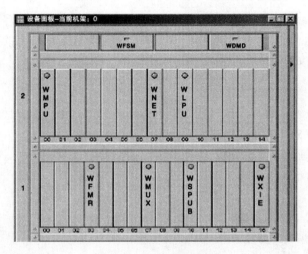

图 4-3-8　设备面板

2．开通版本确认

（1）主机运行软件版本号确认

相应 MML 命令如下：

```
DSPVERSION: MPUBOARD=MPUBOARD:0;
DSPVERSION: HPUBOARD=HPUBOARD:0;
DSPVERSION: LPUBOARD=LPUBOARD:0;
DSPVERSION: NETBOARD=NETBOARD:0;
DSPVERSION: MUXBOARD=SRN: 框号;
DSPVERSION: BIEBOARD=SRN: 框号;
DSPVERSION: FMRBOARD=SRN: 框号;
DSPVERSION: SPUBOARD=SRN: 框号;
DSPVERSION: PWRBOARD=SRN: 框号;
COMPAREVERSION: RSS=RSS:0;
COMPAREVERSION: RBS=SRN:1;//比较前后台软件和硬件版本是否配套。如果返回成功，表示版
                          //本正确；否则会显示不配套的信息
```

（2）BAM 运行版本号确认

相应 MML 命令为：

```
GETVERSION: BAM=BAM:0;
```

返回版本号为"Inner Version = TRNC820V02R01C00HXXBXXX"。

注意：如果安装主备 BAM，通过 MML 命令"SWAP: BAM=BAM:0"可以强制进行主备 BAM
倒换，LMTR 与 BAM 的连接会中断一下后恢复。通过 MML 命令 DSP "BAM=BAM:0"
可以查询当前主备的状态。

（3）LMT 运行软件版本号确认

在 LMT 客户端菜单，选择"帮助"→"About…"菜单，弹出对话框，之后使用组合键
"CTRL+Shift+F12"，该对话框即可显示运行的版本号。

3．数据一致性确认

首先比较前后台数据是否一致，相应 MML 命令如下：

```
CRC: TBLDATA=TBLDATA:0;
```

若返回结果显示有前、后台数据不一致，则需确认具体是单板上的哪个数据表出现不一致，相应 MML 命令如下：

```
COMPARE: TBLDATA=TBLDATA:0;
```

若手工重配无法解决数据一致性问题，可重新格式化，重新加载最新的数据文件。相应的 MML 命令为：RESETDATA BAM。

4．业务运行验证

（1）接口传输验证

1）Iub 接口：

```
GET: E1T1=E1T1:0, PT=WBIE_EPORT;
GET: IMAGROUP=IMAGROUP:0;
GET: IMALINK=IMALINK:0;
GET: SAALLINK=SAALLINK:0;
DSP: NCP=NCP:0;
DSP: CCP=CCP:0;
GET: AAL2ADJNODE=AAL2ADJNODE:0;
GET: AAL2PATH=AAL2PATH:0;
```

2）Iu 接口：

```
DSP: LPUPORT=SN:2;
GET: SAALLINK=SAALLINK:0;
GET: MTP3BLKS=MTP3BLKS:0;
GET: MTP3BLINK=MTP3BLINK:0;
DSPSSN: N7DPC=N7DPC:0;
GET: AAL2ADJNODE=AAL2ADJNODE:0;
GET: AAL2PATH=AAL2PATH:0;
PING: HPUSUBSYSTEM=HPUSUBSYSTEM:0;
```

（2）小区建立过程验证

查询小区状态的 MML 命令为：

```
GET: CELL=CELL:0;
```

得到小区建立过程信息如图 4-3-9 所示。

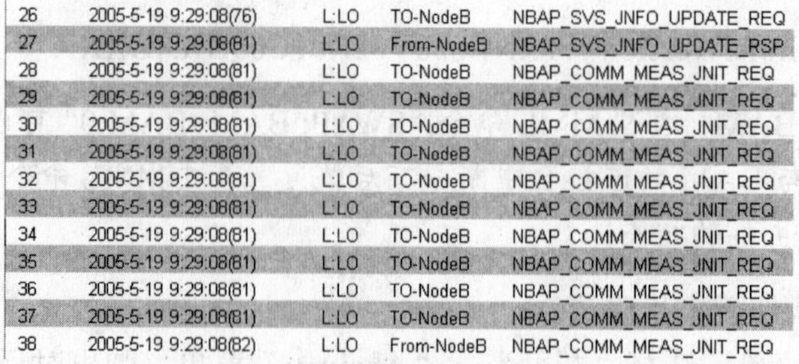

26	2005-5-19 9:29:08(76)	L:LO	TO-NodeB	NBAP_SVS_JNFO_UPDATE_REQ
27	2005-5-19 9:29:08(81)	L:LO	From-NodeB	NBAP_SVS_JNFO_UPDATE_RSP
28	2005-5-19 9:29:08(81)	L:LO	TO-NodeB	NBAP_COMM_MEAS_JNIT_REQ
29	2005-5-19 9:29:08(81)	L:LO	TO-NodeB	NBAP_COMM_MEAS_JNIT_REQ
30	2005-5-19 9:29:08(81)	L:LO	TO-NodeB	NBAP_COMM_MEAS_JNIT_REQ
31	2005-5-19 9:29:08(81)	L:LO	TO-NodeB	NBAP_COMM_MEAS_JNIT_REQ
32	2005-5-19 9:29:08(81)	L:LO	TO-NodeB	NBAP_COMM_MEAS_JNIT_REQ
33	2005-5-19 9:29:08(81)	L:LO	TO-NodeB	NBAP_COMM_MEAS_JNIT_REQ
34	2005-5-19 9:29:08(81)	L:LO	TO-NodeB	NBAP_COMM_MEAS_JNIT_REQ
35	2005-5-19 9:29:08(81)	L:LO	TO-NodeB	NBAP_COMM_MEAS_JNIT_REQ
36	2005-5-19 9:29:08(81)	L:LO	TO-NodeB	NBAP_COMM_MEAS_JNIT_REQ
37	2005-5-19 9:29:08(81)	L:LO	TO-NodeB	NBAP_COMM_MEAS_JNIT_REQ
38	2005-5-19 9:29:08(82)	L:LO	From-NodeB	NBAP_COMM_MEAS_JNIT_REQ

图 4-3-9　小区建立过程信息

（3）基本业务验证

① 验证语音业务。UE 拨打本地固定电话，本地固定电话呼叫 UE 以及 UE 呼叫 UE，分

别测试 20 次。

预期结果：接续成功率达到 95%以上，且通话能持续一段时间，直至正常释放，话音清晰，无明显杂音。

② 验证 CS 流类业务。UE 向 UE 发起可视电话业务 2 次。

预期结果：话音清晰、视频连续、语音和视频保持同步。

③ 验证 PS 业务。激活 384kbit/s 业务，UE 访问 WWW 服务器，网页浏览，测试 20 次。

预期结果：激活成功率达到 95%以上，浏览网页正常。

④ 验证移动性管理业务。CS、PS 语音业务硬切换分别测试 20 次。

预期结果：切换成功率 95%以上。

⑤ 验证操作维护管理。在业务运行过程中，测试单板倒换（SPUa, DPUb, OMUa, GCUa/GCGa），每种单板倒换 1 次。

预期结果：倒换成功，倒换时运行的业务不中断。

⑥ 验证系统间切换。使用双模手机，从 TD-SCDMA 网络向 GSM 网络切换，从 GSM 网络向 TD-SCDMA 网络切换，CS、PS 业务分别测试 20 次。

预期结果：接续成功率达到 90%以上，CS 业务话音清晰，无明显杂音，PS 不掉话。

⑦ 验证 HSDPA 业务。激活高速 PS 业务，访问 FTP 服务器，下载大文件，业务的下行指派速率要求超过 384kbit/s，并且速率稳定，测试 10 次。

预期结果：激活成功率达到 90%以上，下载正常。

⑧ 验证 HSUPA 业务。激活高速 PS 业务，访问 FTP 服务器，上传大文件，业务的上行指派速率要求超过 384kbit/s，并且速率稳定，测试 10 次。

预期结果：激活成功率达到 90%以上，上传正常。

⑨ 验证 MBMS 业务。UE 打开 MBMS 功能，接收网络下发 MBMS 信息，测试 2 次。

预期结果：语音清晰、视频连续。

⑩ 验证定位业务。分别在不同的地点激活定位业务，测试 2 次。

预期结果：定位准确，误差在可接受范围内。

4.3.3 Node B 割接测试

1. 查询 Node B 单板业务资源

通过查询 Node B 单板业务资源，可以实时了解该单板的业务状况，包括单板的总业务资源、已使用的业务资源、空闲的业务资源。

（1）在"本地维护终端"导航树窗口中，单击"维护"页签。双击"实时特性监测"→"单板业务资源查询"节点，弹出"单板业务资源查询"对话框，如图 4-3-10 所示。

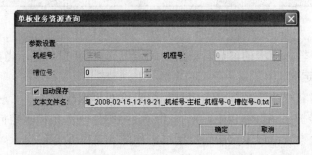

图 4-3-10 "单板业务资源查询"对话框

（2）在对话框中输入相应的参数。单击"确定"，弹出新窗口显示当前监测任务图像。

2．查询小区业务资源

通过查询小区业务资源，可以实时了解小区的业务状况，包括当前用户个数、上行 RL 能力当前空闲可用 CE 数目、上行 RL 能力当前已用 CE 数目、上行 RLS 能力当前空闲可用 CE 数目、上行 RLS 能力当前已用 CE 数目、下行当前空闲可用 CE 数目、下行当前已用 CE 数目。

（1）在"本地维护终端"的导航树窗口中，单击"维护"页签。双击"实时特性监测"→"小区业务资源查询"节点，弹出"小区业务资源查询"对话框，如图 4-3-11 所示。

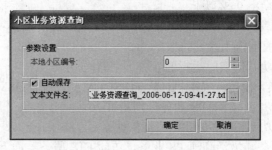

图 4-3-11　小区业务资源查询

（2）在对话框中输入相应的参数。单击"确定"，弹出新窗口显示当前监测任务图像。

3．测量 RTWP

RTWP（Received Total Wideband Power）指在 UTRAN 接入点测得的上行信道带宽内的宽带接收功率。通过 RTWP 测量，可以进行上行射频通道的校准。RTWP 测量对业务没有影响。

（1）在"本地维护终端"的导航树窗口中，单击"维护"页签。双击"实时特性监测"→"RTWP 测量"节点，弹出"RTWP 测量"对话框，如图 4-3-12 所示。

图 4-3-12　"RTWP 测量"对话框

（2）在对话框中输入相应的参数。单击"确定"，弹出新窗口显示当前监测任务图像。

4．启动串口重定向

通过串口重定向获取系统运行状态信息，用来诊断单板故障。

（1）在"本地维护终端"窗口中，选择"综合维测"→"串口重定向"→"启动串口重定向"菜单，弹出"设置串口重定向"对话框，如图 4-3-13 所示。

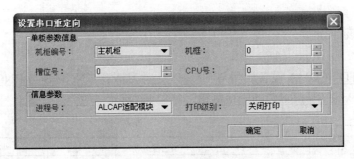

图 4-3-13　"设置串口重定向"对话框

（2）在对话框中设置相应的参数。单击"确定"，弹出界面用来显示输出信息。

5．发送透明消息

透明消息类型分为模拟消息和单板调试两种。消息从后台（LMT）被转发到前台（主机）模块，中间不进行任何处理，实现消息透明传输。前台模块返回给后台的运行响应结果可以帮助用户更好地进行故障定位和调试。

（1）在"本地维护终端"窗口中，选择菜单"综合维测"→"透明消息"，弹出"透明消息"设置对话框，如图 4-3-14 所示。

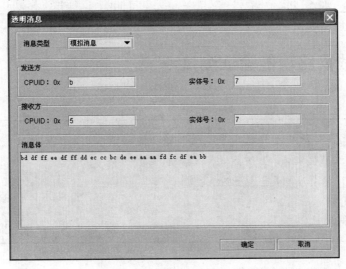

图 4-3-14　"透明消息"对话框

（2）在对话框中设置相应的参数。单击"确定"，系统将弹出相应消息的提示框。

4.3.4　任务训练

任务书：Node B 与 RNC 的割接测试

任务书要求：

主　　题	Node B 与 RNC 的割接测试
任务详细描述	1. 验证 Node B 与 RNC 的数据协商信息 2. 完成 Node B 与 RNC 的割接测试

4.3.5 考核评价

学习领域：<u>TD-SCDMA 设备调测与割接</u>　　学习情境：<u>Node B 与 RNC 的割接测试</u>
学习任务：<u>Node B 与 RNC 的割接测试</u>　　班级：_____
小组成员：_____

姓　名	项目完成情况		
	正确验证 Node B 与 RNC 的数据协商（40）	完成 RNC 割接测试（30）	完成 Node B 割接测试（30）

教师总体评价：

教师签名：_____　　　　　日期：_____年_____月_____日

4.4　无线网络功能验证测试

能力目标： 能够对基站进行基本的无线网络功能测试
知识目标： 1.　掌握 LMT 上对 Node B 监测的方法
　　　　　　 2.　掌握 LMT 上对 RNC 监测方法
实训任务： 完成对基站的性能测试
参考学时： 8 课时

4.4.1　在 LMT 上对 Node B 的监测

1.　扫描上行频率

通过上行频率扫描，可以检查 Node B 周围的电磁环境，也可以检查 Node B 本身是否存在内部干扰。具体执行：由 RRU 连续扫描相应的频点，计算接收信号强度并上报。

（1）在"本地维护终端"的导航树窗口中，单击"维护"页签；

（2）双击"实时特性监测"→"上行频率扫描"节点，弹出"上行频率扫描"对话框，如图 4-4-1 所示；

（3）在对话框中输入相应的参数。单击"确定"，弹出提示对话框；

（4）提示是否确实要启动上行频率扫描。单击"是"，弹出新窗口显示当前监测任务图像。

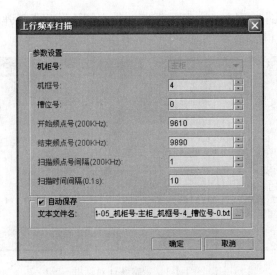

图 4-4-1　"上行频率扫描"对话框

2．监测 Iub 口包速率

监测 Iub 口包速率是指在 IP 传输方式下，上报并用图形显示 Iub 口各种包速率，具体流程如下：

（1）在"本地维护终端"的导航树窗口中，单击"维护"页签；

（2）双击"实时特性监测"→"Iub 口包速率监测"节点，弹出"Iub 口包速率监测"对话框，如图 4-4-2 所示；

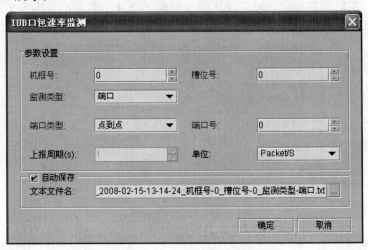

图 4-4-2　包速率监测

（3）在对话框中输入相应的参数。单击"确定"，弹出新窗口显示当前监测任务图像。

3．统计基于链路的带宽

对链路的带宽进行统计，用来判断在该链路的带宽是否正常。用户可以指定两种类型的统计：一种是基于某个端口的带宽统计，一种是该端口上某条 PVC 的带宽统计，具体流程如下：

（1）在"本地维护终端"的导航树窗口中，单击"维护"页签；

（2）双击"实时特性监测"→"基于链路的带宽统计"节点，弹出"基于链路的带宽统计"对话框，如图 4-4-3 所示；

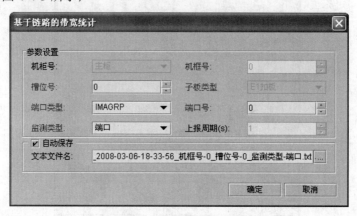

图 4-4-3　带宽统计对话框

（3）在对话框中输入相应的参数。单击"确定"，弹出新窗口，以列表和图形的形式显示实时监测值。

4．监测小区业务吞吐量

监测小区业务吞吐量是指实时监测小区上、下行业务的用户数目，了解小区用户的分布状况，具体流程如下：

（1）在"本地维护终端"的导航树窗口中，单击"维护"页签；

（2）双击"实时特性监测"→"小区业务吞吐率统计"节点，弹出"小区业务吞吐率统计"对话框，如图 4-4-4 所示；

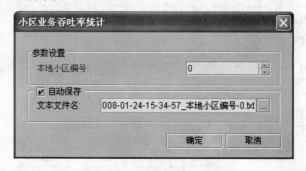

图 4-4-4　业务吞吐率统计

（3）在对话框中输入相应的参数。单击"确定"，弹出新窗口显示当前监测任务图像。

5．监测 IP 层丢包率

IP 层丢包统计是通过统计某条 IP 链路在 IP 层的丢包信息以评价某条链路上业务质量。

（1）在"本地维护终端"的导航树窗口中，单击"维护"页签；

（2）双击"实时特性监测"→"IP 层丢包率监测"节点，弹出"IP 层丢包率监测"对话框，如图 4-4-5 所示；

（3）在对话框中输入相应的参数。单击"确定"，弹出新窗口，以列表和图形的形式显示实时监测值。

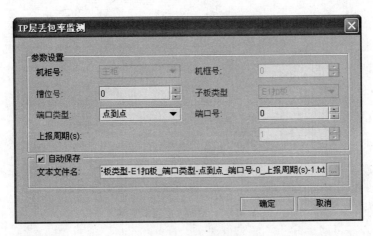

图 4-4-5　IP 层丢包率监测

6．监测 IPPATH 性能

通过统计 IPPATH 的性能，可以实时了解指定 IPPATH 的丢包、时延抖动情况，用来分析 Node B 与 RNC 之间链路质量情况，具体流程如下：

（1）在"本地维护终端"的导航树窗口中，单击"维护"页签；

（2）双击"实时特性监测"→"IP Path 性能统计"节点，弹出"IPPATH 性能统计"对话框，如图 4-4-6 所示；

图 4-4-6　IPPATH 性能统计

（3）在对话框中输入相应的参数。单击"确定"，弹出新窗口，以列表和图形的形式显示实时监测值。

7．监测 MP 层丢包率

通过监测 MP 层丢包率，可以确定 MP 组上业务质量的高低，具体流程如下：

（1）在"本地维护终端"的导航树窗口中，单击"维护"页签；

（2）双击"实时特性监测"→"MP 层丢包率监测"节点，弹出"MP 层丢包率监测"对话框，如图 4-4-7 所示；

（3）在对话框中输入相应的参数。单击"确定"，弹出新窗口显示当前监测任务图像。

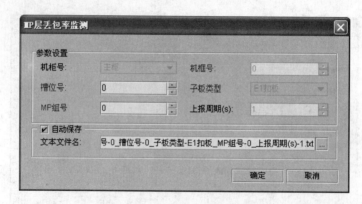

图 4-4-7　MP 层丢包率监测

4.4.2　在 LMT 上对 RNC 的性能监测

1. 监测上行无线链路集信干比测量值

对 UE 当前连接的无线链路集信干比质量进行实时监测，用于分析上行无线链路质量和质量变化情况。具体操作如下：

（1）在本地维护终端的导航树窗口中，选择"维护"页签，单击"实时性能监测"折叠按钮，双击"连接性能监测"。启动设置界面如图 4-4-8 所示；

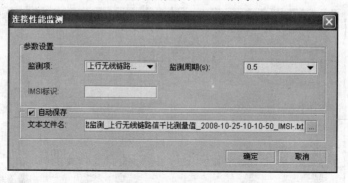

图 4-4-8　连接性能监测

（2）在弹出的界面连接性能监测对话框中，选择"监测项"为"上行无线链路集信干比测量值"，并输入监测周期和 IMSI 标识；

说明：如果监测周期取值过小，大量的上报数据将增加信令传输和系统处理的开销，对系统 CPU 占用率有一定影响，建议取值 0.5s；

（3）如果需要自动保存监测结果可选中"自动保存"。系统默认将监测结果保存在 LMT 安装目录中的 "adaptor\clientadaptor\DRNC820\LMT 软件版本号\output\realmonitor" 路径下，系统默认文件名为"连接性能监测_上行无线链路集信干比测量值_年-月-日-时-分-秒_IMSIIMSI 值"；

（4）单击"确定"，启动监测。

2. 监测上行业务量

指对当前连接的上行业务量（UE 侧缓存数据量）进行实时监测，以分析上行业务量的传输性能。上行业务量由 UE 测量并上报给 RNC，业务量以传输信道为单位进行统计。

业务量是指 BO（Buffer Occupy）值，即每个逻辑信道的 RLC 实体上等待发送的数据字节数（包括重传数据的字节数）。如果 RLC 为 AM 模式，BO 应包括控制 PDU（Protocal Data Unit）和发送窗口外的 PDU，已经发送却没有收到确认的 PDU 排除在外。

本任务可用于监测存在 PS 域交互或背景业务的连接，在公共信道和专用信道都能启动。具体操作如下：

（1）在本地维护终端的导航树窗口中，选择"维护"页签，单击"实时性能监测"折叠按钮，双击"连接性能监测"；

（2）在弹出的连接性能监测对话框中，选择"监测项"为"上行业务量"，输入监测周期和 IMSI 标识；

说明：如果监测周期取值过小，大量的上报数据将增加信令传输和系统处理的开销，对系统 CPU 占用率有一定影响，建议取值 0.5s；

（3）如果需要自动保存监测结果，选中"自动保存"；

（4）单击"确定"，启动监测。

3．监测下行业务量

指对当前连接的下行业务量（网络侧的缓存数据量）进行实时监测，以分析下行业务量的传输性能。下行业务量在 RNC 侧测量，以传输信道为单位进行统计。

如果 RLC 为 AM 模式，BO 应包括控制 PDU 和发送窗口外的 PDU，已经发送却没有收到确认的 PDU 排除在外。

本任务可用于监测存在 PS 域交互或背景业务的连接，在公共信道和专用信道都能启动。具体操作与监测上行业务量类似。

4．监测上行吞吐率和带宽

指对当前连接的上行数据传输接入层和非接入层的速率变化情况进行实时监测，以分析动态信道配置功能和业务源速率变化特性。

吞吐率是指在单位时间内传输信道上发送的数据量，在 MAC-d 上进行测量。带宽是按照 RLC 净荷计算得到的最大速率，在无线承载重配置时发生改变。吞吐率统计中包含 RLC 头，因此吞吐率的峰值测量值略高于带宽。

本任务可用于监测存在 PS 域交互或背景业务的连接，在公共信道和专用信道都能启动。具体操作如下：

（1）在本地维护终端的导航树窗口中，选择"维护"页签，单击"实时性能监测"折叠按钮，双击"连接性能监测"；

（2）在弹出的界面连接性能监测对话框中，选择"监测项"为"上行吞吐率和带宽"，输入监测周期和 IMSI 标识；

说明：如果监测周期取值过小，大量的上报数据将增加信令传输和系统处理的开销，对系统 CPU 占用率有一定影响，建议取值 0.5s；

（3）如果需要自动保存监测结果，选中"自动保存"；

（4）单击"确定"，启动监测。

5．监测下行吞吐率和带宽

下行吞吐率性能监测用于对当前连接的下行数据传输接入层速率和非接入层速率的变化

情况进行实时监测，以分析动态信道配置功能和业务源速率变化特性。

本任务可用于监测存在PS域交互或背景业务的连接，在公共信道和专用信道都能启动。具体操作与监测上行吞吐率和带宽类似。

6．监测切换时延

切换时延是指 RNC 收到测量报告后，算法判决通过、切换流程发起、切换流程结束的时间间隔。

本任务只能用于监测建立在专用信道的连接。任务启动后，如果被监测的连接释放或从专用信道迁到公共信道，该任务将被停止；如果被监测的连接再次从公共信道迁到专用信道，该任务将重新启动。具体操作如下：

（1）在本地维护终端的导航树窗口中，选择"维护"页签，单击"实时性能监测"折叠按钮，双击"连接性能监测"。启动设置界面如图 4-4-9 所示；

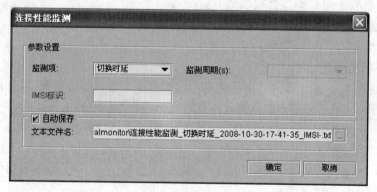

图 4-4-9　监测切换时延

（2）在弹出的界面连接性能监测对话框中，选择"监测项"为切换时延，输入 IMSI 标识；

说明：启动本任务时，不需要设定"监测周期"。

（3）如果需要自动保存监测结果，选中"自动保存"；

（4）单击"确定"，启动监测。

7．监测 AMR 模式

即对用户当前 AMR 配置速率的变化情况进行监测，以实时记录 AMR 语音模式的变化情况。具体操作如下：

（1）在本地维护终端的导航树窗口中，选择"维护"页签，单击"实时性能监测"折叠按钮，双击"连接性能监测"。启动设置界面如图 4-4-10 所示；

（2）在弹出的界面参考连接性能监测对话框中，选择"监测项"为 AMR 模式，并输入 IMSI 标识；

说明：启动本任务时，不需要设置"监测周期"。

（3）如果需要自动保存监测结果，选中"自动保存"；

（4）单击"确定"，启动监测。

图 4-4-10　监测 AMR 模式

8．监测小区用户数

小区用户数监测用于对指定小区的用户数目进行监测，以实时观察小区中的公共信道用户数、专用信道用户数、HSDPA 总用户数、HSDPA 流业务用户数、HSUPA 总用户数和 HSUPA 流业务用户数。通过该监测任务，可以了解小区用户的分布状况。具体操作如下：

（1）在本地维护终端的导航树窗口中，选择"维护"页签，单击"实时性能监测"折叠按钮，双击"小区性能监测"；

（2）在弹出的界面小区性能监测对话框中，选择需要的用户数监测项，包括：小区公共信道用户数、小区专用信道用户数、HSDPA 总用户数、HSDPA 流业务用户数、HSUPA 总用户数和 HSUPA 流业务用户数。并输入监测周期、小区标识和频点值；

（3）如果需要自动保存监测结果，选中"自动保存"；

（4）单击"确定"，启动监测。

9．监测上行等效用户数

上行等效用户数监测用于对指定小区的上行等效用户数进行监测，来观察上行等效用户数的变化情况。具体操作如下：

（1）在本地维护终端的导航树窗口中，选择"维护"页签，单击"实时性能监测"折叠按钮，双击"小区性能监测"；

（2）在弹出的界面小区性能监测对话框中，选择"监测项"为"上行等效用户数监测"，并输入监测周期、小区标识和频点值；

（3）如果需要自动保存监测结果，选中"自动保存"；

（4）单击"确定"，启动监测。

10．监测下行等效用户数

下行等效用户数监测用于对指定小区的下行等效用户数进行监测，来观察下行等效用户数的变化情况。具体操作与监测上行等效用户数类似。

11．监测小区码树使用情况

小区码树使用情况监测用于对指定小区的下行信道 OVSF 码树进行监测，实时地观察小区下行信道码的使用情况。具体操作如下：

（1）在本地维护终端的导航树窗口中，选择"维护"页签，单击"实时性能监测"折叠按钮，双击"小区性能监测"。启动设置界面如图 4-4-11 所示；

图 4-4-11　小区性能监测

（2）在弹出的界面小区性能监测对话框中，选择"监测项"为"小区码树使用情况监测"，并输入小区标识和频点值；

（3）如果需要自动保存监测结果，选中"自动保存"；

（4）单击"确定"，启动监测。

12．监测小区上行吞吐量

吞吐量是指在没有帧丢失的情况下，设备能够接受的最大速率。小区上行吞吐量表示小区上行链路的吞吐量。具体操作如下：

（1）在本地维护终端的导航树窗口中，选择"维护"页签，单击"实时性能监测"折叠按钮，双击"小区性能监测"；

（2）在弹出的界面小区性能监测对话框中，选择"监测项"为"小区上行吞吐量"，并输入监测周期、小区标识和频点值；

（3）如果需要自动保存监测结果，选中"自动保存"；

（4）单击"确定"，启动监测。

13．监测小区下行吞吐量

小区下行吞吐量表示小区下行链路的吞吐量。具体操作与监测上行吞吐量类似。

14．监测 IMA 组流量

IMA 组监测功能用于对指定的 IMA 组的流量进行实时监控，以列表和图形的形式直观地显示当前 IMA 组的实时流量。具体操作如下：

（1）在本地维护终端的导航树窗口中，选择"维护"页签，单击"实时性能监测"折叠按钮，双击"链路性能监测"。启动设置界面如图 4-4-12 所示；

图 4-4-12　IMA 组流量监测

（2）在弹出的界面链路性能监测对话框中，选择"监测项"为"IMA 组"，并输入机框号、槽位号和"IMA 组号"；

（3）如果需要自动保存监测结果，选中"自动保存"；

（4）单击"确定"，启动监测。

15．监测 UNI 链路流量

UNI 链路监测功能用于对指定的 UNI 链路的流量进行实时监测，以列表和图形的形式直观地显示当前 UNI 链路上的实时流量。具体操作如下：

（1）在本地维护终端的导航树窗口中，选择"维护"页签，单击"实时性能监测"折叠按钮，双击"链路性能监测"。启动设置界面如图 4-4-13 所示；

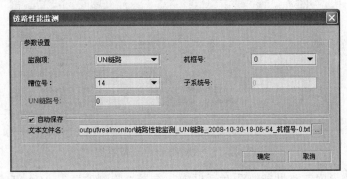

图 4-4-13　UNI 链路流量监测

（2）在弹出的界面链路性能监测对话框中，选择"监测项"为"UNI 链路"，并输入机框号、槽位号和 UNI 链路号；

（3）如果需要自动保存监测结果，选中"自动保存"；

（4）单击"确定"，启动监测。

16．监测 FRAC ATM 链路流量

FRAC ATM 链路监测功能用于对指定的 FRAC ATM 链路的流量进行实时监测，以列表和图形的形式直观地显示当前 FRAC ATM 链路上的实时流量。具体操作如下：

（1）在本地维护终端的导航树窗口中，选择"维护"页签，单击"实时性能监测"折叠按钮，双击"链路性能监测"。启动设置界面如图 4-4-14 所示；

图 4-4-14　FRAC ATM 链路监测

（2）在弹出的界面链路性能监测对话框中，选择"监测项"为"FRAC ATM 链路"，并输入机框号、槽位号和 FRAC 链路号；

（3）如果需要自动保存监测结果，选中"自动保存"；

（4）单击"确定"，启动监测。

17．监测 SAAL 链路流量

SAAL 链路监测功能用于对指定的 SAAL 链路的流量进行实时监测，以列表和图形的形式直观地显示当前 SAAL 链路上的实时流量。具体操作如下：

（1）在本地维护终端的导航树窗口中，选择"维护"页签，单击"实时性能监测"折叠按钮，双击"链路性能监测"。启动设置界面如图 4-4-15 所示；

图 4-4-15　SAAL 链路流量监测

（2）在弹出的界面链路性能监测对话框中，选择"监测项"为"SAAL 链路"，并输入机框号、槽位号、子系统号和 SAAL 链路号；

（3）如果需要自动保存监测结果，选中"自动保存"；

（4）单击"确定"，启动监测。

18．监测 IPOA PVC 流量

IPOA PVC 链路监测功能用于对指定的 IPOA PVC 的流量进行实时监测，以列表和图形的形式直观地显示当前 IPOA PVC 链路上的实时流量。具体操作如下：

（1）在本地维护终端的导航树窗口中，选择"维护"页签，单击"实时性能监测"折叠按钮，双击"链路性能监测"。启动设置界面如图 4-4-16 所示；

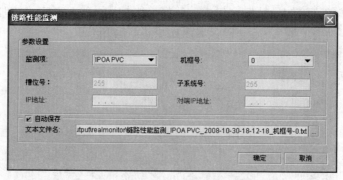

图 4-4-16　IPOA PVC 流量监测

（2）在弹出的界面链路性能监测对话框中，选择"监测项"为"IPOA PVC"，并输入机框号、IP 地址和对端 IP 地址；

（3）如果需要自动保存监测结果，选中"自动保存"；

（4）单击"确定"，启动监测。

19. 监测 AAL2 PATH 流量

AAL2 PATH 链路监测功能用于对指定的 AAL2 PATH 链路的流量进行实时监测，以列表和图形的形式直观地显示当前 AAL2 PATH 链路上的实时流量。具体操作如下：

（1）在本地维护终端的导航树窗口中，选择"维护"页签，单击"实时性能监测"折叠按钮，双击"链路性能监测"。启动设置界面如图 4-4-17 所示；

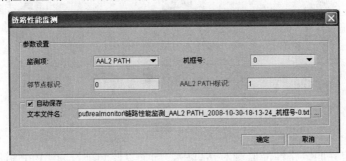

图 4-4-17　AAL2 PATH 流量监测

（2）在弹出的界面链路性能监测对话框中，选择"监测项"为"AAL2 PATH"，并输入机框号、邻节点标识和 AAL2 PATH 标识；

（3）如果需要自动保存监测结果，选中"自动保存"；

（4）单击"确定"，启动监测。

20. 监测 FE&GE 流量

FE&GE 端口监测功能用于对指定的 FE&GE 端口的流量进行实时监测，以列表和图形的形式直观地显示当前 FE&GE 端口上的实时流量。具体操作如下：

（1）在本地维护终端的导航树窗口中，选择"维护"页签，单击"实时性能监测"折叠按钮，双击"链路性能监测"。启动设置界面如图 4-4-18 所示；

图 4-4-18

（2）在弹出的界面链路性能监测对话框中，选择"监测项"为"FE&GE"，并输入机框号、槽位号、子系统号和 FE&GE 端口号；

（3）如果需要自动保存监测结果，选中"自动保存"；

（4）单击"确定"，启动监测。

21. 监测 PPP 链路流量

PPP 链路监测功能用于对指定的 PPP 链路的流量进行实时监测，以列表和图形的形式直观地显示当前 PPP 链路上的实时流量。具体操作如下：

（1）在本地维护终端的导航树窗口中，选择"维护"页签，单击"实时性能监测"折叠按钮，双击"链路性能监测"。启动设置界面如图 4-4-19 所示；

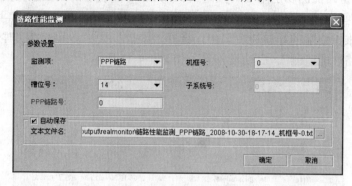

图 4-4-19

（2）在弹出的界面链路性能监测对话框中，选择"监测项"为"PPP 链路"，并输入机框号、槽位号、子系统号和 PPP 链路号；

（3）如果需要自动保存监测结果，选中"自动保存"；

（4）单击"确定"，启动监测。

22．监测 MLPPP 组流量

MLPPP 组监测功能用于对指定的 MLPPP 组流量进行实时监测，以列表和图形的形式直观地显示当前 MLPPP 组上的实时流量。具体操作如下：

（1）在本地维护终端的导航树窗口中，选择"维护"页签，单击"实时性能监测"折叠按钮，双击"链路性能监测"。启动设置界面如图 4-4-20 所示；

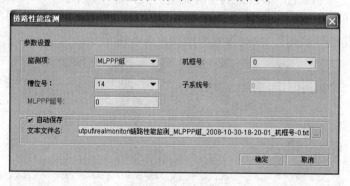

图 4-4-20

（2）在弹出的界面链路性能监测对话框中，选择"监测项"为"MLPPP 组"，并输入机框号、槽位号、子系统号和 MLPPP 组号；

（3）如果需要自动保存监测结果，选中"自动保存"；

（4）单击"确定"，启动监测。

23．监测 SCTP 链路流量

SCTP 链路监测功能用于对指定的 SCTP 链路流量进行实时监测，以列表和图形的形式直观地显示当前 SCTP 链路上的实时流量。具体操作如下：

（1）在本地维护终端的导航树窗口中，选择"维护"页签，单击"实时性能监测"折叠按钮，双击"链路性能监测 "。启动设置界面如图 4-4-21 所示；

图 4-4-21

（2）在弹出的界面链路性能监测对话框中，选择"监测项"为"SCTP 链路"，并输入机框号、槽位号、子系统号和 SCTP 链路号；

（3）如果需要自动保存监测结果，选中"自动保存"；

（4）单击"确定"，启动监测。

24．监测 IP PATH 流量

IP PATH 链路监测功能用于对指定的 IP PATH 的流量进行实时监测，以列表和图形的形式直观地显示当前 IP PATH 链路上的实时流量。具体操作如下：

（1）在本地维护终端的导航树窗口中，选择"维护"页签，单击"实时性能监测"折叠按钮，双击"链路性能监测 "。启动设置界面如图 4-4-22 所示；

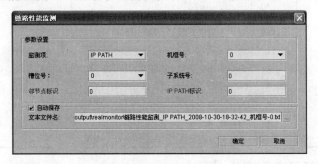

图 4-4-22

（2）在弹出的界面链路性能监测对话框中，选择"监测项"为"IP PATH"，并输入机框号、槽位号、子系统号、邻节点标识、IP PATH 标识；

（3）如果需要自动保存监测结果，选中"自动保存"；

（4）单击"确定"，启动监测。

4.4.3 任务训练

任务书 1：RNC 监测

任务书要求：

主　题	启动并观察对 RNC 的监测
任务详细描述	1．在 LMT-R 上监测上、下行业务量
	2．在 LMT-R 上监测切换时延
	3．在 LMT-R 上监测上、下行等效用户数
	4．在 LMT-R 上监测 AMR 模式

任务书 2：Node B 监测

任务书要求：

主　题	启动并观察对 Node B 的监测
任务详细描述	1. 在 LMT-B 上扫描上行频率 2. 在 LMT-B 上启动对 Iub 接口包速率的监测 3. 在 LMT-B 上启动对小区业务吞吐量的监测

任务书 3：基站性能验证测试

1. 组合类型业务承载测试

任务书要求：

主　题	AMR 语音业务+2 个 PS BE 业务组合承载功能测试
任务详细描述	1. UE1 摘机，呼叫 UE2 2. UE2 振铃后摘机，UE1 和 UE2 通话 3. UE1 进行 Internet 浏览 4. UE1 通过数据线连接便携机访问另一个 WWW2 服务器下载文件 5. UE1 下载文件后，退出 Internet 访问，结束 PS 业务；任意 UE 挂机，结束通话
任务说明	1. 在 MSC 进行参数设置，只允许 AMR 语音为上、下行 12.2kbit/s 2. 在 HLR 设置参数，将该用户的扩展服务质量参数中上行最大比特率设置为 64k，下行最大比特率设置为 64k 3. 在本地维护终端中打开 UE 的单用户跟踪 4. 利用便携机建立 PS 业务，操作步骤如下（基于 Windows 2000 操作系统）： 　　● 在便携机上安装好手机驱动程序（以 HUAWEI 手机为例） 　　● 用数据线将手机与便携的 USB 口连接起来 　　● 检查驱动是否安装成功并且可用 　　● 建立拨号链接 5. 选择"拨号到专用网络"，电话号码为：*99#

2. 同频硬切换项目验证测试

任务书要求：

主　题	AMR 语音业务同频硬切换功能测试
任务详细描述	1. PSTN 用户呼叫 UE，UE 振铃后摘机，通话开始 2. UE 从 CELL1 向 CELL2 移动，触发同频硬切换
任务说明	1. RNC 内配置 Node B_1 和 Node B_2；Node B_1 和 Node B_2 分别配置 CELL1 和 CELL2。CELL1 和 CELL2 互为同频相邻小区 2. UE 驻留 CELL1，处于待机状态 3. 在 RNC 操作维护系统中，通过 "SET CORRMALGOSWITCH;" 命令打开同频硬切换算法开关 4. 在 RNC 操作维护系统中打开 UE 的单用户跟踪： 　　● 观察 RNC 向 Node B_2 发送无线链路建立请求消息和 Node B_2 向 RNC 发送的无线链路建立响应消息 　　● 观察 RNC 向 UE 发送物理信道重配置请求和 UE 向 RNC 发送的物理信道重配置完成消息 　　● 观察 RNC 向 Node B1 发送无线链路删除请求消息和 Node B1 向 RNC 发送的无线链路删除响应消息

3. 异频硬切换项目验证测试

任务书要求：

主　　题	Node B 内 N 频点语音业务"主⇔辅"式异频硬切换功能测试
任务详细描述	1. PSTN 用户呼叫 UE，UE 振铃后摘机，通话开始 2. UE 从 CELL1 向 CELL2 移动，触发 N 频点语音"主⇔辅"式异频硬切换
任务说明	1. CELL1 和 CELL2 均为 N 频点小区，且同属于一个 Node B 2. CELL1 与 CELL2 主载频为异频；并配置 CELL2 的一个辅载频（记为载频 B）与两小区主载频异频 3. RNC 侧做切换优先级排序调整，使得 CELL2 辅载波 B 优先级高于 CELL2 的主载波，UE 驻留 CELL1 主载频上，处于待机状态 4. RNC 配置 CELL1、CELL2 之间的切换方式为硬切换并打开所有测量开关 5. 在 RNC 操作维护系统中打开 UE 的单用户跟踪

4. 接力切换项目验证测试

任务书要求：

主　　题	AMR 语音业务同频接力切换功能测试
任务详细描述	1. PSTN 用户呼叫 UE，UE 振铃后摘机，通话开始 2. UE 从 CELL1 向 CELL2 移动，触发同频接力切换
任务说明	1. RNC 内配置 Node B_1 和 Node B_2 2. Node B_1 和 Node B_2 分别配置 CELL1 和 CELL2。CELL1 和 CELL2 互为同频相邻小区 3. UE 驻留 CELL1，处于待机状态 4. 在 RNC 操作维护系统中，通过"SET CORRMALGOSWITCH;"命令打开同频接力切换算法开关 5. 在 TD-SCDMA RNC 操作维护系统中打开 UE 的单用户跟踪 ● 观察 RNC 向 Node B_2 发送无线链路建立请求消息和 Node B_2 向 RNC 发送的无线链路建立响应消息 ● 观察 RNC 向 UE 发送物理信道重配置请求和 UE 向 RNC 发送的物理信道重配置完成消息 ● 观察 RNC 向 Node B_1 发送无线链路删除请求消息和 Node B_1 向 RNC 发送的无线链路删除响应消息

5. 周期性小区更新项目验证测试

任务书要求：

主　　题	周期性小区更新功能测试
任务详细描述	1. UE 访问 WWW 服务器，进行网页浏览 2. 停止数传 3 分多钟后，触发 DCH 到 FACH 的状态迁移（默认 D2F 状态迁移为 3 分钟，可以通过"SET UESTATETRANS"命令修改） 3. 再经过 5 分多钟时间，UE 进行周期性小区更新成功；UE 结束 WWW 访问，返回待机状态
任务说明	1. RNC 配置 Node B_1，Node B_1 配置 CELL1 2. UE 驻留 CELL1，处于待机状态 3. 使用如下命令配置周期性小区更新定时器为 5 分钟：SET CONNMODETIMER: T305=D5; 4. 使用"SETCORRMALGOSWITCH;"命令打开状态迁移开关 5. 在 TD-SCDMA RNC 操作维护系统中建立 UE 的单用户跟踪 ● 观察到 UE 向 RNC 发送的小区更新请求消息和 RNC 向 UE 发送的小区更新确认消息，小区更新请求的更新原因值为周期性小区更新 ● UE 进行小区更新前后，上、下行数据传输正常

6. 逻辑小区功能项目验证测试

任务书要求：

主　题	在 Node B 内建立小区的功能测试
任务详细描述	1. 通过命令建立小区 2. 输入 MML 命令激活小区（命令名称：ACT CELL）
任务说明	1. 正确配置小区数据 2. RNC 和 Node B 配置数据协商正确 3. 小区处于去激活状态 4. 启动本地维护终端 TD-SCDMA RNC 系统的 Iub 口消息跟踪： ● 观察到相应的小区建立请求和建立响应消息： ● NBAP_CELL_SETUP_REQ 和 NBAP_CELL_SETUP_RSP

4.4.4　考核评价

学习领域：<u>TD-SCDMA 设备调测与割接</u>　　　学习情境：<u>无线网络功能验证测试</u>

学习任务：<u>基站性能监测</u>　　　　　　　　　班级：_____

小组成员：_____

姓　名	项目完成情况		
	正确完成对 Node B 的 监测（20 分）	正确完成 RNC 监测（20 分）	完成基站性能验证测试 （每项 10 分，共计 60 分）

教师总体评价：

教师签名：_____　　　　　日期：____年____月____日

第 5 章　网络运行与维护

5.1　Node B 设备运行与维护

> **能力目标**：能够按规范要求完成对 Node B 的各种维护工作
> **知识目标**：1. 熟悉 Node B 的日常巡检的内容和方法
> 　　　　　　2. 掌握 Node B 的上下电操作规程
> 　　　　　　3. 掌握 Node B 的模块更换操作规程
> **实训任务**：按标准流程完成 Node B 的开通与调测
> **参考学时**：4 课时

5.1.1　Node B 站点维护概述

1. 安全声明

Node B 站点电气设备的 AC 电源线带有危险电压。某些部件运行温度很高。不遵守安装指导和安全注意事项容易导致严重的人身伤害和财产损失。

设备会产生和释放射频能量。如果不按照操作规章安装和使用设备。可能对无线通信产生有害干扰。

在所有地区，尤其是住宅区，要严格遵守相关的电磁场强度（EMF）要求，否则会危害人体健康。

2. 维护内容

Node B 站点维护主要涵盖如下部分内容：Node B 设备的日常检查、DBBP530 硬件设备的上电和下电、DBBP530 硬件模块的更换、RRU 硬件设备的上电和下电、RRU 硬件模块的更换、模块面板指示灯维护、各种检查记录表格的填写等。

5.1.2　Node B 设备的日常检查

Node B 设备的日常检查工作主要包含以下方面：

（1）定期巡检 Node B 机房工作环境情况；

- 确保机房照明设备工作正常、机房温湿度正常、现场整洁、电源插座、灭火器材配备情况并登记；
- 保持 Node B 设备清洁，机架和设备表面无灰尘，每月清洗机架滤网一次。

（2）定期巡检 Node B 设备铁件加固情况，如有松动情况应及时处理；

（3）定期巡检 Node B 设备所有电缆连接情况（有无松动或损坏现象）并用点温仪检查温度；

（4）定期巡检 Node B 设备上电缆标签情况，如有漏贴或贴错情况，应及时整改；

（5）定期巡检 Node B 硬件设备运行情况，要求信道都正常工作；

（6）实时监控 Node B 机架上各种告警情况，如有告警，及时处理；

（7）定期对每个小区进行呼叫测试，要求在距基站一定距离处可用测试手机正常通话；

（8）定期检查基站设备接地情况，要求接地系统连接状况良好，无松动或腐蚀现象，有腐蚀及时处理。

5.1.3 Node B 设备的硬件维护

1. 维护 DBBP530 硬件

（1）DBBP530 设备维护项目

对 DBBP530 设备进行维护的项目包括：检查风扇、检查设备外表、检查设备清洁、检查指示灯。DBBP530 设备维护项目如表 5-1-1 所示。

表 5-1-1 DBBP530 设备维护项目

项　目	周　期	操　作　指　导	参　考　标　准
检查风扇	每周，每月（季）	检查风扇	无相关风扇告警
检查设备外表	每月（季）	检查设备外表是否有凹痕、裂缝、孔洞、腐蚀等损坏痕迹，设备标识是否清晰	无
检查设备清洁	每月（季）	检查各设备是否清洁	设备表面清洁、机框内部灰尘不得过多
检查指示灯	每月（季）	检查设备的指示灯是否正常	无相关指示灯报警

（2）DBBP530 上电和下电

DBBP530 上电时，需要检查各指示灯的状态；DBBP530 下电时，根据现场情况，可采取常规下电或紧急下电。

1）DBBP530 上电流程：

① 将 DBBP530 电源开关置为"ON"，给 DBBP530 上电；

② 查看 WPMT 面板上"RUN"、"ALM"和"ACT"三个指示灯的状态，根据指示灯的状态进行下一步操作，具体如表 5-1-2 所示；

表 5-1-2 DBBP530 上电步骤（一）

指示灯状态	应执行的操作
"RUN"常亮 "ALM"亮 1s 后常灭 "ACT"亮 1s 后常灭	指示灯显示正常，单板开始运行，转步骤③
"RUN"常亮 "ALM"常亮 "ACT"常亮	指示灯显示不正常，可采取以下措施排除故障： 确认电源线已经紧密连接。 复位单板。 拔下单板检查插针是否有损坏，如果插针损坏则更换单板；如果插针无损坏则重新安装单板。 如果指示灯仍显示不正常，请联系设备供应商技术支持

③ 单板开始运行后，指示灯的状态会发生变化，根据指示灯的状态进行下一步操作，具体如表 5-1-3 所示。

表 5-1-3　DBBP530 上电步骤（二）

指示灯状态	应执行的操作
"RUN" 1s 亮，1s 灭 "ALM" 常灭	DBBP530 正常运行，上电结束
其他状态	DBBP530 发生故障，排除故障后转步骤②

2）DBBP530 下电流程：

① 根据不同的情况，选择常规下电或紧急下电。如表 5-1-4 所示；

表 5-1-4　DBBP530 下电步骤

指示灯状态	应执行的操作
某些特殊场合（例如设备搬迁、可预知的区域性停电）	常规下电，转步骤②
DBBP530 出现电火花、烟雾、水浸等紧急情况	紧急下电，转步骤③

② 先关闭 DBBP530 的电源开关，再关闭控制 DBBP530 电源的外部电源输入设备的开关；

③ 先关闭控制 DBBP530 电源的外部电源输入设备的开关，如果时间允许，再关闭 DBBP530 的电源开关。

（3）更换 DBBP530 部件

对发生故障的 DBBP530 应该及时更换，可更换的部件包括：DBBP530 的盒体、单板和模块，光模块。

1）更换 DBBP530 盒体

说明：DBBP530 作为基站的核心部分，主要作用是对整个基站系统的基带信号进行处理，提供 DBBP530 与 RNC、RRU 信息交互的传输接口。更换 DBBP530 时，可能会导致该基站所承载的业务完全中断。具体步骤如下：

① 在本地维护终端 LMT 上执行 "ULD CFGFILE" 命令上载基站数据配置文件到 LMT 上；

② 给 DBBP530 下电，并关闭给 DBBP530 供电的外部电源开关；

③ 将 DBBP530 上的线缆做好标识后拔下并做好绝缘防护措施；

④ 用十字螺丝刀拧松盒体上的 4 个紧固螺钉，从机柜中缓缓抽出故障 DBBP530 盒体；

⑤ 将新盒体装入原故障盒体所在的槽位，拧紧新 DBBP530 盒体上的紧固螺钉；

⑥ 开启 DBBP530 外部供电电源开关，给 DBBP530 上电；

⑦ 在 LMT 上执行 "DLD CFGFILE" 命令下载备份的基站数据配置文件到新的 DBBP530 上。执行 "LST VER" 命令，检查当前软件版本；

⑧ 执行 "RST BRD" 命令重启基站主控板。

2）更换 DBBP530 单板和模块

① 在本地维护终端 LMT 上执行 "BLK BRD" 命令闭塞故障的单板；

② 拆卸故障单板/模块：

● 记录并拆卸故障单板/模块上的线缆；

● 拧松故障单板/模块面板两端的螺栓；

● 若单板有拉手条扳手，先将拉手条扳手扳起，从槽位里抽出故障单板；若无拉手条扳手，直接抽出单板或模块；

● 将故障单板/模块放入防静电袋中。

③ 安装新的单板/模块：

● 将新单板/模块装入原故障单板/模块所在的槽位，平推进入；

● 按下拉手条扳手，拧紧新单板/模块面板两端的螺栓；

● 若面板上需要安装线缆，根据记录的线缆安装位置安装新单板/模块面板上的线缆。

④ 确认单板/模块运行状态是否正常：

● 正常状态下，单板的"RUN"指示灯将以 0.5Hz 的频率闪烁，"ALM"指示灯熄灭。

● 对于主备用单板，如果单板处于工作或主用状态，则"ACT"指示灯常亮；否则，"ACT"指示灯熄灭。

⑤ 确认是否有相关告警：

● 在 LMT 上执行"LST ALMAF"命令，查询单板的活动告警；

● 如果单板存在活动告警，则按照告警处理建议进行处理。

⑥ 激活单板 BOOTROOM 或软件版本：

● 在 LMT 上执行"DSP BRDVER"命令，查询新单板/模块的 BOOTROOM 和软件版本是否正确；

● 如果软件版本不正确，执行"ACT SOFTWARE"命令，重新激活单板/模块的 BOOTROOM 或软件版本；

⑦ 在 LMT 上执行"UBL BRD"命令，解闭塞新单板。

3）更换光模块

光模块用于提供光电转换接口功能以实现 DBBP530 与其他设备间的光纤传输。更换光模块需要拆卸光纤，这将导致 CPRI 信号传输中断。具体步骤如下：

① 按下光纤连接器上的凸起部分，将连接器从故障光模块中拔下；

② 将故障光模块上的拉环往下翻，将光模块拉出槽位，从 DBBP530 上拆下；

③ 将新的光模块安装到 DBBP530 上；

④ 分别取下新的光模块和光纤连接器上的防尘帽，将光纤连接器插入到新的光模块上；

⑤ 在 LMT 上根据基带处理接口单元（BBI 单板）的颜色判断 CPRI 信号传输是否恢复正常。具体操作如表 5-1-5 所示。

表 5-1-5 更换光模块

指示灯状态	应执行的操作
BBI 单板图标显示为绿色	CPRI 信号传输已经正常，光纤更换成功
BBI 单板图标显示为其他颜色	CPRI 信号传输不正常，请检查光纤连接是否紧密或光模块安装是否到位

2. 维护 RRU 硬件

（1）RRU 设备维护项目

对 RRU 设备进行维护的项目包括：检查设备外表、检查设备清洁、检查指示灯。RRU 设备维护项目如表 5-1-6 所示。

表 5-1-6　RRU 设备维护项目

项　　目	周　期	操 作 指 导	参 考 标 准
检查设备外表	每月（季）	检查设备外表是否有凹痕、裂缝、孔洞、腐蚀等损坏痕迹，设备标识是否清晰	无
检查设备清洁	每月（季）	检查各设备是否清洁	设备表面清洁、机框内部灰尘不得过多
检查指示灯	每月（季）	检查设备的指示灯是否正常	各指示灯的含义请参见《LCR4.0.1 Node B 硬件描述》

（2）RRU 上电和下电

1）RRU 上电流程：

① 将给 RRU 供电的外部电源开关打开，给 RRU 上电；

② 查看 RRU 模块配线腔内指示灯的状态，各种状态的含义如表 5-1-7 所示；

表 5-1-7　RRU 配线腔内情况

指 示 灯	颜　色	状 态 指 示	状 态 含 义
RUN	绿色	常亮	有电源输入，但单板有故障
		常灭	无电源输入，或工作于告警状态
		1s 亮，1s 灭	单板运行正常
		0.5s 亮，0.5s 灭	单板软件加载中
ALM	红色	常亮	告警状态（不包括 VSWR 告警）
		常灭	无告警（不包括 VSWR 告警）
ACT	绿色	常亮	工作状态
		常灭	无定义

③ 待 RRU 指示灯状态正常，上电结束。

2）RRU 下电流程：

在某些特殊场合（例如设备搬迁、可预知的区域性停电）或在机房发生火灾、烟雾、水浸等紧急情况下，需要将 RRU 下电。

RRU 下电方法：关闭控制 RRU 电源的外部电源输入设备开关。

（3）更换 RRU 模块

说明：RRU 是分布式基站的射频远端处理单元，并与 DBBP530 等模块配合组成完整的分布式基站系统。更换 RRU 时，将导致该 RRU 所承载的业务完全中断。具体步骤如下：

① 拆卸 RRU 外壳（仅对 RRU268 而言），并给 RRU 下电；

② 拔下与 RRU 连接的所有线缆并做好绝缘防护措施；

③ 拧松 RRU261 和 RRU268 扣件上的两颗螺钉，使二者与主扣件分离。拆卸 RRU268i 面板上的 4 颗螺钉，取出新的 RRU；

④ 将 RRU261 和 RRU268 挂在主扣件上，当听见"咔嚓"一声时，说明 RRU 已经卡紧在主扣件上；

⑤ 用 4 颗螺钉固定 RRU268i 到天线上；

⑥ 连接与 RRU 的所有线缆；

⑦ 给 RRU 上电。

（4）更换光模块

此部分操作流程与更换 DBBP530 中的光模块类似，不再赘述。

5.1.4 任务训练

任务书：Node B 的日常维护

任务书要求：

主　题	Node B 的日常维护
任务详细描述	1. 按规范要求编制 Node B 日常维护检查表单 2. 简要说明巡检中的注意事项 3. 实际进行巡检并在编制的表单中填写相关信息

任务书：Node B 的硬件维护

任务书要求：

主　题	Node B 的硬件维护
任务详细描述	1. 按规范要求完成 Node B 硬件的上下电操作 2. 按规范要求完成对 Node B 硬件模块的更换工作

5.1.5 考核评价

学习领域：<u>TD-SCDMA 设备调测与割接</u>　　　学习情境：<u>Node B 设备的运行与维护</u>

学习任务：<u>Node B 设备的维护</u>　　　班级：_____

小组成员：_____

姓名	项目完成情况			
	日常维护表格编制 完整合理（20）	完成日常巡检工作并 正确填写表格（20）	正确完成上下电 操作（30）	正确完成模块 更换工作（30）

教师总体评价：

教师签名：_____　　　日期：____年____月____日

5.2　Node B 告警与故障处理

> **能力目标：**能够使用本地维护终端对 Node B 进行告警和故障处理
> **知识目标：** 1. 熟悉 Node B 的告警管理概念
> 　　　　　　 2. 掌握 Node B 告警系统属性配置的方法
> 　　　　　　 3. 熟悉 Node B 常见故障定位及处理方法
> **实训任务：**完成 Node B 告警系统属性配置和常见故障的处理
> **参考学时：** 4 课时

5.2.1　Node B 告警管理概述

1. Node B 告警类别

Node B 告警可分为故障告警和事件告警两类。

故障告警是指由于硬件设备故障或某些重要功能异常而产生的告警，如某单板故障、链路故障。通常故障告警的严重性比事件告警高。

事件告警是设备运行时的一个瞬间状态，只表明系统在某时刻发生了某一预定义的特定事件（如通路拥塞），并不一定代表故障状态。某些事件告警是定时重发的。

故障告警发生后，根据故障所处的状态，可分为恢复告警和活动告警。如果故障已经恢复，该告警将处于"恢复"状态，称为恢复告警。如果故障尚未恢复，该告警则处于"活动"状态，称为活动告警。事件告警没有恢复告警和活动告警之分。

2. Node B 告警级别

Node B 告警级别用于标识一条告警的严重程度。按严重程度递减的顺序可以将所有告警（故障告警和事件告警）分为以下四种：

紧急告警：此类级别的告警影响到系统提供的服务，必须立即进行处理。即使该告警在非工作时间内发生，也须立即采取措施。如某设备或资源完全不可用等，须对其进行修复。

重要告警：此类级别的告警影响到服务质量，需要在工作时间内处理，否则会影响重要功能的实现。如某设备或资源服务质量下降等，须对其进行修复。

次要告警：此类级别的告警未影响到服务质量，但为了避免更严重的故障，需要在适当时候进行处理或进一步观察。

提示告警：此类级别的告警指示可能有潜在的错误影响到提供的服务，应采取相应的措施根据不同的错误进行处理。

3. Node B 告警事件类型

按照网管标准分类 Node B 告警分为以下几类：

- 电源系统：有关电源系统的告警（如直流-48V）
- 环境系统：有关机房环境（温度、湿度、门禁等）的告警

- 信令系统：有关随路信令（一号）和共路信令（七号）的告警
- 中继系统：有关中继电路及中继板的告警
- 硬件系统：有关单板设备的告警（如时钟、CPU 等）
- 软件系统：有关软件方面的告警
- 运行系统：系统运行时产生的告警
- 通信系统：有关通信系统的告警
- 业务质量：有关服务质量的告警
- 处理出错：其他异常情况引起的告警

4. Node B 告警日志

告警日志用来记录各告警项的详细信息，以便用户查询系统产生的所有告警。

5.2.2 Node B 告警系统属性配置

1. 配置 Node B 告警查询窗口属性

配置 Node B 告警查询窗口属性是指对告警显示窗口进行一些设置。用户可以根据使用习惯设置不同级别告警的显示颜色、故障告警的声音播放时长以及告警记录的初始显示数目和最大显示数目。具体操作如下：

（1）在"本地维护终端"Node B LMT 上，选择"故障管理"→"告警定制"菜单项，弹出"告警定制"对话框，如图 5-2-1 所示。

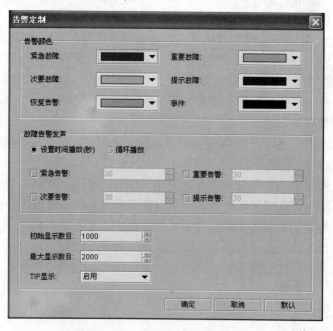

图 5-2-1 "告警定制"对话框

其中，初始显示数目为第一次打开告警浏览时故障告警的显示数目。取值范围：1～1000，默认值为 1000；最大显示数目为故障告警或事件告警表格中显示告警的最大条数。取值范围：50～2000，默认值为 2000；TIP 显示：默认设置为"启用"。如果启用，则当鼠标在"告警浏览"和"告警日志查询"窗口中移到一条告警记录上时，会显示该告警的详细提示信息。

（2）根据需要，设置不同的告警窗口属性。单击"确定"，完成定制。

2．设置 Node B 告警闪烁提示

此功能用于提示系统有告警发生。具体操作如下：

（1）在"本地维护终端"界面，选择"故障管理"→"告警闪烁提示"，任务栏显示 Node B 告警管理器图标；

（2）右键单击 Node B 告警管理器，可以完成以下操作（表 5-2-1）：

表 5-2-1　告警管理操作

操　作　项	说　　　明
停止当前闪烁	当有告警闪烁时，选择该选项，停止当前的告警闪烁
告警闪烁提示	选择该项，则当有告警发生时，Node B 告警管理器图标闪烁
告警浏览	显示发生的告警信息

3．设置告警实时打印

用于设置告警信息的相关条件，只有满足所设条件的实时告警信息，才会被打印出来。操作如下：

（1）在"本地维护终端"界面，选择菜单"故障管理"→"告警实时打印设置"菜单项，弹出"告警实时打印设置"对话框，如图 5-2-2 所示；

图 5-2-2　"告警实时打印设置"对话框

（2）在对话框中设置打印条件。单击"确定"完成设置。

5.2.3　处理 Node B 告警

处理 Node B 告警包括浏览告警列表、查询 Node B 告警日志、手动恢复告警、保存 Node B 告警信息、手动打印告警信息、查询告警处理建议、屏蔽 Node B 告警。

1．浏览告警列表

"告警浏览"窗口实时显示上报到 LMT 的故障告警和事件告警。通过浏览窗口中的故障

告警和事件告警信息，能够掌握系统的实时运行情况。具体流程如下：

（1）在本地维护终端界面，选择菜单"故障管理"→"告警浏览"，启动"告警浏览"窗口。窗口上侧为故障告警浏览窗口，下侧为事件告警浏览窗口；

（2）在"告警浏览"窗口中浏览告警信息；

（3）如果需要了解某条告警的详细信息，可双击该告警记录，系统将弹出"告警详细信息"对话框，如图 5-2-3 所示；

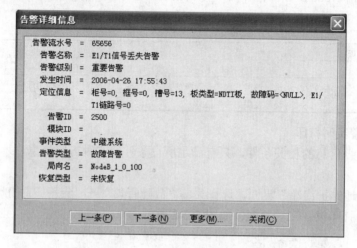

图 5-2-3　"告警详细信息"界面

（4）根据需要单击对话框中的按钮执行相应的操作。

2. 查询 Node B 告警日志

从记录告警日志的文件中按条件查询系统发生的历史告警信息，从而了解设备的历史运行情况。流程如下：

（1）在"本地维护终端"界面，选择"故障管理"→"告警日志查询"，或单击快捷图标，弹出"告警日志查询"对话框，如图 5-2-4 所示；

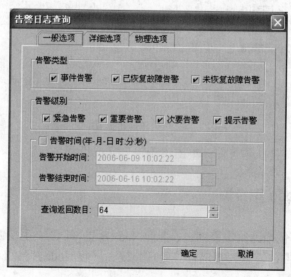

图 5-2-4　"告警日志查询"对话框

（2）若需查询某段时间内某类告警的产生和恢复等情况，选择"一般选项"页签。若需根据告警流水号、告警 ID 和事件类型查询某段分类告警，选择"详细选项"页签，如图 5-2-5 所示；

（3）若需根据某个框号或槽位，或者某种单板查询告警，选择"物理选项"页签，如图 5-2-6 所示；

图 5-2-5　"详细选项"页签　　　　　　　　图 5-2-6　"物理选项"页签

（4）根据需要设置查询条件。单击"确定"，弹出"告警日志查询"窗口，如图 5-2-7 所示，浏览历史告警查询结果；

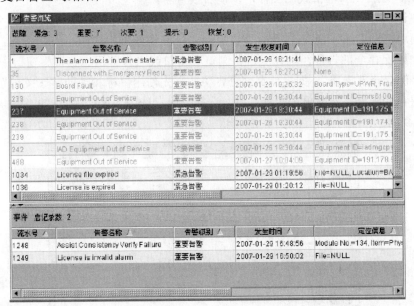

图 5-2-7　历史告警查询结果

（5）如果需要了解某条告警的详细信息，双击此告警记录，弹出"告警详细信息"对话框（如图 5-2-8 所示），可查看详细信息。

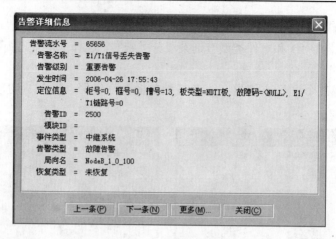

图 5-2-8　告警详细信息

3. 手动恢复告警

在操作员确信导致故障告警发生的原因已经清除，或判断某故障告警可以忽略的情况下，可以手动设置该告警为恢复告警。操作如下：

（1）在"故障告警浏览"窗口或"告警日志查询"窗口，选择需要手动恢复的告警记录；

（2）单击鼠标右键，弹出快捷菜单。选择"手动恢复"，弹出"确认"对话框；

（3）单击"是"，恢复所选中的故障告警，该告警记录自动显示为恢复告警颜色。

4. 保存 Node B 告警信息

我们可以把"告警浏览"窗口或"告警日志查询"窗口中的部分或全部告警记录保存为".txt"、".htm"或".csv"格式的文件，以便后续查看。

文件中记录以下信息：告警流水号、告警名称、告警级别、发生/恢复时间、告警 ID、事件类型、模块 ID、定位信息、告警类型、局向名。操作如下：

（1）如果保存全部告警，则在"告警浏览"窗口或"告警日志查询"窗口中单击鼠标右键，选择"保存全部告警"；如果保存部分告警，则先使用鼠标和辅助键（"Ctrl"或"Shift"）选中需要保存的告警，然后单击鼠标右键，选择"保存选中告警"。弹出的"保存文件"对话框如图 5-2-9 所示；

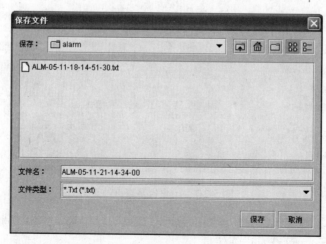

图 5-2-9　"保存文件"对话框

（2）输入文件名并选择保存路径和文件类型。单击"保存"即可保存告警信息。

说明：系统默认保存路径为软件安装目录下的"client\output\main\NodeB\软件版本号\alarm"。默认文件名格式为"ALM-年-月-日-时-分-秒.txt"，如"ALM-05-11-07-15-42-37.txt"。

5．手动打印告警信息

操作员可以打印"告警浏览"窗口或"告警日志查询"窗口中的部分或全部告警记录。操作如下：

（1）如果打印全部告警，在"告警浏览"窗口或"告警日志查询"窗口中单击鼠标右键，选择"打印全部告警"；如果打印部分告警，首先使用辅助键（Ctrl 或 Shift）和鼠标选中需要打印的告警信息，然后单击鼠标右键，选择"打印选中告警"。弹出的"打印"对话框如图 5-2-10 所示。

（2）根据需要进行打印设置。单击"打印"，完成打印。

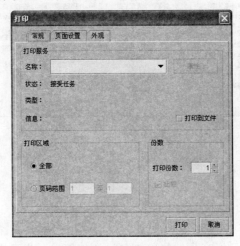

图 5-2-10　"打印"对话框

6．查询告警处理建议

即查询本地维护终端为每条告警记录提供的详细告警帮助信息。详细告警帮助信息包括：告警含义、对系统的影响、系统自处理过程、告警处理建议。操作如下：

（1）在"告警浏览"窗口或"告警日志查询"窗口中，双击某告警记录，弹出"告警详细信息"对话框，如图 5-2-11 所示；

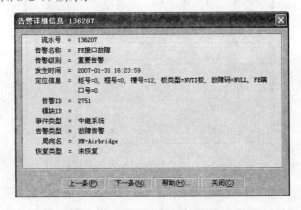

图 5-2-11　告警详细信息

（2）在"告警详细信息"对话框中，单击"帮助"，弹出此告警记录的联机帮助，如图 5-2-12 所示；

（3）查看帮助，获取告警处理建议或其他信息。

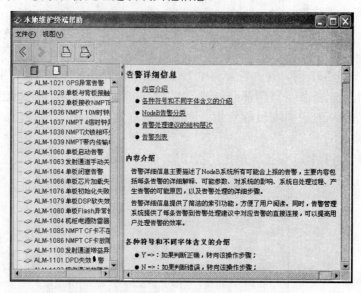

图 5-2-12　联机帮助

7．屏蔽 Node B 告警

屏蔽 Node B 告警，是指对该告警不保存，也不上报本地维护终端。反之则对该告警进行保存并上报本地维护终端，能够查询该告警。

对已经产生的告警进行屏蔽设置，不会屏蔽已上报的该类告警，只会屏蔽下次产生的告警；屏蔽后，Node B 会将已经产生的告警恢复，该告警显示为已恢复。具体操作如下：

（1）在"本地维护终端"中，选择"故障管理"→"告警配置查询"，弹出"查询告警配置"对话框，如图 5-2-13 所示；

图 5-2-13　"查询告警设置"对话框

其中，"修改标志"可以选择"已修改"、"未修改"、"全部"（默认为"全部"）。"修改"是指修改告警的配置信息，包括告警级别、屏蔽标志和上报告警箱标志。一旦对这些信息进行修改，系统便将其标为已修改。对于 Node B 而言，由于不支持上报告警箱标志的修改，所以屏蔽标志和修改标志是完全一样的，只要修改了屏蔽标志，修改标志即会显示为已修改。

（2）在对话框中设置查询条件。单击"确定"弹出"查询告警配置"窗口，显示查询结果；

（3）选中一条需要修改的告警记录，单击鼠标右键，弹出快捷菜单，选择"告警配置修改"，弹出"告警配置修改"对话框，如图 5-2-14 所示。

图 5-2-14 "告警配置修改"对话框

（4）在对话框中，修改"屏蔽标志"。单击"确定"，完成修改。

8. 清除告警

在浏览或查询告警时，用户可清除已恢复的故障告警信息。操作如下：

（1）在"告警浏览"窗口或"告警日志查询"窗口，单击鼠标右键，弹出快捷菜单；

（2）根据不同需要，选择不同操作。如表 5-2-2 所示。

表 5-2-2 清除告警的相关操作

目 标	操 作
清除全部恢复告警	清除窗口中所有已恢复的故障告警信息。适用范围："故障告警浏览"窗口、"告警日志查询"窗口
清除当前窗口	清除窗口中所有告警。适用范围："故障告警浏览"窗口、"事件告警浏览"窗口
清除所选恢复告警	清除所选择的已恢复告警。适用范围："告警日志查询"窗口

9. 刷新告警窗口

当用户浏览或查询告警时，可以通过手动刷新来更新窗口中的告警信息。操作如下：

在"故障告警浏览"窗口或"告警日志查询"窗口中，单击鼠标右键弹出快捷菜单，选择"手动刷新"。

注意：在"故障告警浏览"窗口中，浏览告警以实时的方式进行，手动刷新后，恢复的告警记录将不再出现在"告警浏览"窗口中。

5.2.4 Node B 常见故障定位及处理方法

1. 故障定位

（1）硬件类故障：

指 Node B 各单板、RRU、风扇、电源模块等发生故障导致的异常现象。故障现象有：

- 面板指示灯异常
- LMT、OMC 有相关告警
- 通过 LMT 查询硬件状态为"不可用"

（2）传输类故障：

指 Node B 与 RNC 间 Iub 接口及 Node B 内部 BBU 与 RRU 间的光纤接口不通导致的异常现象。故障现象：

- LMT、OMC 有相关告警
- BBU 与 RRU 间光纤故障，BBI 板上指示灯变红，在 LMT-B 通过"DSP PORT"命令可查到其状态为"不可用"
- Iub 接口故障，在 LMT-B 通过"DSP E1T1"，"DSP IMALINK"，"DSP IMAGRP"命令可查其状态为"不可用"

（3）小区类故障：

指小区不能正常建立或小区不能提供服务等故障。故障现象：

- LMT、OMC 有相关告警
- 在 LMT-B 通过"DSP LOCALCELL"命令查询小区状态为"不可用"
- 通过业务测试，小区不能提供服务

2．故障处理

（1）硬件类故障

硬件类故障处理相对简单，主要通过复位、倒换、替换等手段来解决。

1）复位

- 通过 LMT-B 的"RST BRD"命令进行复位
- 通过单板面板上的"Reset"按钮进行复位
- 开关电源进行复位

2）倒换

确认是单板问题还是槽位背板问题。

3）替换

用其他板卡替换有问题的板卡。

（2）BBU 与 RRU 间传输故障

首先排查光口是否接错，然后检查光纤收发是否接反，最后进行倒换定位以确定是光纤问题还是光模块问题。并用其他硬件替换出问题的硬件。

（3）物理链路 E1T1 状态为"不可用"

此问题可以确认为 RNC 与 Node B 间的物理链路问题，如果在 Node B 侧定位问题，需要从 RNC 侧开始向 Node B 自环，每个传输节点均需自环来定位问题发生位置；如确认链路没有问题，则说明问题应该出现在 Node B 内部，可以考虑更换主控单元（MPT）来确认问题。

（4）ATM 层、传输层、无线层对象状态为"不可用"

此问题可以确认不是物理链路问题。需检查数据配置，包括各层之间需对应的参数和与 RNC 需对应的参数。

（5）PATH 不可用

PATH 是指从 RRU 到智能天线阵的射频跳线。通过倒换、替换定位射频跳线问题。如果确认不是射频跳线问题，则问题有可能出现在 RRU 或天线阵。

（6）GPS 不可用

此问题一般为 GPS 模块硬件问题导致，可通过替换新模块解决此问题（DBBP530 GPS 模块集成在主控板 MPT 上）。

（7）SYNCNODEB 不可用

SYNCNODEB 是功能类对象，对应物理资源包括：GPS 模块、GPS 馈线、GPS 天线。

● GPS 馈线故障：主要检查其接头是否松动，馈线是否损坏，长度是否符合要求。

● GPS 天线故障：首先检查其安装位置是否符合要求，如符合要求建议更换新天线。

5.2.5　任务训练

任务书：Node B 告警系统属性配置
任务书要求：

主　　题	Node B 告警属性配置
任务详细描述	1.　设置 Node B 告警闪烁提示 2.　查询告警处理建议 3.　屏蔽 Node B 告警

任务书：Node B 常见故障处理
任务书要求：

主　　题	Node B 常见故障处理
任务详细描述	1.　定位和处理 Node B 模块的硬件故障 2.　检查和处理 BBU 与 RRU 间传输故障 3.　处理 "SYNCNODEB 不可用" 的故障

5.2.6　考核评价

学习领域：<u>TD-SCDMA 设备调测与割接</u>　　学习情境：<u>Node B 告警与故障处理</u>

学习任务：<u>Node B 的告警与故障处理</u>　　班级：_____

小组成员：_____

姓　　名	项目完成情况	
	正确完成告警属性配置（40）	正确处理常见故障（60）

教师总体评价：

教师签名：_____　　　　日期：_____年_____月_____日

5.3 RNC 设备运行与维护

> **能力目标：** 能够按规范完成 RNC 设备的硬件维护和日常维护工作
> **知识目标：** 1. 熟悉 RNC 硬件例行维护的规范和内容
> 　　　　　　　2. 掌握 RNC 设备上下电操作规范
> 　　　　　　　3. 熟悉 RNC 设备的清洗除尘操作
> 　　　　　　　4. 掌握 RNC 硬件模块的更换操作规范
> **实训任务：** 按规范完成 RNC 的硬件维护操作
> **参考学时：** 4 课时

5.3.1 RNC 硬件例行维护项目

RNC 硬件例行维护项目包括：机房环境维护项目、电源和接地系统维护项目、机柜维护项目及线缆维护项目。

1. 机房环境维护项目

机房环境维护项目主要包括查看是否有机房环境告警、查看机房防盗网（门、窗等）、观测机房温度和湿度、查看机房空调。机房环境维护任务和操作方法如表 5-3-1 所示。

表 5-3-1　机房环境维护任务列表

项　　目	周　　期	操作指导	参　考　标　准
机房环境告警	每日	查看机房是否有供电告警、火警、烟尘和水浸告警	无供电告警、火警、烟尘和水浸告警
机房的防盗网、门、窗	每日	查看机房的防盗网、门、窗等设施是否完好	防盗网、门、窗等设施完好无损坏
机房温度	每日	观测机房内温度计指示	机房环境温度在 15～30℃ 之间
机房湿度	每日	观测机房内湿度计指示	机房湿度在 40～65% 之间
机房内空调	每日	检查空调制冷/制热度、开关情况等	空调正常运行，所设温度与温度计实际指示一致

2. 电源和接地系统维护项目

电源和接地系统维护项目包括检查电源线、电压、保护地线，以及检查机柜内组件接地、接地电阻、蓄电池与整流器。电源和接地系统维护任务和操作方法如表 5-3-2 所示。

表 5-3-2　电源和接地系统维护任务列表

项　　目	周　　期	操作指导	参　考　标　准
电源线	每月/每季	仔细检查各电源线（−48V、GND）连接	● 连接安全、可靠 ● 电源线无老化，连接点无腐蚀
电压	每月/每季	用万用表测量电源电压	在标准电压允许范围内。具体要求请参见 5.3.2 节中的 RNC 机柜配电要求

续表

项　目	周　期	操　作　指　导	参　考　标　准
保护地线	每月/每季	检查保护地线、机房地线排连接是否安全、可靠	● 各连接处安全、可靠，连接处无腐蚀 ● 地线无老化 ● 地线排无腐蚀，防腐蚀处理得当
机柜内组件接地	每月/每季	● 检查机柜内部所有的接地线 ● 检查机柜内部所有接地线的连接端子、紧固螺钉等	● 接地线无老化、无破损、无腐蚀、无电弧灼伤 ● 连接端子、紧固螺钉等的接触、配合良好，连接处无松动、无腐蚀
接地电阻	每月/每季	用地阻仪测量接地电阻并记录	接地电阻<10 Ω
蓄电池与整流器	每年	● 对各机房供电系统的蓄电池和整流器进行年度巡检	● 蓄电池容量合格、连接正确 ● 整流器的性能参数合格

3．机柜维护项目

机柜维护项目包括查看机柜风扇运转状态，查看机柜防尘网、机柜外部、门和锁、机柜清洁度、风扇盒除尘，查看部件运行状态、防静电腕带绝缘状态，空闲光接口。机柜维护任务和操作方法如表 5-3-3 所示。

表 5-3-3　机柜维护任务列表

项　目	周　期	操　作　指　导	参　考　标　准
机柜风扇	每周/每月	检查机柜风扇	风扇运转良好，无异常声音，如叶片接触到箱体的声音
机柜防尘网	每季	检查各机柜的防尘网	防尘网上应无明显灰尘、无损坏；否则按照 2．清洗 RNC 机柜防尘网进行清洁、更换
机柜外部	每月/每季	检查机柜外部是否有凹痕、裂缝、孔洞、腐蚀等损坏痕迹，机柜标识是否清晰	机柜完好，标识清晰
机柜锁和门	每月/每季	机柜锁是否正常，门是否开关自如	机柜锁正常，门开关自如
机柜清洁	每月/每季	检查各机柜是否清洁	机柜表面清洁、机框内部灰尘不得过多等
风扇盒除尘	每年	参照 5.3.3 节中的标准清洗除尘	风扇盒表面及内部无明显灰尘、无损坏
机柜内部	每月/每季	检查防鼠网是否完好、机柜内部各部件的指示灯是否正常	● 机柜的防鼠网完好无损 ● 各部件指示灯均正常
防静电腕带	每季	使用以下两种方法之一测试防静电腕带的接地电阻 1．直接使用防静电腕带测试仪 2．使用万用表测量防静电腕带接地电阻	● 若使用防静电腕带测试仪，结果为"GOOD"灯亮 ● 若使用万用表，防静电腕带接地电阻在 0.8M～1.2MΩ 范围内
单板的空闲光接口	每月/每季	查看空闲光接口处	空闲光接口处应盖有防尘帽

4．线缆维护项目

线缆维护项目包括检查线缆标签、接头和插座，以及中继电缆、网线、光纤的连接情况。线缆维护任务和操作方法如表 5-3-4 所示。

表 5-3-4　线缆维护任务列表

项　目	周　期	操　作　指　导	参　考　标　准
接头、插座	每月/每季	检查接头和插座的绝缘体上是否附着有灰尘、油污	绝缘体清洁无污染
中继电缆连接	每年	检查中继电缆的连接情况	● 中继线连接可靠 ● 中继线完整无损坏 ● 标签清晰易辨识

续表

项　　目	周　　期	操　作　指　导	参　考　标　准
网线连接	每年	检查网线的连接情况	● 网线连接可靠 ● 网线无损坏 ● 标签清晰易辨
光纤连接	每年	检查光纤的连接情况	● 光纤连接可靠 ● 光纤完好无损 ● 标签清晰易辨识

5. RNC 站点维护操作记录表

RNC 站点维护操作记录表用于记录站点维护的相关操作，包括：更换、扩容以及例行的清洁工作。RNC 站点维护人员可根据表 5-3-5 所示的 RNC 站点维护操作记录表进行相应的记录。

表 5-3-5　RNC 站点维护操作记录表

站点名：		维护日期：	
发生时间：		解决时间：	
值班人：		处理人：	
维护类别	□ 更换单板	□ 更换线缆	□ 更换插框、风扇盒、配电盒
	□ 例行清洁	□ 扩容插框、SPM	□ 其他原因
被更换部件故障原因			
具体维护内容和方法：			
最终调测结果：			

5.3.2　RNC 上电和下电

本节介绍给 RNC 设备上电和下电的方法，主要包括：配电要求、上电、常规下电及紧急下电。

1. 配电要求

RNC 机柜采用直流电源供电，它对输入机柜的电源特性和机柜配电盒输出电源特性有明确的要求（如表 5-3-6 所示）。

表 5-3-6　RNC 机柜配电要求

项　　目		指　　标
输入机柜的 电源特性	额定输入电压	-48V DC
	输入电压范围	-40V DC～-57V DC
	输入方式	双两路-48V 电源输入，组成"1+1"热备份方式
	最大输入电流	单路最大输入电流 100A
配电盒输出 电源特性	额定输出电压	-48V DC
	输出电压范围	-40V DC～-57V DC
	额定输出功率	9600W（双两路-48V DC 输入）
	输出分路	● 双 10 路输出。单路支持最大电流 50A ● A 组 A1 区：输入 A1 的输出分路为 1～8，对应的开关为 A 组的 1～8；A3 区：输入 A3 的输出分路为 9～10，对应的开关为 A 组的 9～10。B 组输入与输出对应关系与 A 组相同 ● 输出具有过流短路保护功能。过流短路保护后，需要手动恢复对应空气开关工作状态

2．配电开关分配

RNC 机柜配电盒可提供双 10 路输出电源，其双 3 路输出电源与机柜内部组件有固定的供电关系。

RNC 机柜配电盒分 A、B 两组提供双 3 路输出电源，其控制开关为 A8～A10、B8～B10。控制开关与机柜内部组件的对应控制关系如图 5-3-1 所示。

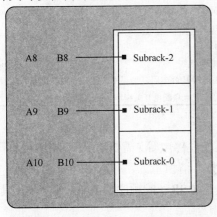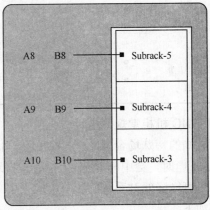

图 5-3-1　RNC 机柜配电盒供电示意图

3．RNC 机柜上电

具体操作步骤如下：

（1）将为机柜供电的 PDF 上相应支路的配电开关设置为"ON"；

（2）配电盒前面板的 RUN 指示灯闪亮（0.25s 亮，0.25s 灭）后，将已经配置的 RSS、RBS 插框相应的配电开关设置为"ON"。RNC 机柜配电开关分配可以参见配电盒前面板上的配电输出开关分配标签，具体参见前文；

说明：配电盒上未使用的开关请始终置于"OFF"状态。

（3）按照表 5-3-7 检查机柜内部组件供电情况；

表 5-3-7　机柜内部组件供电检查表

部　　件	供电正常指示
单　板	面板上的运行指示灯 RUN 常亮或闪烁
风扇盒	插框上电并正常工作后，风扇盒面板上的绿色"STATUS"指示灯 1s 亮，1s 灭

（4）机柜上电后内部组件供电异常，按照表 5-3-8 进行处理；

表 5-3-8　机柜内部组件供电异常处理方法

故 障 类 型	应 对 措 施
机柜内所有部件供电不正常	检查 RTN 电源线和-48V 电源线是否接反： ● 如果接线错误，将所有配电开关设置为 OFF，然后重新连接电源线 ● 如果接线正确，则更换机柜配电盒
某插框内所有单板供电不正常	使用万用表测量插框输入电源： ● 如果输入电源正常（-40～-57V），更换插框 ● 如果输入电源不正常，检查插框电源线连接是否牢固，如果不牢固，将所有配电开关设置为"OFF"，然后重新连接电源线，否则，可能配电盒配电开关损坏，应更换配电盒

续表

故 障 类 型	应 对 措 施
插框内某块单板供电不正常	检查如下内容： ● 拔出单板，检查槽位背板插座是否有歪针、断针、缺针等问题，如有则更换插框 ● 把单板重新插入插框，观察单板指示灯是否正常 ● 如果指示灯不正常，将该单板拔出后插入到框内同类单板的空闲槽位，观察单板指示灯 ● 如果单板正常，说明槽位有问题，更换插框 ● 如果单板仍旧异常，说明单板有问题，更换单板
风扇盒供电不正常	使用万用表测量风扇盒所在插框的输入电源： ● 如果输入电源正常（-40V～-57V），更换风扇盒 ● 如果输入电源不正常，检查插框电源线连接是否牢固，如果不牢固，将所有配电开关设置为"OFF"，然后重新连接电源线，否则，可能配电盒配电开关损坏，应更换配电盒

4．RNC 机柜常规下电

可预知的特殊场合下（如设备搬迁、可预知的区域性停电等）需要对 RNC 机柜进行下电。给 RNC 下电时，会中断 RNC 上所有正在进行的业务，请慎重。

为尽可能降低对系统的影响，应采用"先 RBR 后 RSR"的顺序给 RNC 下电。其具体操作步骤如下：

（1）设置 RBR 机柜的配电开关，根据 RBR 机柜内部插框的配置情况，依次将使用的 SW1～SW6 设置为"OFF"；

（2）打开 OMUa 单板的上、下扳手。如果配置了两块 OMUa 单板，则都要进行该操作；

（3）待 OMUa 单板上的"OFFLINE"指示灯长亮后，设置 RSR 机柜配电盒上的配电开关，根据 RSR 机柜内部插框的配置情况，依次将使用的 SW1～SW6 设置为"OFF"；

（4）向内用力挤压 OMUa 单板的上、下扳手，直至上、下扳手内侧贴住面板；

（5）关闭 PDF 配电开关，将为机柜供电的 PDF 上相应支路的配电开关设置为"OFF"。

5．RNC 机柜紧急下电

机房发生火灾、烟雾、水浸等现象时，为保障 RNC 设备安全，需要对 RNC 设备紧急下电。其具体操作步骤如下：

（1）将 RNC 机柜配电盒的所有配电开关设置为"OFF"；

（2）如果时间允许，将 PDF 上为 RNC 机柜供电的所有的配电开关设置为"OFF"；

（3）打开 OMUa 单板的上、下扳手；

（4）待 OMUa 单板上的"OFFLINE"指示灯长亮后，设置 RSR 机柜配电盒上的配电开关，根据 RSR 机柜内部插框的配置情况，依次将使用的 SW1～SW6 设置为"OFF"；

（5）向内用力挤压 OMUa 单板的上、下扳手，直至上、下扳手内侧贴住面板；

（6）关闭 PDF 配电开关，将为机柜供电的 PDF 上相应支路的配电开关设置为"OFF"。

5.3.3　清洗除尘

1．清除 RNC 风扇盒灰尘

为确保设备能够长期稳定运行，维护人员应定期（建议每年一次）对每个风扇盒进行除尘维护。

除尘时需要的工具包括：防静电腕带、干净的棉纱布、防静电软毛刷、吸尘器、十字螺丝刀等。其具体操作步骤如下：

（1）用干净的棉纱布、防静电软毛刷、吸尘器等工具对风扇盒备件进行除尘处理；

（2）打开机柜前门，用十字螺丝刀拧松固定风扇盒的两颗螺钉。将风扇盒从机柜中取出；

（3）将经过除尘处理后的备用风扇盒装入机柜，然后紧固用于固定风扇盒的松螺钉；

（4）用干净的棉纱布、防静电软毛刷、吸尘器等工具对更换下来的风扇盒进行除尘处理，经过除尘后的此风扇盒作为备用风扇盒使用。

重复以上步骤，依次更换机架上正在运行的其余风扇盒，直至所有风扇盒都完成除尘更换。

2．清洗 RNC 机柜防尘网

RNC 机柜中的防尘网用于抵挡外界灰尘，保护机柜单板。所有防尘网要求每 6 个月至少清洗一次。

（1）清洗机柜底部防尘网

维护人员应定期（建议每季度一次）对每个机柜底部的防尘网进行清洗。清洗过程需要的工具包括：防静电腕带、十字螺丝刀、干抹布。具体操作步骤如下（以 N68E-22 机柜为例）：

1）打开 N68E-22 机柜前门，在机柜前面立柱的最底部，用十字螺丝刀卸下固定防尘网框的两颗螺钉；

2）双手握住防尘网框的面板，将防尘网框稍微向上抬，以使防尘网框的面板高于机柜底部固定接地线的螺钉的高度，向外慢慢拉动防尘网框，直至将防尘网框从机柜中取出；

3）用清水清洗防尘网，然后用干抹布擦净，并将其放置在通风处晾干；

4）沿机柜底部的滑入导槽将清洗并晾干后的防尘网框向下、倾斜推入机柜，注意不可强行推入；

5）在防尘网框就位以后，用十字螺丝刀将固定防尘网框的两颗螺钉拧入机柜的侧柱中。

（2）清洗机柜门上的防尘网

维护人员应定期（建议每季度一次）对每个 RNC 机柜门内侧的防尘网进行清洗。清洗过程中需要防静电腕带、洁净干燥的棉纱布。

具体操作步骤如下：

1）打开机柜门，将附着在门内侧的黑色防尘网从束网条上剥离；

2）用清水清洗防尘网，然后将其放置在通风处晾干，或将其用脱水机脱水后放置在通风处晾干；

3）用干净、干燥的棉纱布对机柜门内侧的金属壁进行擦拭；

4）将清洗并晾干后的防尘网沿机柜门内侧的边沿贴上。

5.3.4 更换 RNC 单板和模块

安装、拆卸、更换 RNC 单板或对单板进行其他接触操作时，需遵守相关设备和人身安全规定。建议在设备机房内保留单板的安装材料（如吸塑盒以及防静电薄膜袋等）以备后续使用。将所有还未安装的单板或部件保存在带有防静电屏蔽功能的袋子中。禁止白色泡沫、普通塑料袋、纸袋等非防静电材料直接包装或接触单板。将单板插进插框之前，必须保证整个机柜安全地接地，否则可能使单板受到严重损坏。

操作过程中要求：

- 正确佩戴防静电腕带或者防静电手套，如果佩戴防静电腕带，应该将防静电腕带可靠接地；
- 更换单板硬件或芯片时要求使用简易防静电台垫。拿取或者插拔芯片应使用防静电镊子和芯片起拔器；
- 外接线缆以及端口保护套接入设备端口之前需要进行放电处理；
- 安装单板的过程中禁止裸手触碰印制电路板和除跳线、拨码开关以外的器件。禁止裸手直接触摸芯片及印制电路板上的芯片及引脚；
- 将暂时拆下来的单板或部件放置在防静电工具包中的简易防静电台垫上或其他有效的防静电材料上。禁止白色泡沫、普通塑料袋、纸袋等非防静电材料直接包装或接触单板。

1. 拆卸 RNC 单板

RNC 所有单板均支持热插拔。拆卸单板需要的工具包括：防静电腕带、十字螺丝刀、防静电盒或防静电袋、无尘棉布、擦纤盒等。

拆卸 RNC 单板的具体操作步骤如下：

（1）逆时针旋转单板面板上、下两端的螺钉，并确定螺钉完全脱离机架；

（2）双手同时将拉手条扳手向外拉动旋转约 45°；

（3）双手持拉手条扳手并适当用力，将单板沿导槽拉出；

注意：拔出单板时，若单板较紧，请适当用力，不要上下晃动单板，以免损坏背板插针和单板插孔内与背板接触的金属片。

（4）一只手拉单板的面板，另一只手从下向上托住单板，将单板拉出插框；

（5）将拔下的单板放入防静电盒或防静电袋中。

2. 插入 RNC 单板

执行本操作前须正确佩戴防静电腕带，并将防静电腕带可靠接地（机柜上的防静电插孔）。插入单板的过程中不要用手触碰印制电路板和除跳线、拨码开关以外的器件。

插入 RNC 单板的具体操作步骤如下：

（1）从防静电盒中取出单板，检查单板插针和插座。若有歪针、缺针、断针或插座变形则应联系相关工程师处理；

（2）向内推压拉手条上的自锁弹片，同时向外扳动拉手条扳手使其脱离自锁弹片，并继续向外旋转至不能旋转；

（3）一只手握住单板的面板，另一只手托住单板，顺着导槽将单板插入插框，然后用力推进面板，至扳手扣合面扣住插框滑道、拉手条扳手处于半合状态；

注意：在插入单板的过程中请用力均匀并缓慢地推进单板，以免折弯背板上的插针以及单板插孔内与背板接触的金属片。

（4）双手同时迅速将拉手条扳手向内拉动旋转约 60°，使其紧扣拉手条上的自锁弹片，此时单板已经插紧到背板上，单板拉手条已插紧到插框上；

（5）将螺钉向内推压并顺时针拧紧，将单板固定。

5.3.5 任务训练

任务书：RNC 例行维护

任务书要求：

主　题	RNC 的例行维护
任务详细描述	1．RNC 机房环境维护例行检查 2．RNC 电源和接地系统维护例行检查 3．填写相应表格记录

任务书：RNC 设备硬件维护

任务书要求：

主　题	RNC 设备硬件维护
任务详细描述	1．RNC 设备的上下电 2．RNC 模块的更换

5.3.6 考核评价

学习领域：<u>TD-SCDMA 设备调测与割接</u>　　学习情境：<u>RNC 设备运行与维护</u>

学习任务：<u>RNC 例行维护与硬件维护</u>　　班级：_____

小组成员：_____

姓　名	项目完成情况	
	正确完成 RNC 的例行维护检查工作（40）	正确完成 RNC 的硬件维护工作（60）

教师总体评价：

教师签名：_____　　　　日期：____年____月____日

5.4 RNC 告警与故障处理

> **能力目标：** 能够对 RNC 告警系统配置管理并处理常见故障
> **知识目标：** 1. 熟悉 RNC 告警管理概念
> 　　　　　　 2. 掌握 RNC 告警系统配置方法
> 　　　　　　 3. 掌握 RNC 告警箱的相关操作
> 　　　　　　 4. 熟悉常见故障处理方法
> **实训任务：** 完成对 RNC 告警系统管理和常见故障处理
> **参考学时：** 4 课时

5.4.1 RNC 告警管理概述

1. RNC 告警类别

RNC 告警类别可分为故障告警和事件告警两类。

故障告警是指由于硬件设备故障或某些重要功能异常而产生的告警，如某单板故障、链路故障。通常故障告警的严重性比事件告警高。

事件告警是设备运行时的一个瞬间状态，只表明系统在某时刻发生了某一预定义的特定事件（如通路拥塞），并不一定代表故障状态。某些事件告警是定时重发的。

故障告警发生后，根据故障所处的状态，可分为恢复告警和活动告警。如果故障已经恢复，该告警将处于"恢复"状态，称之为恢复告警。如果故障尚未恢复，该告警则处于"活动"状态，称之为活动告警。但事件告警没有恢复告警和活动告警之分。

2. RNC 告警级别

RNC 告警级别用于标识一条告警的严重程度。按严重程度递减的顺序可以将所有告警（故障告警和事件告警）分为以下四种：

紧急告警：此类级别的告警影响到系统提供的服务，必须立即进行处理。即使该告警在非工作时间内发生，也需立即采取措施。如某设备或资源完全不可用，需对其进行修复。

重要告警：此类级别的告警影响到服务质量，需要在工作时间内处理，否则会影响重要功能的实现。如某设备或资源服务质量下降，需对其进行修复。

次要告警：此类级别的告警未影响到服务质量，但为了避免更严重的故障，需要在适当时候进行处理或进一步观察。

提示告警：提示告警此类级别的告警指示可能有潜在的错误影响到提供的服务，应采取相应的措施根据不同的错误进行处理。

3. RNC 告警事件类型

按照 RNC 告警事件分类，可以将产生的告警分为 10 类：

- 电源系统：有关电源系统的告警

- 环境系统：有关机房环境（温度、湿度、门禁等）的告警
- 信令系统：有关信令系统的告警
- 中继系统：有关中继电路及中继板的告警
- 硬件系统：有关单板设备的告警（如时钟、CPU 等）
- 软件系统：有关软件方面的告警
- 运行系统：系统运行时产生的告警
- 通信系统：有关通信系统的告警（如 RNC 主机与 BAM 之间的通信）
- 业务质量：有关服务质量的告警
- 处理出错：其他异常情况引起的告警

4. RNC 告警箱

RNC 告警箱用于对 RNC 产生的告警进行声光显示。详细介绍请参见告警箱随机资料。RNC 向 LMT 上报故障告警时，将驱动告警箱依据故障告警级别发出声光指示，但事件告警不会驱动告警箱。LMT 接收到故障告警时，告警箱会进行声音提示。故障告警恢复时，声音停止。操作员也可在 LMT 上手动停告警音。RNC 告警箱外观如图 5-4-1 所示。

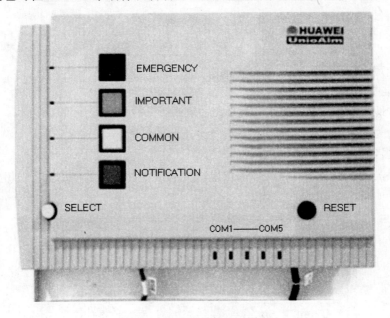

图 5-4-1　告警箱外观图

5.4.2　监控 RNC 告警

通过在本地维护终端界面上的告警浏览窗口可以实时监控上报到 LMT 的告警信息。

1. 设置 RNC 告警终端发声提示

设置进行发声提示的告警级别和对应的发声持续时长。当 LMT 接收到特定级别的故障告警时，告警终端可进行发声提示。

（1）在本地维护终端界面，选择菜单"故障管理"→"告警定制"，弹出"告警定制"对话框，如图 5-4-2 所示。

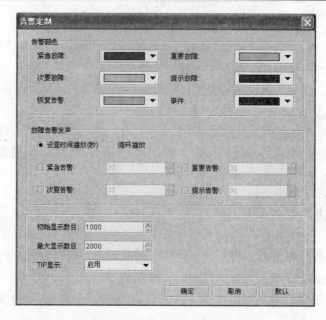

图 5-4-2 "告警定制"对话框

（2）选择"告警定制"对话框下的"故障告警发声"设置告警发声的告警级别和发声时长。单击"确定"按钮，完成设置。

2. 浏览告警列表

（1）在本地维护终端界面，选择菜单"故障管理"→"告警浏览"，启动"告警浏览"窗口。窗口上侧为故障告警浏览窗口，下侧为事件告警浏览窗口。

（2）在"告警浏览"窗口中浏览告警信息。

（3）如果需要了解某条告警的详细信息，可双击该告警记录，系统将弹出"告警详细信息"对话框，如图 5-4-3 所示。

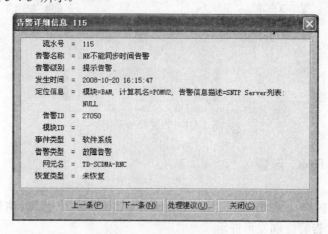

图 5-4-3 告警详细信息

3. 查询 RNC 告警处理建议

在"告警详细信息"对话框中，单击"处理建议（U）…"按钮，弹出此告警记录的联机帮助，如图 5-4-4 所示。

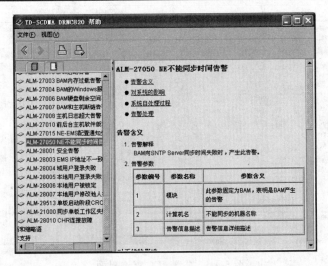

图 5-4-4　联机帮助界面

4．查询 RNC 告警日志

（1）在本地维护终端界面，选择菜单"故障管理"→"告警日志查询"或单击快捷图标，弹出"告警日志查询"对话框，如图 5-4-5 所示。

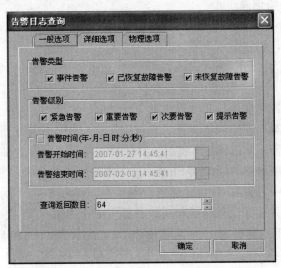

图 5-4-5　"告警日志查询"对话框

（2）根据需要设置查询条件，单击"确定"，出现"告警日志查询"窗口，如图 5-4-6 所示。

（3）在窗口中浏览历史告警查询结果。如果需要了解某条告警的详细信息，双击此告警记录，在弹出的"告警详细信息"对话框中查看详细信息。

5．手动恢复 RNC 告警

在确信导致故障告警发生的原因已经清除，或判断某故障告警可以忽略的情况下，可以手动设置该告警为恢复告警。只有操作级、管理级、分配相应权限的自定义级操作员，才有权手动恢复告警。

图 5-4-6　告警日志查询界面

（1）在故障告警浏览窗口，选择需要手工恢复的告警记录。

（2）按"Ctrl+Delete"组合键，或单击鼠标右键后选择快捷菜单项"手动恢复"，弹出确认恢复的提示框。单击"确定"，该告警记录自动显示为恢复告警颜色。

6．保存 RNC 告警信息

可以通过保存 RNC 告警信息把"告警浏览"窗口或"告警日志查询"窗口中的部分或全部告警记录保存下来，以便后续查看。

文件保存的格式为：.txt、.htm、.csv。文件中记录以下信息：告警流水号、告警名称、告警级别、发生/恢复时间、告警 ID、事件类型、模块 ID、定位信息、告警类型、网元名、恢复类型、变更时间和告警颜色。具体操作如下：

（1）在"告警浏览"窗口或"告警日志查询"窗口中，保存全部或部分告警。

如果保存全部告警，单击鼠标右键，选择快捷菜单项"保存全部告警"；如果保存部分告警，首先使用鼠标和辅助键（Ctrl 或 Shift）选中需要保存的告警，然后单击鼠标右键，选择快捷菜单项"保存选中告警"。弹出"保存"对话框，如图 5-4-7 所示。

（2）输入文件名并选择保存路径和文件类型。单击"保存"，完成告警信息的保存。

说明：系统默认保存路径为："安装目录\client\output\DRNC820\软件版本号\alarm"。默认文件名格式为"ALM-年-月-日-时-分-秒.txt"，如"ALM-06-02-23-11-12-58.txt"。

图 5-4-7　保存告警信息

7．设置 RNC 告警实时打印

用于设置 RNC 告警信息的相关条件，只有满足所设条件的实时告警信息，才会被打印出来。具体操作如下：

在本地维护终端界面，选择菜单"故障管理"→"告警实时打印设置"，弹出"告警实时打印设置"对话框，如图 5-4-8 所示。

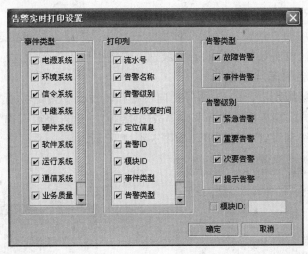

图 5-4-8　告警打印设置

5.4.3　管理告警转发

1．启动 RNC 告警转发系统

选择"开始"→"所有程序"→"华为本地维护终端"→"告警转发系统"，启动告警转发系统。

2．配置 RNC 告警转发参数

（1）双击状态栏右下角的 图标，打开"告警转发系统"界面；

（2）在菜单上选择"操作"→"配置"或者单击快捷图标。弹出"配置"对话框，如图 5-4-9 所示；

（3）输入"主机端 IP"为 BAM 的外网虚拟 IP 地址，选择"串口端口"为 LMT 连接告警箱的串口端口；

（4）单击"确定"，完成告警转发参数配置。

图 5-4-9　设置转发地址

5.4.4　操作 RNC 告警箱

1．复位 RNC 告警箱

通过复位告警箱可以使告警箱重新启动。只有操作级、管理级、分配相应权限的自定义级操作员才有权复位告警箱。

（1）在本地维护终端界面，选择菜单"故障管理"→"告警箱操作"→"告警箱控制"

或单击快捷图标🖼，弹出"告警箱控制"对话框，如图 5-4-10 所示。

（2）在对话框中设置"复位告警箱"为选中状态。单击"确定"，执行复位。

2. 停 RNC 告警音

在本地维护终端的"告警箱控制"对话框中，设置"停告警音"为选中状态。单击"确定"，停告警音。

3. 手动熄灭 RNC 告警灯

在本地维护终端的"告警箱控制"对话框中，设置"熄告警箱状态灯"为选中状态，并在"告警级别"下拉框中选择相应的告警级别。单击"确定"熄灭对应发热 RNC 告警灯。

4. 设置 RNC 告警箱屏蔽级别

设置告警箱屏蔽级别后，LMT 将停止向告警箱转发低于指定级别的故障告警。

（1）在本地维护终端界面，选择菜单"故障管理"→"告警箱操作"→"屏蔽级别设置"。弹出"告警箱屏蔽级别设置"对话框，如图 5-4-11 所示。

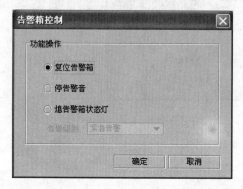

图 5-4-10 "告警箱控制"对话框

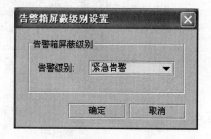

图 5-4-11 设置告警级别

（2）在对话框的"告警级别"下拉框中选择告警级别。单击"确定"，完成屏蔽设置。

5.4.5 RNC 常见故障处理举例

1. 故障现象：E1/T1 物理链路不可用

故障检测：在 MML 命令行客户端上执行命令"DSP E1T1"以检查 E1/T1 链路状态，若链路运行状态出现以下故障时，请按照联机帮助中的告警处理建议进行故障处理。

- 存在信号丢失告警
- 存在 AIS 告警
- 存在帧失步告警
- 存在远端告警
- 存在复帧失步告警

2. 故障现象：FE/GE 端口物理链路不可用

故障检测：在 MML 命令行客户端上，执行命令"DSP ETHPORT"以检查 FE/GE 端口物理链路状态，如发现异常情况则应进行相应的处理：

（1）若"链路可用状态"为"不可用"，检查网线的连接是否正确，对端网口是否打开，并按照联机帮助中的告警处理建议进行故障处理。

（2）若"端口状态"为"去激活"，则激活该 FE 端口。

① 执行命令"ACT ETHPORT"：

- 设置"框号"为待设置 FE 端口链路的接口板所在的框号。

- 设置"逻辑槽位号"为接口板所在的逻辑槽位号。

- 设置"端口号"为 FE/GE 端口号。

② 执行命令"DSP ETHPORT"：

- 设置"框号"为待设置 FE 端口链路的接口板所在的框号。

- 设置"逻辑槽位号"为接口板所在的逻辑槽位号。

- 设置"端口号"为 FE/GE 端口号。

3. 故障现象：加载 RNC 单板失败

故障检测：

在加载 RNC 插框时，设备面板上显示有单板状态不正确。

故障处理：

（1）检查本插框内其他同类型单板的加载状态。如果其他同类型单板加载成功，则更换故障单板后重新加载；

（2）检查插框拨码开关设置是否正确。如果拨码开关设置错误，则设置为正确的插框拨码开关后重新加载；

（3）查看 OMUa 单板的内网 IP 掩码是否为"255.0.0.0"，两个内网 IP 是否是"80.168.*.*"。如果不是，则设置为正确的内部 IP 掩码或内网 IP 地址后重新加载；

（4）如果 RBS 插框中的 DPUb 单板加载失败，检查 RBS 插框和 RSS 插框的 SCUa 单板之间的连线是否正确。如果错误，则连接正确后重新加载；

（5）在 MML 命令行客户端上执行命令"LST SUBRACK"，检查故障单板类型设置是否正确。如果单板类型设置错误，则设置为正确的单板类型后重新加载；

（6）如果 SPUa 单板加载失败，执行命令"LST RNCBASIC"，查看 RNC 基本信息设置是否正确。如果设置错误，则设置 RNC 基本信息正确后重新加载；

（7）在告警浏览窗口中观察是否有单板故障等相关告警。如果存在单板故障等相关告警，则根据告警信息分析原因，然后进行相应处理，以清除告警。

4. 故障现象：载频建立失败

故障检测：

在验证载频建立结果中，发现多载频小区中辅载频状态为"不可用"。

故障处理：

（1）执行命令"DSP CARRIER"，检查辅载频是否闭塞。如果载频状态解释为载频未激活，则使用 MML 命令"ACT CARRIER"激活辅载频；

（2）执行命令"LST CARRIER"，检查返回消息中的载频最大发射功率。如果该值大于审计响应消息（NBAP_AUDIT_RSP）中的 Maximum DL Power Capability（MAXTXPOWER），则使用命令"MOD CARRIER"修改配置的载频最大发射功率，或要求 Node B 调整上报的最大下行发射功率能力；

（3）使用命令"LST CARRIER"，检查载频设置是否完整。如果设置不完整，则补充未设置的参数。

其他故障处理方法详见《TD-SCDMA 无线网络控制器 RNC 告警手册》。

5.4.6　任务训练

任务书：RNC 告警系统配置
任务书要求：

主　　题	RNC 告警系统配置
任务详细描述	1．设置 RNC 告警终端发声提示 2．查询 RNC 告警处理建议 3．配置 RNC 告警转发参数 4．手动熄灭 RNC 告警灯

任务书：RNC 常见故障处理
任务书要求：

主　　题	RNC 常见故障处理
任务详细描述	1．处理 E1/T1 物理链路不可用故障 2．处理加载 RNC 单板失败故障 3．处理载频建立失败故障

5.4.7　考核评价

学习领域：<u>TD-SCDMA 设备调测与割接</u>　　学习情境：<u>RNC 告警与故障处理</u>
学习任务：<u>RNC 告警属性配置和故障处理</u>　班级：_____
小组成员：_____

姓　　名	项目完成情况	
	正确完成 RNC 告警系统属性配置（40）	正确完成常见故障处理（60）

教师总体评价：

教师签名：_____　　　　　　日期：____年____月____日

5.5　机房辅助设备运行与维护

能力目标： 能够对电源系统、接地系统和其他机房辅助设备进行规范的维护

知识目标： 1. 熟悉通信电源的原理并掌握其维护方法

　　　　　　　2. 熟悉防雷接地系统原理并掌握其维护方法

　　　　　　　3. 熟悉天馈系统、空调系统的维护方法

实训任务： 按规范对机房辅助设备进行维护

参考学时： 6 课时

5.5.1　通信电源的运行与维护

1．通信电源系统构成

通信电源一般由三部分组成：

- 交流供电系统：由高压配电所、降压变压器、油机发电机、UPS 和低压配电屏组成。
- 直流供电系统：由高频开关电源（AC/DC 变换器）、蓄电池、DC/DC 变换器和直流配电屏等部分组成。
- 接地系统：包括交流工作接地、保护接地、防雷接地、直流工作接地、机壳屏蔽接地等。

2．UPS 原理与维护

（1）UPS 系统简介

UPS，即 Uninterruptible Power System（交流不间断供电电源系统）的英文缩写，是一种含有储能装置，以逆变器为主要组成部分的恒压恒频的不间断电源。

UPS 系统由整流模块、逆变器、蓄电池、静态开关等组成。整流模块（AC/DC）和逆变器（DC/AC）都为能量变换装置，蓄电池为储能装置。除此还有间接向负载提供市电电源（或备用电源）的旁路装置。

UPS 可分为以下三类：

- 后备式 UPS（Off Line）

当市电异常（市电电压、频率超出后备式 UPS 允许的输入范围或市电中断）时，后备式 UPS 通过转换开关切换到电池状态，逆变器进入工作状态，此时输出波形为交流正弦波或方波。

后备式 UPS 的优点是：结构简单、价格便宜、噪声低；其缺点：只有在蓄电池供电的有限时间内，负载方可得到高质量的交流电压。后备式 UPS 存在切换时间，一般为 4～10 毫秒，对一般的设备的工作不会造成影响。

- 在线互动式（On Line Interactive）

指在输入市电正常时，UPS 的逆变器处于反向工作给电池组充电，在市电异常时逆变器立刻投入逆变工作，将电池组电能转换为交流电输出。

- 在线式 UPS（On Line）

此种 UPS 逆变器始终处于工作状态。

其优点是：供电质量高；缺点是：结构复杂、价格高。

（2）UPS 系统维护规程：

1）UPS 主机现场应放置操作指南，指导现场操作；

2）UPS 的各项参数设置信息应全面记录、妥善归档保存并及时更新；

3）检查并确保各种自动、告警和保护功能均正常；

4）定期进行 UPS 各项功能测试，检查其逆变器、整流器的启停、UPS 与市电的切换等是否正常；

5）定期检查主机、电池及配电部分引线及端子的接触情况，检查馈电母线、电缆及软连接头等各连接部位的连接是否可靠，并测量压降和温升；

6）经常检查设备的工作和故障指示是否正常；

7）定期查看 UPS 内部的元器件的外观，发现异常及时处理；

8）定期检查 UPS 各主要模块和风扇电机的运行温度有无异常；

9）保持机器清洁，定期清洁散热风口、风扇及滤网；

10）定期检查并记录 UPS 控制面板中的各项运行参数，便于及时发现 UPS 异常状态。其中电池自检参数宜每季记录一遍，如设备可提供详尽数据的，可作为核对性容量试验的参数，以此作为电池状态的定性参考依据；

11）经常察看告警和历史信息，发现告警及时处理并分析原因；

12）当输入频率波动频繁且速率较高，超出 UPS 跟踪范围时，严禁进行逆变/旁路切换的操作。在油机供电时，尤其应注意避免这种情况的发生；

13）UPS 宜使用开放式电池架，以利于蓄电池的运行及维护；

14）对于 UPS 使用的蓄电池，应按照产品技术说明书以及关于蓄电池维护的要求，定期维护。

3. 直流供电系统原理与维护

（1）直流供电系统简介

直流供电系统的设备构成一般分为以下三个部分：

1）整流模块部分

主要作用是把交流电源转换为直流电源。分为相控整流电源和开关整流电源。目前主要使用开关整流电源模块。

2）蓄电池部分

主要负责在市电断电后向负载供电。

3）直流配电部分

主要负责电源的配出和电源的保护。

开关整流电源具有以下特点：效率高（在额定负载的 20%以上的时候效率最高，达到 90%以上）；体积小（主要的原因是采用高频变压器）；电气公害小（有害谐波小）；噪声小。

（2）直流供电系统的维护介绍

1）直流供电系统一般维护

变流设备应安装在干燥、通风良好、无腐蚀性气体的房间。室内温度应不超过 30℃。高频开关型变流电源设备宜放置在有空调的机房，机房温度不宜超过 28℃。

开关电源各整流模块器不宜工作在 20%负载以下，如系统配置冗余较大可轮流关掉部分整流器以调整负荷比例，作为冷备份的模块宜放置在机架下方。

　　2）变流设备维护一般要求

- 输入电压的变化范围应在允许工作电压变动范围之内。工作电流不应超过额定值，各种自动、告警和保护功能均应正常。
- 宜在稳压并机均分负荷的方式下运行。
- 要保持布线整齐，各种开关、熔断器、插接件、接线端子等部位应接触良好、无电蚀。
- 机壳应有良好的接地。
- 备用电路板、备用模块应每年定期试验一次，保持性能良好。

　　3）开关电源维护周期检查项目

　　① 月检查项目

- 检查浮充电压、电流是否正常。
- 检查模块液晶屏显示功能是否正常、翻看告警记录。
- 测量直流熔断器压降或温升、汇流排的温升有无异常。
- 检查各模块负载均分性能。
- 检查各整流模块风扇运转是否正常。
- 清洁设备，特别注意风扇、滤网的清洁，保证无积尘。

　　② 季检查项目

- 检查系统直流输出限流保护功能。
- 检查整流器各告警点设置，测试必要的告警功能。
- 测试系统自动均、浮充转换功能。
- 检查各项电池管理功能，并调整均、浮充电压、充电限流、均充周期及持续时间等各项参数，校对均、浮充电压设定值。
- 检查各开关、继电器、熔断器以及各接触元器件是否正常工作，容量是否匹配（包括交、直流配电屏）。
- 测量中性线电流以及对地电压。
- 检查防雷设备是否正常。

　　③ 年检查项目

- 测量衡重杂音电压。
- 校准系统电压、电流值。
- 检查各机架接地保护是否紧固牢靠。
- 测试备用模块。

　　4．蓄电池原理与维护

　　（1）蓄电池组基础知识

　　目前通信机房内使用的电池绝大多数为阀控式少维护铅酸蓄电池，简称为免维护蓄电池（VRLA）。

　　它的主要特点是维护量小、无酸雾和氢气逸出、对安装环境无须做特别的防酸、防爆和通风处理，因此可以和其他电气设备安装在一起，适合分散式供电要求。

　　它对安装地点的环境温度有一定要求，温度过低会影响电池的放电性能、温度过高会影响电池的使用寿命。具体环境温度视具体的设备略有不同，一般最佳的环境温度在摄氏 20 度到 25 度。

阀控式铅酸蓄电池分为两种类型：胶体式和吸附式。

（2）蓄电池组维护规程

1）阀控密封蓄电池运行环境的要求

阀控式密封蓄电池（包括 UPS 蓄电池，以下简称密封蓄电池）可不专设电池室，但运行环境应满足以下要求：

- 安装密封蓄电池的机房应配有通风换气装置，温度不宜超过 28℃，建议环境温度应保持在 10～25℃之间。
- 避免阳光对电池直射，朝阳窗户应做遮阳处理。
- 确保电池组之间预留足够的维护空间。
- UPS 等使用的高电压电池组的维护通道应铺设绝缘胶垫。

2）密封蓄电池的一般维护

- 密封蓄电池和防酸式电池禁止混合使用在一个供电系统中；不同规格、型号、设计使用寿命的电池禁止在同一直流供电系统中使用；新旧程度不同的电池不应大量在同一直流供电系统中混用。
- 密封蓄电池和防酸式电池不宜安放在同一房间内。
- 如具备动力及环境集中监控系统，应通过动力及环境集中监控系统对电池组的总电压、电流、标示电池的单体电压、温度进行监测，并定期对蓄电池组进行检测。通过电池监测装置了解电池充放电曲线及性能，发现故障及时处理。
- 需经常检查下列项目，发现问题及时处理：
  - 极柱、连接条是否清洁；有否损伤、变形或腐蚀现象。
  - 连接处有无松动。
  - 电池极柱处有否爬酸、漏液；安全阀周围是否有酸雾、酸液逸出。
  - 电池壳体有无损伤、渗漏和变形。
  - 电池及连接处温升有否异常。
  - 据厂家提供的技术参数和现场环境条件，检查电池组及单体均、浮充电压是否满足要求，浮充电流是否稳定在正常范围。
  - 检测电池组的充电限流值设置是否正确。
  - 检测电池组的告警电压（低压告警、高压告警）设置是否正确。
  - 如直流系统中设有电池组脱离负载装置，应检测电池组脱离电压设置是否准确。

（3）密封蓄电池的充放电

1）密封蓄电池的均衡充电：

一般情况下，密封蓄电池组遇有下列情况之一时，应进行均充（有特殊技术要求的，以其产品技术说明书为准），充电电流不得大于 $0.2C_{10}$，充电方式参照充电时间—电压对照表：

- 浮充电压有两只以上低于 2.18V/只时。
- 搁置不用时间超过三个月时。
- 全浮充运行达 6 个月时。
- 放电深度超过额定容量的 20%时。

2）密封蓄电池充电终止的判据：

- 充电量不小于放出电量的 1.2 倍。
- 充电后期充电电流小于 $0.005C_{10}$。
- 充电后期，充电电流连续 3 小时不变化。

达到上述三个条件之一，可视为充电终止。

3）蓄电池的放电：

- 每年应做一次核对性放电试验（对于 UPS 使用的密封蓄电池，宜每季一次），放出额定容量的 30%～40%。
- 对于 2V 单体的电池，每三年应做一次容量试验。使用六年后应每年一次（对于 UPS 使用的 6V 及 12V 单体的电池应每年一次）。
- 48V 系统的蓄电池组，放电电流不得大于 0.25C10。
- 蓄电池放电期间，应定时测量单体端电压、单组放电电流。有条件的应采用专业蓄电池容量测试设备进行放电、记录、分析，以提高测试精度和工作效率。

4）密封蓄电池放电终止的判据：

- 对于核对性放电试验，放出额定容量的 30%～40%。
- 对于容量试验，放出额定容量的 80%。
- 电池组中任意单体达到放电终止电压。如果放电电流不大于 0.25C10，放电终止电压可取 1.8V/2V 单体；如果放电电流大于 0.25C10，放电终止电压可取 1.75V/2V 单体。

达到上述三个条件之一，可视为放电终止。

5.5.2　通信基站防雷维护

1．雷击常识

（1）雷击分类

通常可以将雷击分为以下几类：直击雷、感应雷、雷电侵入波和地电位反击。如图 5-5-1、图 5-5-2、图 5-5-3 所示。

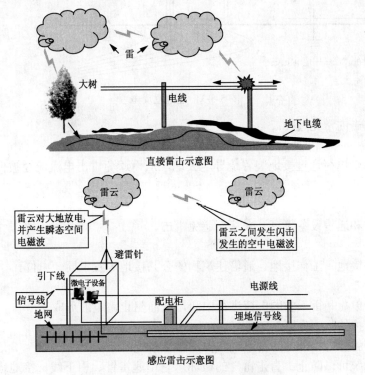

图 5-5-1　直击雷及感应雷

直击雷或邻近雷击：

① 击在外部防雷系统，如保护框架（工业装置上）电缆上等

①a 浪涌电流在接地电阻 R_{st} 上引起电压降

①b 闭合环路感应产生过电压

远处击雷：

②a 击在远处架空输送电缆上

②b 雷云之间的放电通过架空线缆引起感应雷电波及过电压

②c 在野外，雷电击中通信电缆

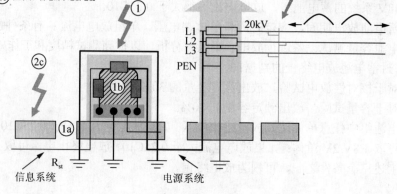

图 5-5-2　雷电侵入波

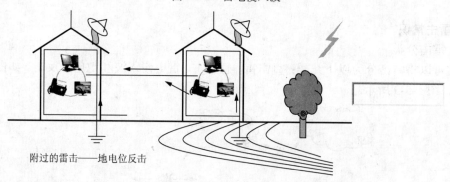

附过的雷击——地电位反击

图 5-5-3　地电位反击

（2）避免雷击的常见途径：

1）疏导

将雷云中的带电荷通过接地装置疏导至大地，从而避免雷击电流流经被保护的建筑物或设备。

2）隔离

将雷电信号和通信设备隔离开来从而避免雷击。

3）等位

将天线铁塔接地、工作接地、通信建筑物的公共接地等置于同一电位。

4）消散

释放出异性电荷和雷云中的电荷进行中和，从而阻止雷电的形成。

（3）雷电防护的基本原则

系统防护措施分为：外部防雷系统和内部防雷系统。

外部防雷系统可以防止"直击雷"的破坏。它由避雷针、引下线、接地地网等组成，构成完整的电气通路将雷电流泄入大地。可以通过合理的设计避雷针的保护角和良好的接地系统来保护天线馈线系统和机房建筑物。

内部防雷系统可以防止感应雷和雷电电磁脉冲波（LEMP）的破坏。内部防雷系统及措施包含：屏蔽、防雷器、等电位连接、过电压保护等。

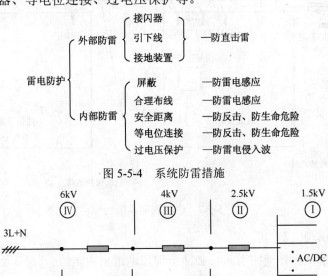

图 5-5-4　系统防雷措施

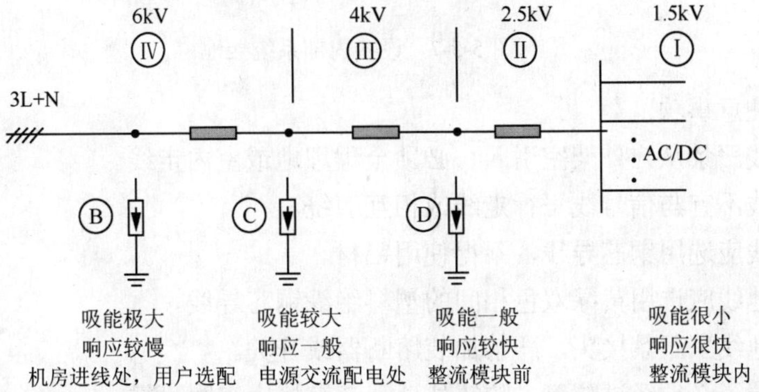

图 5-5-5　多级防护原则

2．通信设备的防雷措施

接地体指埋入土壤中或混凝土基础中起散流作用的导体，分人工接地体和自然接地体两种。接地网是把需要接地的各系统统一接到一个地网上，或者把各系统原来的接地网通过地下或者地上用金属连接起来，使它们之间成为电气相通的统一接地网。

基站接地系统包括：建筑物地网、铁塔地、电源地、逻辑地（也称信号地）、防雷地等。

（1）通信局站接地系统如图 5-5-6 所示

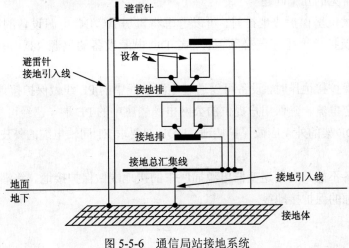

图 5-5-6　通信局站接地系统

（2）设备内部系统接地设计如图 5-5-7 所示

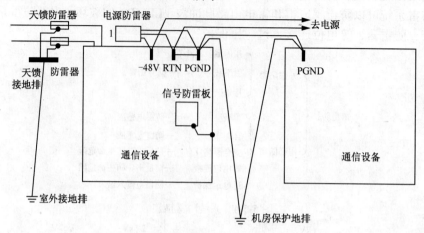

图 5-5-7　设备内部系统接地

（3）接地注意事项

- 接地线严禁从户外架空引入，必须全程埋地或室内走线。
- 接地线不宜与信号线平行走线或相互缠绕。
- 接地线应选用铜芯导线，不得使用铝材。
- 保护地线应选用黄绿双色相间的塑料绝缘铜芯导线。
- 保护地线上严禁接头，严禁加装熔断器或开关。
- 接地端子必须经过防腐、防锈处理，其连接应牢固可靠。
- 通信设备到用户接地排的距离不应超过 30 米，且越短越好。当超过 30 米时，应要求用户重新就近设置接地排。
- 机房内具有金属外壳的设备都应该做保护接地（如 DDF 架，小型台式设备等）。
- 通信设备的工作接地、保护接地、建筑物的防雷接地应共用一组接地体，即采用联合接地的方式。
- 通信设备的接地必须和建筑物的防雷接地共用一个地网。

（4）接地时常见的几个问题

- 无法提供机房保护接地排时，可以考虑将机房 AC/DC 电源设备的 48V 正极排作为机房的保护接地排。但必须保证 AC/DC 电源设备的电源 48V 正极排是可靠接大地的。
- 机房无保护接地排时，设备可以通过电源软线中的 PE 线做保护接地。但需要掌握设备的额定电流。确保用户提供的公网电源插座中的 PE 端子已经可靠接地。
- 所有 DDF 架的外壳应做保护接地。DDF 架要求 E1 同轴电缆的外皮与金属机壳良好接触。
- 终端设备不能只利用逆变器电源插座中的接地端做保护接地。终端设备自身还需要引出单独的保护接地线。

（5）通信局站等电位连接基本要求如图 5-5-8 所示

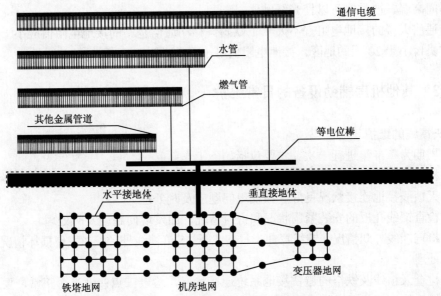

图 5-5-8　通信局站电位连接示意图

（6）移动站天馈系统外部防雷接地如图 5-5-9 所示

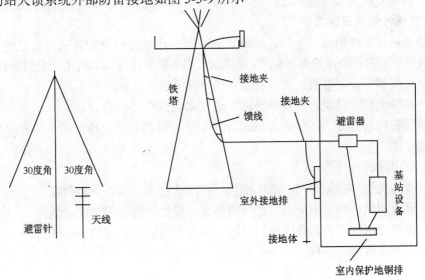

图 5-5-9　天馈系统外部接地

（7）局站内布线防雷

进入通信局站的低压电力电缆宜埋地引入，宜采用具有金属铠装屏蔽层的电缆（或穿金属管屏蔽）。屏蔽层两端接地（或金属管两端接地）。电缆埋地长度宜不小于 50m。

信号电缆应埋地进入通信局站。进入通信局站的信号电缆应采用屏蔽电缆（或穿金属管）。信号电缆的屏蔽层（或金属管）建议两端接地。信号电缆进入室内后应在设备的对应接口处加装信号避雷器保护，信号避雷器的保护接地线应尽量短。

若进入通信局站的光缆中含有金属加强筋，则加强筋在机房内应可靠地连接到机房的保护接地排。如果加强筋没有做接地处理，雷击时加强筋很可能对接地物体发生绝缘击穿，从而产生瞬间高温，严重时可以使光纤融化。

综合通信大楼的接地电阻宜不大于 1 欧姆。移动通信基站的接地电阻值应小于 5 欧姆，对于年雷暴日小于 20 天的地区，接地电阻值可小于 10 欧姆。

5.5.3 其他机房辅助设备的日常维护

1．天馈线的维护

维护周期为每半年进行一次。主要包括如下工作：

- 检查天馈线系统安装紧固状况，要求确认天线与抱竿紧固、接头防水、馈线卡紧固、天馈线接地连接状况良好，如发现问题应及时处理。
- 检查馈线孔板的安装紧固状况和密封情况，如发现问题应及时处理。
- 检查馈线外观情况，馈线弯曲半径应大于 15 倍馈线外径，如发现损坏情况，应及时处理。
- 检查天馈线及铁塔的避雷接地系统连接状况，检查三点接地是否正常，要求确认接地系统连接状况良好，无松动或腐蚀现象。
- 利用仪器检查并调整天线抱竿垂直度、天线方位角、天线俯视角。
- 用仪表检查天馈线系统性能，并将结果保存至电脑。如发现有问题应及时处理。

2．空调设备的日常维护

对空调运行工作电流，电压，压缩机的冷媒工作压力检查和测试。如发现有泄漏现象则应对该机铜管道进行全面检查，对于慢性泄漏低于正常工作压力10%的应及时补充并做好记录。

对主机防盗网及室外机托架进行涂防锈漆保养工作。

对空调送风机、轴承、蒸发器温度等进行系统性全面检查。

空调设备的巡检分为：室内分机部分、室外主机部分、空调电源部分和温度计及湿度计等部分的巡检。

（1）室内分机部分巡检：

- 清洗蒸发器的防尘网，清洗松风口，清洗空调机身，保持整洁。
- 检查回风口是否保持空气循环的畅通，以免影响空调的制冷效果。
- 检查空调排冷凝水管道是否畅通，是否定时清理，保持排水畅通。

（2）室外主机部分巡检：

- 定期检查、清洗冷凝器。
- 检查主机支架以及主机是否连接牢固以及主机防盗网是否安全，以免危及他人安全或主机被盗。
- 检察室内机和室外机的连接铜管和穿墙洞是否密封好，否则要及时密封，防止漏水。

（3）空调电源部分巡检：

- 检查空调专用电源开关以及电源线，必须保证开关能够保持正常状态，凡发现已经老化或已坏的开关应及时更换。
- 应检查空调的各个部分是否对应贴上标签。
- 调校好继电器的设定值，使其保持正常工作状态，以确保空调具有自启动功能。

（4）温度计及湿度计巡检：

- 调校好温度计和湿度计。保证基站机房温度，湿度，空气新鲜度等要求，室内温度保持在 23℃，不准高于 28℃，室内湿度保持在 50%，不准高于 80%或低于 20%。
- 检查温度告警线连接，调整好告警信号。

5.5.4 任务训练

任务书：机房辅助设备维护

任务书要求：

主　题	通信电源的维护
任务详细描述	1. 按维护规范的要求编制通信电源系统的维护检查表格 2. 对通信电源进行维护检查并填写表格记录
主　题	防雷接地系统的维护
任务详细描述	1. 按维护规范的要求编制防雷接地系统的维护检查表格 2. 对防雷接地系统进行维护检查并填写表格记录
主　题	机房辅助设备的维护
任务详细描述	1. 编制天馈系统的维护检查表格 2. 编制空调系统的维护检查表格 3. 对天馈系统和空调系统进行维护检查并填写表格记录

5.5.5 考核评价

学习领域：<u>TD-SCDMA 设备调测与割接</u>　　　学习情境：<u>机房辅助设备运行与维护</u>

学习任务：<u>机房辅助设备维护</u>　　　　　　班级：<u>　　　　　　　　　　　</u>

小组成员：<u>　　　　　　　　　　　　　</u>

姓　名	项目完成情况		
	按规范完成通信电源维护检查表格编制并填写检查记录（30）	按规范完成防雷接地系统维护检查表格编制并填写检查记录（30）	按规范完成天馈和空调系统维护检查表格编制并填写检查记录（40）

教师总体评价：

教师签名：＿＿＿＿＿＿＿＿＿＿＿　　　　　日期：＿＿＿年＿＿＿月＿＿＿日

反侵权盗版声明

电子工业出版社依法对本作品享有专有出版权。任何未经权利人书面许可，复制、销售或通过信息网络传播本作品的行为；歪曲、篡改、剽窃本作品的行为，均违反《中华人民共和国著作权法》，其行为人应承担相应的民事责任和行政责任，构成犯罪的，将被依法追究刑事责任。

为了维护市场秩序，保护权利人的合法权益，我社将依法查处和打击侵权盗版的单位和个人。欢迎社会各界人士积极举报侵权盗版行为，本社将奖励举报有功人员，并保证举报人的信息不被泄露。

举报电话：（010）88254396；（010）88258888

传　　真：（010）88254397

E-mail：　dbqq@phei.com.cn

通信地址：北京市万寿路 173 信箱

　　　　　电子工业出版社总编办公室

邮　　编：100036

读者意见反馈表

尊敬的读者：

感谢您惠购本教材。为了能为您提供更优秀的教材，请您抽出宝贵的时间，将您的意见以下表的方式（可从 http://www.hxedu.com.cn 下载本调查表）及时告知我们，以改进我们的服务。对采用您的意见进行修订的教材，我们将在该书的前言中进行说明并赠送您样书。

姓名：_____ 电话：_____

职业：_____ E-mail：_____

邮编：_____ 通信地址：_____

1．您对本书的总体看法是：

□很满意　　□比较满意　　□尚可　　□不太满意　　□不满意

2．您对本书的结构（章节）：□满意 □不满意　改进意见_____

_____

_____

3．您对本书的例题：　□满意　□不满意　改进意见_____

_____

_____

4．您对本书的习题：　□满意　□不满意　改进意见_____

_____

_____

5．您对本书的实训：　□满意　□不满意　改进意见_____

_____

_____

6．您对本书其他的改进意见：

_____

_____

_____

7．您感兴趣或希望增加的教材选题是：

_____

_____

_____

请寄：100036　　　　**北京市万寿路 173 信箱　　李 洁　收**

电话：010-88254501　　**E-mail：lijie@phei.com.cn**